全民微阅读系列

青龙镇

朱广辉 著

百花洲文艺出版社
BAIHUAZHOU LITERATURE AND ART PRESS

图书在版编目（CIP）数据

青龙镇 / 朱广辉著 .— 南昌 : 百花洲文艺出版社，
2019.10

ISBN 978-7-5500-3389-4

Ⅰ.①青… Ⅱ.①朱… Ⅲ.①小小说—小说集—中国
—当代 Ⅳ.① I247.82

中国版本图书馆 CIP 数据核字（2019）第 203090 号

青龙镇
QING LONG ZHEN

朱广辉 著

总 策 划	伍　英
策划编辑	飞　鸟
责任编辑	刘　云　黄　瑶
封面设计	辰麦通太设计部
出版发行	百花洲文艺出版社
社　　址	南昌市红谷滩新区世贸路 898 号博能中心 A 座 20 楼
邮政编码	330038
经　　销	全国新华书店
印　　刷	永清县晔盛亚胶印有限公司
开　　本	710mm×1000mm　1/16
印　　张	18
版　　次	2020 年 9 月第 1 版　2020 年 9 月第 1 次印刷
字　　数	210 千字
书　　号	ISBN 978-7-5500-3389-4
定　　价	58.00 元

赣版权登字 05-2019-245

邮购联系 0791-86895108
网址 http://www.bhzwy.com
图书若有印装错误，影响阅读，可向承印厂联系调换。

文化自信从读写开始

杨晓敏

近年来，随着互联网技术的不断推广升级，现代信息技术已充斥各行各业。

微博、微信、微小说、微电影，各类"微"产品，以网络阅读、手机阅读、电子器阅读、光盘阅读的形式，进入大众视野，但这种碎片化、快餐式的电子阅读，仅仅可以作为传统阅读的一种有效补充与辅助，却不能完全代替传统阅读。

我国经济建设的腾飞，带动并刺激着文化事业的极大进步，而文化软实力的增长，又为经济跨越式发展提供着强势的智力资本的支持。正是这种强有力的智力资本支持，慢慢建立起我们的民族文化自信。

学习的基本途径就是阅读。一个人的阅读力量，决定个人学习的力量、思考的力量、实践的力量；所有人的阅读力量，决定一个民族文化的力量、精神的力量、创新的力量。伟大的中华民族复兴之梦，要靠全国人民共同来缔造实现。提高全民素质，提升全民文化自信，繁荣民族文化，从阅读开始。

为了提高全民素质，建设书香社会，政府正采取一系列有效举措，营造阅读环境，倡导全民阅读。譬如开展"读书日""读书月"活动，一些省市地区通过整合全民阅读资源，打造了一批有广泛影响力的全民阅读"书香"品牌，还有些地区成立"农家书屋"，送书下乡，让书香墨香飘进寻常百姓家。

作为近三十年才成长起来的一种新文体，小小说的质朴与单纯，简洁与明朗，加上理性思维与艺术趣味的有机融合及其本色和感知得到、触摸得着的亲和力，散发出让青少年产生浓郁兴趣的魅力。小小说是一种新文体的再造，那些优秀的小小说作品，是智慧的浓缩和凝聚，是一种机巧的提炼和展开。小小说是训练作家的最好学校。小小说贴近生活，紧扣时代

脉搏。大千世界，瞬息万变，小小说能以艺术的形式，不断迅速地反映生活热点，传导社会信息，是开启社会生活的一扇窗口。小小说可以培养青少年的想象力，让他们展开飞翔的翅膀。近些年来，大量小小说编入高考作文，入选各类优秀阅读丛书，正为越来越多的年轻读者所喜爱，显示出它强大而茁壮的生命力。

北京辰麦通太图书有限公司提供的"全民微阅读系列"图书，至今已编辑策划 200 多册。它以全力助推全民阅读为宗旨，以务实求精的编选作风，为读者精心遴选了大批风格各异的小小说佳作，引领读者步入美好的阅读丛林。

北京辰麦通太图书有限公司有着具有超前市场运作意识的优秀团队，在图书出版过程中，不但追求内容的丰富多彩，在装帧设计方面，也力求超凡脱俗。在众多中国梦新时代文学丛书系列中，它像一朵充满朝气与活力的奇葩，正逐步形成自己恒久的品牌和名牌效应，为提升全民文化自信、实现中华民族伟大复兴，增砖加瓦。

杨晓敏，河南省获嘉县人，生于 1956 年 11 月。河南省作家协会副主席、河南省小小说学会会长。曾任《小小说选刊》《百花园》主编 20 余年，编刊千余期，著述 7 部，编纂图书近 400 卷。

目录CONTENTS

鸡把式（一）

鸡有公鸡和母鸡，母鸡下的蛋是许多家庭补贴供养的重要途径。

但富足人家没有温饱之虑便养斗鸡。

青龙镇养斗鸡的有两家，窦员外和开钱庄的钱贵仁。

两家养的还不是一系的鸡。

窦员外养的是开封老城西门外夏家系的鸡。

钱掌柜养的是开封老城东门外满族完颜系的鸡。

每年春节前有五天斗鸡比赛叫冬季暖场。

窦员外的儿子在开封做官，有宅府，窦员外入腊月就住开封城，窦员外休闲惯了，嫌官宅太正规，儿子便给他在老城西门外租一个四合院。

窦员外的鸡把式是夏家推荐的高手，和青龙镇卖焦花生的一个姓，也姓耿，耿把式的先祖曾在开封王府驯鸡。

斗鸡第一步是选血统。

公鸡与母鸡是哪个派系，有何优秀战绩，种纯不纯，压鸡后再把受精蛋保存，二十个蛋为一罩，孵出小鸡后剔除母鸡，再大了就看长相、个头、骨骼，即将长成时就单独罩鸡笼。

鸡把式和鸡单独住一个院。

鸡把式要啥，主人提供啥，嫌费钱，别养。

鸡把式驯鸡，轻易不让人看，有时连东家都拒绝。

但耿把式人厚道，窦员外随便看。

斗鸡吃食讲究荤素搭配，训练也是阶段性的。

墩腿、绕脖、遛圈、饮水等各自都有把式自己的路数。

总之，开封暖冬场挂了头牌，奖金、名誉自不在话下。

开赛前，参赛鸡有图有介绍有编号，更有鸡主人及鸡把式的介绍，然后社会各界有懂的，有不懂的，也有不懂装懂的，也有凭运气蒙的，

看编号买筹码，赌输赢。

斗鸡场外搭个大看台，红绸绒封顶，英国的软席沙发，果盘、茶饮极是奢华。

开封是河南的省城，大员、督军、官太太自是坐得济济一堂。

窦员外照例进入腊月就住进开封城的四合院，但今年窦员外带了家眷。因为秋天的时候，窦员外让帐房先生老闫来开封把租的四合院盘了过来。

开封城不比青龙镇，慕名观鸡的人络绎不绝，这其中不乏有身份之人，但窦员外只听耿把式的，一律不许外人来院里观鸡。

耿把式不吸烟，不饮酒，也没多少话，脸上胡子刮的黑青，好像他就是一只斗鸡转世。

窦员外很快融进开封的圈，或宴请别人或接受宴请，从挪进开封后，他竟一次都没去看过耿把式。

倒是帐房先生老闫说，耿把式今年用的瘦牛肉量多了，并且比去年多了三个神秘的竹罩笼，里面装的啥物件谁都不知道，他也不让看。

窦员外说，老规矩，他要啥就给啥。

头场比赛是从上午九点开始，场面热闹的程度可想而知。

窦员外的鸡抽签时排在最后。

今年耿把式报名参赛三只鸡。

头只鸡上场时已是四点一刻。

裁判称了鸡的重量后，打个开始的手势。

对方的鸡是锦绸蓝，鸡毛在夕阳的反照下泛着亮光。

窦员外的鸡毛有些枯，架式扎的也不稳。

对方炸了颈毛来斗时，窦员外的鸡竟在圈内遛起圈来。

一圈。

两圈。

场外炸雷般轰动。

这些自然是买了窦员外斗鸡编码的人，如果再绕一圈，对方就不战

而胜了。

这时耿把式咳嗽一声，斗鸡突然便止住足爪，反身怒视，跟着身形飞起，先是一啄，而后腾空两腿，狠狠甩在锦绸蓝鸡的脖颈处。

没有人知道这两腿的力量，力到处锦绸蓝鸡当即倒地，身子渐渐瘫软。

轰动声戛止。

耿把式和负担锦绸蓝的鸡把式及裁判走进圈内。

锦绸蓝的脖颈被耿把式的斗鸡爪生生甩断了。

耿把式说，它叫火把，明天上场的分别叫火焰和火光。

这时火把用嘴理了理毛，身子又抖了抖。

人们再看火把时发现它也如锦绸蓝般的光亮了。

鸡把式（二）

古都开封的江湖水比潘杨湖都深。

康城财主窦员外从青龙镇带来绝顶斗鸡的消息一夜间传遍大街小巷。

开封老城西门外的夏老爷子更是衣着簇新，做派十足，一扫数年来老是败给东门完颜系斗鸡的耻辱。

因了传言人的添油加醋，斗鸡场人满为患。

新的筹码一边倒似的涌向窦员外的另外两只鸡火焰和火光。

也有不信邪的，自然是老城东门外满族完颜系的。

他们一直以来都是鸡王，每年冬季的暖场更是赢得满盆满钵。

现在面对劣势，他们依然充满梦想，加大筹码以图创造奇迹。

窦员外这次带足了钢洋，面对几乎失控的场面，他只信耿把式的。

耿把式在窦员外耳边低语几句。

窦员外脸上带着自信而亲和的微笑。

老闫和车把式拎着一个皮箱进去买筹码。

斗鸡本来是三个场，观众及买筹者各自观看。

现在窦员外的这一场围得密不透风。

合该有好戏看，抽了签才知道跟耿把式火焰对决的是去年的鸡王红狐。

鸡禽的天敌就是狐狸。

可以想象完颜系敢给鸡王起名红狐，证明该鸡的打斗技巧已居上流身法。

耿把式按编号抱着火焰入场。

说是火焰也看不到烈劲，用秤秤重之后，站在那儿发呆。

再看红狐，毛色锃亮，伸头晃腿，跃跃欲试。

裁判打了开战手势。

耿把式躬身拍火焰的后背。

火焰如箭头般窜向红狐。

红狐仓皇迎战。

但火焰没有和它对啄，它如大鹏般展开双翅，铁爪直袭红狐双眼。

红狐惨叫一声，扑腾着翅膀原地打转。

火焰伸嘴啄住，再也不肯松开。

胜败已现却没人欢呼。

大家还沉浸在惊愕中。

裁判的铜锣响了。

这时人群里才响起雷一样的轰鸣声。

有人在远处燃起鞭炮。

完颜老先生大吼一声，进圈拔掉鸡王红狐的头。

耿把式把赢的钢洋直接送到汇丰票号。

他回到四合院的时候，已是掌灯时分了。

桌上摆了鸿宾楼的外卖菜肴，酒用的是极品汴梁王。

窦员外陪着喝了三杯就不再陪酒。

窦员外的笑容很和蔼。

耿把式连喝六杯。

耿把式：我爷传了六招，我用了七招，最后一招是我想的。

窦员外恍然醒悟般点头。

耿把式：夏老爷子待我好，窦员外您待我更好，我看不惯完颜系的趾高气扬，就发了狠地驯鸡，一天我去河堤上盘鸡，看见天空飞过一个物件，就受了启发，我让人腾出一间房密封后，让斗鸡和它关在一间屋里斗。

窦员外：怪不得，怪不得。

话间耿把式掀开木罩盖。

窦员外看见竹罩里那三只被斗得伤痕累累的瘦鹰。

武匠（一）

　　天色黎明的时候，钱府后厢房传来哭声。

　　钱员外夫妇顾不上点灯，便急匆匆赶往后院。

　　后院住着他的宝贝女儿和一个丫鬟。

　　门是闩上的，钱员外推了两推，丫鬟巧儿的哭声更惨烈。

　　钱员外后退一步，用身子撞开门。

　　巧儿抱着女儿的身子。

　　女儿的脖子吊在梁上。

　　他们解下女儿。

　　夫人喊着拍拍打打。

　　钱员外用大拇指狠狠地掐女儿的人中。

　　女儿终于醒了。

　　天明，钱员外破例没去镇北的林子遛鸟。

　　等喂马的窦三知道真相已是晚饭后了。

　　做饭的林妈告诉他，小姐夜里被采花淫贼污了。

　　小姐是下过聘的，男方是城里开钱庄的杜大拿的小儿子，在济源驻军军营里当营长。

　　钱家一整天都大门紧闭。

　　钱家千金被污的消息也被大门封锁。

　　隔天，开绸缎庄陈仙的千金也被污了。

　　陈仙的大房心里不作事，在大门外蹦着小脚骂。

　　骂声传远了，女儿被污的事情就传的更远。

　　两日后，香油铺陈掌柜的女儿也被污了。

　　小镇上的人惊了，像平地里起了旋风。

晚饭后，钱员外来到牲口屋。

屋里一灯如豆，昏昏暗暗。

喂牲口的窦三正坐在那张硬板床上打座。

牲口咀嚼谷草的声音此起彼伏。

钱员外噙着铜烟锅，有一口没一口地抽。

窦三终于睁开了眼睛。

钱员外：贼人是撬窗进的，他的身手了得。

窦三：员外是在我落难时收留我的，我知道咋着做。

钱员外：我不想让这贼人再祸害人了。

窦三：我知道。

钱员外再也不说话，吸了三锅烟，在鞋底磕了磕烟锅走了。

竖日黎明。

青龙镇十字街钟杆上绑着一个裸身少年，少年的头垂着，身下一滩血迹。

男根处却空空如也。

旁边一行字"采花淫贼"。

陈仙的大房扑过来，拽了那少年一只耳朵吃了。

傍晚，林妈往牲口屋送去四个菜和一壶烧酒。

林妈说，武匠，老员外今晚想和你喝一壶。

后面穿了一身净面绸衫的钱员外笑靥微现。

武匠（二）

武匠窦三因为智擒采花淫贼，在青龙镇一鸣惊人，但窦三只是钱府一介马夫。

偶有过路武者到钱府找窦三切磋武艺，也只是在三间草料屋内，至于胜败如何，无人知晓。

这日武匠见东家。

武匠：我想去汴梁一趟。

钱员外：我找人先替着你，回头带十个钢洋。

汴梁古城两年一次比武打擂，一秋一冬。

武匠说去汴梁，钱员外立马明白。

习武之人谁不图个扬名立万呢？

青龙镇到汴梁，必先过陈留。

陈留南有一古井，井旁一静谧小院。

窦三走到井旁，见有姑嫂两人，便要讨口水喝。姑娘抬眼一看，一拳打向井内。只见水流如龙，涌出井口一人多高。

武匠笑笑，向下发力，水流同样涌出一人多高。

姑娘掂起桶里的一只漏勺，在水龙里接了一勺。

漏勺带眼，但水静如镜，竟一滴不漏。

姑娘：喝吧，接着。

武匠又羞又悔，迈步转身回了青龙镇。

以后的老东家看到武匠经常端着漏勺发呆。

等武匠练成漏勺不漏水时已是两年之后。

武匠身着棉袍，脚踩积雪走近陈留古井小院时，古井通向小院的雪地上留下一串脚印。

武匠进院见正房里正燃着一盆炭火。

姑娘毫不怯生，说：来了？

武匠：来了。

姑娘：天冷，烤烤火吧。

话间，姑娘手拿着一块红透的木炭递来。

武匠不能不接，抬腿迎上去。木炭先是烧烂了棉裤，然后烧到皮肤，刺鼻难闻的焦糊味迅速弥漫。

姑娘笑眯眯地看着武匠。

炭是厚火，不像一张纸烧了就没了，炭的灼热继续延伸。

武匠一把打掉炭火，蹦着跑了。

一年半后的夏天，武匠再次光顾陈留。

井是古井，但井旁小院已成废墟。

武匠走进村子，一老人还原事情始末。

一日本军曹率兵来村催粮，见村姑美丽，心生歹意，欲行不轨，村姑徒手杀死四名日军。

是夜日军包围小院，先奸后杀，再焚烧。

武匠雕塑般站立至日暮。

天明，汴梁城全城戒严。

天德茶楼里茶客在小声议论。说夜里汴京城来了武林高手，西马道街八个日本兵身首异处，墙上用鬼子的血写下"武匠"二字。

钱员外没有等来武匠。

他听到武匠的消息是那一年的春节后……

刮脸匠（一）

刮脸匠的说法有些偏差。

青龙镇说理发的都叫剃头匠，刮脸只是剃头工序中的一项，但老苦剃头一般，刮脸却有绝活。

因为是老东家窦化德给起的刮脸匠，小镇人也都"刮脸匠、刮脸匠"的叫了。

那是个雪天，雪里裹着风，刺人的脸。

老东家窦化德踏着积雪，来到他家建在野外的祠堂。

祠堂里，供着先祖的牌位，逢年过节祭拜时还有些香烛果品，平日里门敞着，让一些过路客打尖避寒。

今晨也是如此。

窦化德走进祠堂时，老苦正歪在窗前的麦草上歇息。

"老东家早啊。"

老苦裹着被子坐起来。

窦员外惊叹他的目光。

"是不是看穿着就知道我是东家啊？"

"对，您穿的这么光鲜，谁都看得出。"

"做啥的。"

"刮脸的。"

"不就是剃头的吗？"

"我就是刮脸的。"

"行，刮脸的，先去我家吃早饭，然后给我刮刮。"

老苦刮脸用的水极热。

一个精制的木盆，两条毛巾交错着热敷。

这时窦化德坐着板凳，头靠在老苦推的独轮车扶手上。

老苦的刀子很小，但刀锋极利，如一张白纸在脸上刮。

一遍清杂。

两遍玩花。

老苦玩花，刀功到了极致。刀刃掠过额头，轻轻三点，再一刀掠过额头，又是三点，那个劲道，那个痒，令老东家舒惬。

然后打眼，窦化德让别的人打过，涩疼。

老苦不一样，那冰凉的刀背就像清凉的山泉从眼角渗到脊背再渗遍全身，然后一阵回荡，通体舒泰。

掏耳、盖顶。

特别是盖顶，老苦的五指在窦员外头顶哗哗三下，窦化德的骨头都酥了。

"你贵姓？"

"免贵姓苦。"

"老苦啊，不走了，街上咱门店多，我先给你一间用。"

老苦说："老东家放松，还有一道绝活呢。"

话间，老苦的食指摁住老东家的脖颈。

窦化德心里说，老苦，你这是又弄啥哩？又弄啥哩也？

然后，窦化德缓缓地歪在独轮车扶手上。

老苦伸出手掌，在他额头啪啪两击。

窦化德醒过来，全身痒麻，身子轻得像根鸡毛。

老苦："这就是传说中的过阴，也叫点晕。"

窦化德："上午就请木匠，给你做一把躺椅，躺在椅子上面会更舒服。"

刮脸匠（二）

门外的光影淡了。

锅盔老盖亲自端着一碗焦丸汤和一块锅盔走进老苦的刮脸铺。

老苦爱吃锅盔。老盖爱刮脸。

每日傍晚老盖都端着一份吃食来找老苦。

老苦先吃饭，吃过饭再给老盖刮脸。

老盖是回族，络腮胡子旺盛，但胡子经不住刀子刮。

给老盖刮了脸，铺子便打烊。

老苦磨了刀子晾了毛巾，翻了木盆，便抬腿坐在一旁的床上闭目打座。

但今天老苦没有打座。

老盖：伙计，你有心事啊？

老苦：老东家五天没来刮脸了。

老盖：你是说窦化德呀，被日本人绑县城了，说是让他在县商会里任个职，老窦死活不干。

老苦：怪不得，我这右眼跳的，跳了一整天，原来是为这事儿。

老盖：听说日本人恼了，不听招呼死了死了的。

老苦：伙计，明个儿甭来了，我得到城里救老东家去。

老东家窦化德回到青龙镇已是昏天黑地。

他连夜召集长工，在西院的草料屋旁挖坑，挖的土装布袋用独轮车偷偷倒进近处的李贯河里。

长工们吃着肥肉大饼，昼伏夜出。

工程完工已是五天以后。

长工们每人得了奖赏，并且统一了口径。

青龙镇再也没了窦化德的身影。

老盖焦躁着，端了一块锅盔和一碗焦丸汤整条街地骂。

狗肉铺的老汪说，急了去康城找他去呀。

老盖：狗屁，他住日本宪兵队大院里，进那里不得脱一层皮？

老汪：不是说他替老东家窦化德吗？

老盖：替的不假，你见窦化德回来了吗？

老汪：不是外出收租了吗？

老盖：老苦这个狗日的，他待在青龙镇嫌清汤寡水的不解馋，他去宪兵队当汉奸，吃香的喝辣的了。

老汪：以前老苦没来青龙镇你不照样过来了？

老盖：狗屁，老苦这个汉奸。

一月后的凌晨，日本人包围了青龙镇。

日本人的刺刀在晨光里反射出刺目的光令老盖心里一凉一凉的。

日本人砸烂了老盖的锅，用枪托又捅烂了盆。

老盖顾不上心疼，他被日本人赶到镇中的水井旁。

消息是翻译发布的。

翻译说，刮脸匠老苦用他的点穴手杀了日本军官后逃遁……

老田的盐屋

镇上门面多以铺著称，像粮米铺、杂货铺、铁器铺，老田的盐屋不知道是谁叫出来的。

想想也有道理，老田初到青龙镇，闹市的门面没一家转让，他便在镇子的尽头租个带院的门面，院子后边便是突兀的李贯河河堤。

盐是官盐，官定的重量，官定的价格。

当时青龙镇有很多店铺卖盐。

老田五十岁，一脸络腮胡子，平日里几乎没话。

但老田只卖盐，并且门口不设摊，想买盐掀帘子自己进屋。

距离青龙镇西南四百里，有一小县叫叶县，盛产食盐，因为暴利，走私者络绎不绝，但得逞者寥寥无几。

四百里外青龙镇风平浪静。

就有好奇者掀帘买盐，买回去又秤了重量。

这一秤就秤出了老田的火红生意。

同样的盐，老田的盐比别人每包多出二两。

一斤多二两，十斤就多二斤。

日子不可常算。

别人以为老田搞错了，也没有人去提醒他。

但去盐屋的人多起来。

后来青龙镇的铺面都不卖盐了，只老田一家挂着帘子卖。

这天来一群穿制服、骑马的人，他们是县盐运稽查队的。

他们把老田的屋子翻个底掉也没有搜出一包私盐。

老田的目光很沉静，他没有一句话，双手垂立。

稽查队一无所获，风一样离去。

这几日是老田的夫人支应盐屋，没有人关注老田的去向。

但青龙镇窦员外的帐房先生老闫来叶县会友，却在城门外见了老田。

老田一身重孝，赶辆骡车，车上拉一口棺材，棺材的口似乎没有盖严，散发着一股股恶臭。

稽查拦下盘问，老田跪地上哭，说拉的是他暴毙的老爹。

有稽查敬业，捏着鼻子错开棺盖子往里看，真看到一个烂半边脸散恶臭味的死人。

稽查打手势放行。

老闫和老田在青龙镇谋过一次面，那次是他去找窦员外说一件小事。

这次老闫留了心眼，他骑着骡子不紧不慢的在后面跟。

老田回到青龙镇时天已蒙蒙亮。

老闫牵骡子躲在一边。

他看见老田扳着一具尸体埋进屋后李贯河的堤岸上。

埋尸的左侧有一棵大杨树。

又一夜，老闫和窦府喂马的马夫挖出那具尸体，尸体硬邦邦的，也没有腐尸味。

老闫伸手触摸，分明是一具庙堂里的蜡像。

老闫不由得笑了。

老闫说，好你个老田，官盐里面加私盐，你都精到这份上了。别说青龙镇，就是康城县的盐铺都干不过你。

老闫的话被黑夜吞噬。

他眼前的盐屋静悄悄的。

老闫知道老田这时正沉浸在梦境里偷笑……

烧鸡刘

青龙镇烧鸡刘的掌柜并不姓刘。

姓刘的无子。一个雪天，他收留了一个孤儿当徒弟，后来徒弟变成了女婿，女婿又继承产业，延续了烧鸡刘的手艺。

说继承产业也有些牵强，一间露着炉灶的小门面，后带一个小院。

青龙镇一条东西长街，能一天吃烧鸡的人并不多，生意自然是有一搭，没一搭，不温不火的。

但烧鸡刘的女婿接锅之后，改规矩了，他每天只卖二十只烧鸡，多一只给天价都不卖。

物以稀为贵，这样过了年把，生意反而更好。

每天大清早便有康城的富户派仆人赶骡车来青龙镇，他们风尘仆仆只为给主家买只浸汤的烧鸡。

这日傍晚，烧鸡刘的后院翻墙进来三个戴斗笠的人。

此时的烧鸡刘正在杀鸡，他一刀一只，将鸡抹脖后头下爪上放到筐里，筐底是个盆，盛着淌下的鸡血。

高个子斗笠人数了数，整整二十只。

斗笠人：还得杀，你得杀够五十。

烧鸡刘：我每天只杀二十只。

斗笠人：俺的瓢把子丢下话了，必须是五十只。

烧鸡刘：我在关二爷跟前立了誓，杀头我也不会改规矩。

话间，两人进屋挟持了屋里的人。

烧鸡刘的杀鸡刀太小了，他也只是象征性地扬了扬。

斗笠人也从襟下抽出了刀。

刀在夕阳下闪过一道紫色的光。

斗笠人：俺瓢把子的老娘明个儿过寿，没有五十只烧鸡不过关。

烧鸡刘：跟你说了，我的规矩不能改，天王老子都不中。

斗笠人：我要割掉你家人的一只耳朵呢？

烧鸡刘：别割，我的给你。

话间，烧鸡刘的手里多了一片耳垂。

随从瞅高个斗笠人。

斗笠人：牛角洼不知道吗？牛角洼瓢把子头吴大麻子的娘过寿，他只想要五十只鸡。

烧鸡刘：可以等三天，我攒够了都卖给你。

斗笠人：明天就是正日子，过寿能提前，哪有往后推的？

烧鸡刘：那明天我只有二十只。

话音刚落，烧鸡刘的妻子低哼一声，一个土匪朝她裤裆里猛踢一脚。

烧鸡刘随手又割了另一只耳垂，鲜红的血顺着耳根的两侧流进脖颈。

三个斗笠人都盯着烧鸡刘。

烧鸡刘：有本事冲我来，欺负女人算啥能耐？

斗笠人：开饭店的还怕大肚子汉？我们又不是不给钱，五十只烧鸡，多好的生意你不做？

女人：毛啊，不行就给他们做吧，你身体伤了，咱得好多天开不了门。

烧鸡刘：小伤，生粗布包一包扎生意咱照样做。

斗笠人：今个儿我要是硬着头皮要五十只呢？

烧鸡刘：要了命也没有五十只，说烦了二十只也没有。

话间，烧鸡刘的小刀抵向自己的胸口。

斗笠人打个手势，他们收了手。

烧鸡刘的女人进屋撕了一截生粗布缠烧鸡刘的耳垂。

斗笠人长叹一声。

斗笠人：二十就二十吧，别因为过个寿诞弄出条人命来，太不吉利了。

漆匠刘

正午，阳光炽热。蝉鸣声。

漆匠刘带着他的第六个徒弟小桃在青龙镇银铺曹掌柜的后院吃午饭。

当院摆着正在油漆的大小不一的家具。

漆匠刘已经六十多了。

他的关门弟子小桃才二十。

他想把小桃带出师后就金盆洗手，安享晚年了。

漆匠刘的手艺应该坐康城第一把交椅，他为了给家具调出一种新型的漆花，曾闭目思索两个通宵。

漆匠刘又极重义，但凡青龙镇地面上的人打招呼，先做本地的，用他的话说，面子比钱重，乡亲不能得罪，得罪了乡亲你就没了立身之根。

曹掌柜的女儿蛾又端一盘猪头肉过来。

油漆匠干活有时是要征求待嫁女意见的，因此自然不回避女眷。

小蛾躬身放菜时瞄了小桃一眼。小桃粉嫩的脸上呈现一抹红晕，他将筷子伸向猪头肉时听到师父的咳声，又及时地将筷子调整了方向。

漆匠刘吃饭有规矩，东家备的肉菜头一顿不动筷，或四盘或六盘总是留两个全菜，以备下顿热了再端上来。

漆匠刘的六个徒弟全懂这规矩。

推了饭碗，漆匠刘掂起放在一旁的长衫，盖在身上就歪在一旁的躺椅上小憩。

这是漆匠刘的老规矩，如果活催的急，夜可以熬，但中午他必须眯一会儿。

漆匠刘很快就睡了，他还做了一个梦，梦见他的师父，几十年没见的师父还是那个样子，笑呵呵的。

师父：我收了四个徒弟，你一口气收六个，你撑面呀。

漆匠刘：没有师父，我早饿死在乱坟岗了，我得把您的手艺传下去呀。

师父：中，你是好样的……

下面的情节漆匠刘事后想破脑袋都没想起来。

漆匠刘醒后活场静悄悄的，他伸个懒腰，喊了小桃一声，用手搓搓脸，又揉揉眼，便掂起漆刷子开始干活。

漆匠刘直干到天擦黑。

老东家曹掌柜亲自端的菜。

漆匠刘看见他满脸的不悦。

照理晚饭东家是要陪漆匠刘喝两盅的，但曹掌柜放下菜碟没说话转身走了。

小桃整个下午都没有傍身。

漆匠刘揣着手闭目坐在那儿等。

夜露浸透树叶，噗哒噗哒滴落。

漆匠刘一筷未动。

也没有人来收拾碗筷。

天色黎明的时候，正房传来女人的哭声。

漆匠刘没有在曹掌柜那儿吃早饭，因为此时小桃带着老曹的女儿私奔的消息在青龙镇像炸雷一样霎时传开。

漆匠刘给曹掌柜一个承诺，他要亲自去找小桃。

数年后漆匠刘也一直没有消息。再后来徒弟们感念师父，用他的长衫堆了一个衣冠冢，冢前有座墓碑，墓碑上的立碑人只有五个徒弟的名字。

漆匠苏

漆匠刘初到青龙镇时收的大徒弟姓苏，是青龙镇的老户。

现在师父漆匠刘已匿失近十年了，衣冠冢上都长满了草。

苏是首徒，这年清明他在李贯河边师父的衣冠冢烧纸回来，就萌发另立门户的念头。

街东，卖花生仁的花生耿拦住他。

他给漆匠苏一袋焦花生仁。

花生耿没田地，瘦兮兮的身子，挎个木盒，整天脚不连地在青龙镇茶楼、烟馆里跑着卖。

漆匠苏没有接他的花生仁。

漆匠苏：说吧，啥事？

花生耿：想请你漆件木器，闺女要嫁人了，你知道我日子急惶，没置买下几件东西。

漆匠苏：不要你手工，炒个酱豆，一碗汤就中。

过了十天，花生耿的姑娘出嫁，街坊去帮忙。

一个木箱，四个板凳，外带一个小饭桌。

家具不多却亮了街坊婆媳们的眼。

一个木箱用蓝漆打底，正面画了四只牡丹，牡丹大小错落有致，两只蝴蝶一飞一落，直如真的一般。

箱子正上面是一只金灿灿的大元宝。

左侧箱面一丛翠竹，右侧箱面却是细碎的幽兰。

画面空白处均落有漆匠苏的款章。

画面也惊艳了苏氏钱庄的大小姐。

大小姐是坐骡车去康城时见到漆匠苏的漆活。

在康城的一整天苏大小姐无精打采。

三天后漆匠苏被钱庄苏的管家请到苏宅。

漆匠苏看了木质，器形，件数说需三个月工期，工钱是二十块钢洋。

管家：这么多家具做下来都没有用二十个钢洋，你漆漆就要价，这个价太贵了。

漆匠苏：既然要恁多，它就值恁多。

管家：行，我给东家禀报了给您回话。

话间，苏管家掂起挂在当院的两串腊肉递给漆匠苏。

漆匠苏摇手拒了。

是夜，漆匠苏两口坐在一摞铁漆桶上闲聊。

苏妻：他爹，你给苏家要的是不是太贵了，况且都是一苏家。

漆匠苏：女人见识，他放高利贷给咱们时考虑都是姓苏吗？再说，他是把闺女嫁到城里去的，家具是他的面子。

苏妻：他如果私下找人漆呢？

漆匠苏：康城西三十里都是咱师弟，在青龙镇干活谁不扳我的肩膀头。如果苏家私下找人，好说，二十五个钢洋，咱还就是涨价了，再说，我用的漆是大英帝国在汉口试销的洋货，一年两年都传不到咱这儿。

苏妻：这么说你去汉口这半个月赚大了？

漆匠苏：接了这单活，咱就能买六亩河滩地，有地往外租咱还怕啥？

苏妻：你这门户立的好。

一月后苏管家提着礼物来找漆匠苏。

漆匠苏的油灯很昏暗，脸色同样也昏暗。

苏管家：谁都不怪，只怪老东家心疼钱，现在大小姐哭着不依。

漆匠苏：一个跑仙（黑话：就是游乡的小漆匠）他会做出啥打眼活。我去，好说，二十五个钢洋，咱话不落空，我是真涨价。

苏管家：甭涨，甭涨，是我给东家出的馊主意，请兄弟赏我一口饭吃。

漆匠苏：不涨也中，今晚就要二十块钢洋。

苏管家：你等着，保证二十块少一块我不来见您。

烧酒坊 （一）

烧酒坊位于青龙镇西头。李贯河从西北而来，在青龙镇的东头绕个御带弯后又向东南蜿蜒而去。

酒坊的掌柜姓朱，矮个，老婆也矮矮的个子。

长相又近似，极有夫妻相。

刮东风的时候，小镇风平浪静。

碰上个阴雨天气，西风一刮，那个酒香，浸透一个镇子。

便有人去酒坊打酒。

朱掌柜只酿酒、卖酒，但不卖菜，甚至一碟花生、咸菜都没有。

倒是便宜了卖焦花生的老耿了。

脖子上挎个食盒子的老耿守在酒坊门口，日日都有进项。

每到高粱收获季节，送多的是贩子，也有送少的，本镇上的。镇上贪杯的男人每年都种上几亩红高粱，收获的高粱用独轮车一送，朱掌柜用他的木器子一量一装，跟在家秤的一样，然后记个总帐，再后来就是一日日的消费这红高粱。

约摸着差不多了，朱掌柜会提醒，这时，存高粱的便慢下节奏，不再财大气粗地邀人同饮，而是打了一壶掖在胳膊窝里悄悄回家。

朱掌柜有六个发酵池，他将小麦、小米、豌豆用石磨磨碎砌曲。

总之，朱掌柜酿酒用料都是透明的，看的一目了然，饮着更是放心。

众饮客里私塾先生孔秀才是从不在外面喝酒的人。

一般都是日夕，孔秀才穿一件打补丁的大褂，来到酒柜前。

孔秀才有地，是他的老婆在种，老婆惜他的身子，每季只种一亩红高粱，而孔秀才把这一亩高粱的标准喝完，这一年的时光也就过去。

孔秀才饱读四书，写笔好字，算是有身份的人，他来柜上时，朱掌柜的老婆就大声招呼一声，片刻，朱掌柜用布巾擦看手会从作坊出来陪他。

卖花生的老耿会送上一袋焦花生。

朱掌柜手里握着个布巾坐在那儿陪。说是陪，也不算陪，因为朱掌柜不饮酒，他只看孔秀才饮。

孔秀才：朱掌柜，你说人这辈子多少是多？

朱掌柜：我识字少，不懂得。

孔秀才：就比如你，酿了一辈子的酒，竟不喝酒？

朱掌柜：祖上传的规矩。

孔秀才：你想不想喝？

朱掌柜：我整天站在酒池边，就差人没泡进酒缸里了。

孔秀才：人生很短呐。

话间，孔秀才吱的一声便是一小口。看孔秀才饮酒是一种享受。

朱掌柜瞬间明白，他抽时间陪孔秀才一方面是听他讲道理，另一方面可能是孔秀才饮酒的吱纽声。

听声音饮得很悠长，看酒碗里的酒却饮得少。

孔秀才：去开封住了几天，学兄们把持着宽宅子，领着薪水，但整个人都没了自尊，说话唯唯诺诺，有何等的乐趣？

朱掌柜：想想也是。

孔秀才：朱掌柜，你家酿酒还有别的配方没？

朱掌柜：传的有，但没用过。

孔秀才：酒头呢，窖里有好酒头没？

朱掌柜：我哪敢动酒头，酒头是俺太爷传下的传家宝。

孔秀才：卖吗？

朱掌柜摇摇头。

孔秀才又吱了一口，叹气。

孔秀才：上辈的规矩自有他的道理，做人得有敬畏心，不能坏规矩。

朱掌柜点点头。

孔秀才：像耿花生，你这里如果备下小菜小碟，他就没活路了。

朱掌柜：先祖说，人来世间不能好事全占，守一颗不害人的心，本份做事，老天爷总会给这人留碗饭。

孔秀才再次吱纽一声，这次他喝完了。

孔秀才略显趔趄的身子迈出酒馆时，身边已没有了影子，因为暮色已渐渐地浓了……

烧酒坊（二）

枪声撕破青龙镇的黎明。

街上的门市有的已经开张。

大老任的茶铺飘荡着桔红色的炉火极是醒目。

枪声响时，烧酒坊的朱掌柜正在用木棍在酒缸里搅料。

灯光将他瘦小的身子映在墙上。

有沉重而惶急的脚步从院后李贯河大堤蹿过。

一个细微的响声惊住朱掌柜。

他知道有人进了后院的发酵池。

发酵池里堆满厚厚的稻壳，那是他让脚行从汉口运来的酿酒料。

朱掌柜轻轻拉开后门。

天已彻底亮了。

一个穿着黑棉袄，腰系麻绳的人栽倒在发酵池里。

朱掌柜没敢多想，他掂起挂在后门左上角的淋酒杆，填在那人嘴里，然后拢起稻壳，将那人埋稻壳里。

朱掌柜做事仔细，他又掂起扫帚，将六个发酵池的稻壳拢成一个模样，再将头伸到矮墙外睃了一眼，这一眼又惊了他，视线里有几片带血迹的杨树叶，他赶忙翻过墙，将树叶扔到河边。

朱掌柜收拾好残局，妻子也做好早饭。因为有心事，朱掌柜的饭吃得很恍惚。

朱妻：今天上午你得看门市，街东卖杂货的李婶请我去套被子。

朱掌柜：不能推辞吗？

朱妻：傻子，人家是嫁闺女套被子，不兴换人的。

朱掌柜：中，那你去吧。

这时保长的铜锣响了。

保长：各位老少爷们，掌柜，乡贤，今早有个共产党的交通员在镇北中枪了，县保安队秦队长来镇上追击，有发现报告者奖钢洋五块，亲自捉拿归案者奖十块。

整个上午朱掌柜都心不在焉。

终于等到妻子回来。

朱掌柜：你坐柜台，我歇歇。

朱妻：你不吃饭了？

朱掌柜：晚会儿，晚会儿。

朱掌柜隔着后门朝发酵池里看。

他看见保长陪着两个斜挎驳壳枪的人站在发酵池外的河堤上。

挎枪人：血迹到这儿断了。

保长：会不会从这儿跳河了？

挎枪人：估计他是下河了。

这时，发酵池里的稻壳动一下，朱掌柜的心提到了嗓子眼。

几个人走上岸。

保长手里掐着几片杨树叶。

秦队长：这一片河湾浅，估计他是逃到河对岸的赵庄了，辛苦你了保长，我们得赶紧去赵庄，就此别过。

挎枪人惶急地吹哨子。

堤岸上终于静下来。

掌灯时分，朱掌柜让妻子帮着把人弄进屋。

两口子都能听到各自的心跳。

交通员轻哼一声。

朱掌柜打手势支走妻子，他脱掉已经昏迷的交通员的棉袄，枪伤口在左肩上，血已凝成一块，身子明显在发烧。

朱掌柜犹豫片刻，走到正房梁头下，挪开盖着的方砖。

妻子拦住他。

妻子：传了几代的酒头，你动了，破了祖上的规矩，以后咱的酒坊

坏了窖咋办？

朱掌柜手没停。

他端出那只藏了几代的酒瓮。

在他启开瓮盖的瞬间，身子差点摔倒。

那一晚青龙镇的狗都停了吠声，它们被烧酒坊的酒头熏醉了。

朱掌柜给交通员嘴里塞个木棍，然后用剪刀挖出子弹，好在伤口浅，加上朱掌柜酒头的浓烈，但交通员还是疼得昏迷了。

天明，交通员醒了。

此时朱掌柜正对着盖了盖，封了砖的酒瓮跪拜行礼。

朱掌柜：先祖啊，我不是私自喝酒头坏规矩，实在是人命关天呐。我是救人，啥事有救人要紧哩？

耿花生

青龙镇六里长街，中原古镇。

北面一条李贯河蜿蜒依托。

北至开封陈留，东至安徽亳州，南至周家渡口，西至鄢陵花都。

门面生意自是繁荣昌盛。

特别是阴历的三、六、九逢集更是人流如潮。

开初镇子上卖焦花生、花生仁的有六七家。

耿花生来的晚，四十多的人，精精瘦瘦，带着一妻一儿掂了四色果盒来拜会青龙镇的大善人窦员外。

窦员外：原籍哪里？

耿花生：汴京西马道街。

窦员外：为啥不在那儿干呢？

耿花生：亲父子弟兄有时候会因争生意，不好说话。

窦员外：贵姓。

耿花生：免贵姓耿，别人都称呼耿花生，其实我只卖焦花生仁。

窦员外停顿了一下。

帐房先生老闫在窦员外耳边低语一句。

窦员外：你跟师爷闫先生去看一铺面吧。

耿花生：窦员外，我这小生意用不着门面，找个破房子支个锅灶就中。

窦员外顿了一下。

窦员外：那就住窦老井家吧，她孤儿寡母的，让她给你腾间房，租金好补贴家用。

耿花生的花生仁和传统的干焦香不一样，他的是油炸样的带些干红辣椒圈，咸、香、辣，大开味蕾。

耿花生卖货不吆喝，挎个木盒子，上面摆几个袋子，有人要，就

卖，没人问继续朝前走。

渐渐地他发现烧酒坊朱掌柜那儿生意好。

朱掌柜夫妇都是小个子，整天没个大言语。

但他的门市不卖菜，一个小菜都不卖。

耿花生的花生仁偏偏也带辣味，这样辣对辣就怼上了。

先是朱掌柜给他搬把椅子坐门口卖。再后来耿花生自己搬了一把用绳子攀的高靠背的马扎。

花生仁卖完，耿花生就把马扎放在烧酒坊，改天来时再搬出来。

这样耿花生的辣味花生仁就在朱掌柜的烧酒坊门口生了根，想吃辣味的自己来。

老任茶社里的茶客吃辣花生仁上了瘾，又不想跑，就给倒茶的小二几角碎钱作为跑腿费去镇东买。

耿花生生意差时不吆喝，生意好时更不吆喝。

就在那把高靠背的大马扎旁边放一个木盒子。

有时中午高马扎就收起来了，有时掌灯时高马扎还在。

总之，仅仅半年时间，耿花生就像把鐬子一样深深地插在青龙镇，成为镇上一景……

小木匠

阳光似火。

蝉鸣声起伏。

李贯河的河坡上，木匠何的两个小徒弟正踏着一块斜板一替一下地锯木头。

木匠的祖师爷是鲁班，在工匠业里木匠是坐头一把交椅的，但那也是汗水浸泡的。

青龙镇有规矩，想入木匠这一业，先得拜师，入门后再拉三年大锯。

尔后才能跟师父放线，动尺子开槽。

青龙镇的木匠头是何师父。

何家是老户。

后来李贯河通航，汉阳在镇上建个造船厂，厂里有机械锯，那玩意锯木头，转眼之间。

镇上立即有人批发他们的木板，开了板子铺。

但何木匠不用他们的板，他说那东西走的快，把木头的筋烧毁了，他只用小徒弟开的木头。

这样就苦了小徒弟们。

小徒弟姓仇，虽姓仇个子却不长，十七岁拜何师父为师，到了二十一岁，个子才到一般人的肩膀头。个小力斜，拉大锯更是累坏人的活，咬牙撑三年，何师父说再拉一年，小木匠心里就生了怨意。

这次接的活是大家嫁女，何师父约估了一下，光大锯得拉一个月，把小木匠听得小腿肚子直转筋。

昨晚收工早，小木匠被另一个师兄拽到烧酒坊喝酒，他买的耿花生的辣花生。

耿花生的高靠背马扎一下惊住了小木匠。

小木匠心里咚咚直跳。

一口唾液顺喉而下，像数天前他往树上绑绳，看到一员外女儿在露天茅坑入厕时雪白屁股的感觉。

骄阳下小木匠和他的一个师兄在拉大锯。

小木匠想呕吐，眼前冒着金星。

他想他真的撑不住了。

小木匠一头栽下斜板。

拉大锯晕板是常事，问题是小木匠已经拉了三年多大锯。

何师父没去拽小木匠，他拿起单锯片啪的一声甩在小木匠身上。

小木匠疼醒了，摇摇手。

小木匠：我不学了，我受够了，我已经不是你徒弟了。

何木匠愣住。

小木匠：出了你的师门，我是死是活不要你管。但我不会称你为师。

小木匠的背上有条锯片留下的血印。

他趔趄着身子爬上河岸朝朱掌柜的烧酒坊走去。

朱掌柜被妻子的惊诧声吸引过来。

他看到小木匠身上的瘀血印，连忙用小勺盛了酒，拉过小木匠往他身上的血印处敷。

小木匠哭了。

耿花生也走进来。

小木匠对着耿花生跪下。

耿花生：小木匠，你跪我弄啥？

小木匠：我想用你的高靠背马扎。

耿花生：这好说，我从汴京带两把，给你一把就是了。

小木匠破涕为笑。

一年后小木匠在青龙镇开起木器厂，他的原材料全是造船厂的方木，他又在汉阳运回打孔机，他的产品批量生产。

小木匠衣着光鲜，一夜之间俨然成了青龙镇上的仉掌柜。

何师父不知道成就小木匠的第一桶金会是摆在朱掌柜烧酒坊前的那

把高靠背马扎。

此时，青龙镇笼罩在暮霭里。

朱掌柜在翻他的发酵池。

耿花生闭目倚在他的马扎上守着他的最后两袋花生仁。

何木匠又一个徒弟晕板了，这次他没打徒弟，却没来由地两行清泪溢出眼眶。

小木匠仉掌柜此时正坐在窦员外的客房用茶，他让人从汉口捎的红双喜烟卷到了，他亲自给员外送来，他还知道窦员外又要留他饮酒了。

金烟锅

青龙镇有三家烟馆。

两家大烟馆，一家是烤烟馆。

大烟馆兴盛了几年，两老板最后都染上烟瘾，瘦得人如鬼样，关了铺面。

剩下一家烤烟馆是许昌灵井来的一个叫徐大头的人开的。

徐大头的烤烟铺不是大烟铺，不提供床位，摆在柜台前的是两张八仙桌。

桌上一把茶壶，壶里始终泡着茶梗。

柜台内分三个格，一个格是大叶烤烟不加工，论斤称。一个格是细加工的烟丝，论两称。同时，又分本地烟、许昌烟和云贵烟。

云贵烟最贵，不过原料加工细，口感绵软，消费群体自然是窦员外、钱老板等一帮贤贵。

一个格内摆着各种烟具，有铜烟锅、银烟锅、铝烟锅，同时也进了一个金烟锅。这个金烟锅刚摆两天就神秘消失。问徐大头，徐大头不说，就有人测猜可能是窦员外买走了，或者是钱庄的钱掌柜，有人耐不住好奇就问，被问到的都摇摇头。

金烟锅通体泛着耀眼而华贵的黄，烟杆用的是赭降色沉香木，烟杆表面经过珍珠串细细地打磨，泛着暗哑的光，烟嘴用的新疆和田老料，如羊脂般细腻、雍容。

这天，窦员外来到徐大头的烟铺。

他对着徐大头耳语几句。

徐大头唯唯诺诺。

又过一个旬日，徐大头托着个礼盒去窦员外家。

回来时徐大头托着沉甸甸一兜钢洋。

烟铺也有想吸又吸不起粗烟的人，像何木匠新收的一个小徒弟，每到深夜歇工，他都到徐大头的烟铺饮几口掺了烟梗的浓茶。

又一个旬日，徐大头托着同样礼盒去钱庄。

钱掌柜让帐房给徐大头支了一兜钢洋。

偶有阳光疲惫的午后，睡足了午觉的小镇贤达们聚在徐大头的烟铺闲聊。

八仙桌上的茶已换成极品龙井。

窦员外、钱掌柜、米行的闵掌柜，有时竟有学富五车的孔秀才。

但他们各自使用的都是极普通的铜烟锅。

有时他们会为一个话题争得面红耳赤。

木器厂的仇掌柜从不和别人争，他有时意味深长地看徐大头一眼，有时又看窦员外一眼，看徐大头的目光里有一种心照不宣的自得，看窦员外的目光含着懦弱和试探。

窦员外的目光太自信了。

窦员外的地契有多厚没人知道，但人们知道从青龙镇到汴梁陈留集都有他的庄稼地。

这样的实力搁谁都自信。

夕阳终于下山。

暮霭说话间就笼罩上来。

吸烟、喝茶、聊天的人从徐大头的烟铺出来。

仇掌柜紧走几步撵上窦员外。

窦员外压着步履前行。

仇掌柜：窦员外，跟您请教一下，我想在青龙镇再开个洋烟铺，只卖汉口的洋烟。

窦员外：你从汉口给我捎的红双喜，我刚拆一盒，其余动都没动在那儿放着呢，洋烟吸着没意思，还是用这金烟锅吸的烟丝有味道。

仇掌柜：洋烟撑面。

窦员外：几里长的街面，谁不知道谁呢？再说，你搞洋烟专营，那东西得报很高的税。

窦员外说完瞅着前方，目不斜视。

仇掌柜到家抽出金烟锅，他连吸三袋，而后将金烟锅擦拭干净，再用软布裹好，塞进床榻左侧的活动墙砖内。

他知道，窦员外到家也会抽一袋，用的也是金烟锅，装的也是云贵烟。但窦员外不会像他这样把金烟锅藏得这么严实。

孔秀才

孔秀才的偏房是间书房。

说是书房，一张破书桌，一挂破书架，中间放一长条桌。

孔秀才的院落透着破败景象。

在这种景象里他教授着五个学生。

孔秀才不教《中庸》《大学》，他只教学生《百家姓》《三字经》等入门学问。

一个孩子来了学堂，泡个三年五年，学业入路就走了，或去康城读国立的学校，或去私立的名校。

孔秀才只负责孩子们的第一站。

孔秀才刚开始送别学生时，心里很纠结，走个学生，他得难受两天。后来麻木了，孩子终究会长大，他们即便把他的东西全学走，不还是带几个学生艰难度日吗？

孔秀才的学生也有争气的，像窦员外的小儿子窦成章。孔秀才就是他的启蒙老师，人家现在省城开封做着官，每逢春节回乡省亲，都亲自登门拜会他，并带了贵重的礼物。

现在又到了日落的时候，孔秀才身着补丁长衫走过镇街，走向老朱的烧酒坊。

朱掌柜的老婆照例咳嗽一声。

朱掌柜用手擦着围裙走到柜台前。

耿花生又递袋花生仁。

孔秀才却打手势拒绝了。

耿花生：不要钱，我送你的。

孔秀才：小生意不容易，再说我今天没胃口。

话间，孔秀才的肚腹里传出饥肠的响声。

响声很清晰地被朱掌柜和耿花生听到了。

都是从坏年成里过来的人，他们知道孔秀才又没用午饭。

耿花生给得很实意。

孔秀才拒绝得也很决绝。

朱掌柜已将二两小酒端到柜台上。

孔秀才接了，一饮而尽。

朱掌柜和耿花生都愣住了。

在他们发愣的瞬间，孔秀才背身走了。

也许是饮得太猛，也许是饿了，反正孔秀才走路的身子有些趔趄。

厅堂里没有灯。

孔秀才的妻子坐在那儿抽噎。

孔秀才长叹一声，摸索着走进箔篱子隔着的里间倒头睡下。

有牛催草料的哞叫声。

孔妻：牲口都知道个饥饱。

孔秀才：喝瓢水睡吧。

孔妻：我喝一天的水，肚里咕哩咕嘟的全是水。

孔秀才：睡吧，床是一盘磨，睡着了不渴也不饿。

孔妻：我端着瓢往人家面前一站，人都矮了三分，听人家叹息一声，就再也张不开嘴。咱哪一年不借几回米面呢，咱还过吗？这次该你了，你是秀才，你张张嘴，人家可能还给你个面子。

孔秀才：给了面子，可我在学生面前就永远抬不起头了，永远没面子，睡吧，饿死我都不会去借的。

孔秀才说完又叹口气。

这口气令空气心酸。

孔妻止住哽咽，回忆她和孔秀才新婚时快乐的时光。

这时，门前扑通一声。

孔秀才夫妇都听到了，孔妻挣着身子起来。

她隐约看见地上一袋白颜色的米袋。

孔妻用手捏了捏。

孔妻：真的是米，救命的米来了。

孔秀才躺在床上不为所动。

孔妻来到里间问：你说会是谁？

孔秀才：还会是谁！一定是窦员外那个大善人呗。

麦 客

窦员外心里陡升一股烦躁。

他踩灭木器厂仉掌柜送给他的红双喜洋烟，从太师椅上伸手捞向八仙桌下面，那里有个暗箱，藏着他的金烟锅。

云南小烟叶柔和、清香的味道透过鼻息，浸过全身，令他通体舒泰。

账房先生老闫走过来。

前院来了几个麦客。

"咱的地都租出去了，用不着麦客啊。"

"他们说得见见您。"

窦员外打个手势。

账房闫先生走了。

窦员外将金烟锅里的小烟丝燃尽了，才用鹿皮布擦了擦烟锅放置好。

窗外有黄莺的叫声，每年该麦收的时候，它们不知道从哪里飞过来，时不时地叫一声，提醒着这个麦熟的季节。

窦员外来到前院偏房，几个麦客已大刺刺地坐在那里。

看见窦员外，几个麦客知趣地站起身还礼。

窦员外跟账房老闫递个眼神走到门外。

窦员外："柜上还有多少钱?"

账房："该割麦天了，我去康城钱庄兑了100块钢洋。"

窦员外："你这就去镇上钱掌柜那儿再借三十块。"

话毕，窦员外又迈步进屋。

丫环小桃过来倒茶。

窦员外："桃，把仉掌柜送的红双喜烟拿过来，在我书房的柜里。"

窦员外左手端起茶，右手打个请的手势。

麦客看见窦员外细瘦的手指上空空如也。

在麦客们设想里，远近闻名的老地主窦化德应该身着绸罗，手指上戴满金戒指，但眼前的窦员外衣着很普通，他心静气闲的神态还是令麦客们生起一丝羡慕。

小桃将烟拿过来。

窦员外先启了外封，拿起一盒拆开。短短的白烟条，金黄的细烟丝。

一股清香的烟草味弥漫。

窦员外给麦客让完烟，自己掏出开封出的铁塔牌火柴也点燃了。

洋火对麦客们不陌生。

香烟倒是头一次见。

窦员外眯着眼吸了一口。

麦客们也试着小吸一口。

偏房里一时烟雾缭绕。

窦员外噙着烟，将整盒的烟三盒一摞，分成三份，各自递到麦客的面前。然后又从衣兜里掏出一盒新火柴。

窦员外："镇上的仇掌柜在汉口有生意，他时不时地给我捎个一条两条的，既然各位来了，那就是缘分，带回去尝个鲜。"

账房先生掂着一个布兜进来。

窦员外接过，将布兜直接递给挨他坐的麦客手里。

麦客愣在那儿。

窦员外："外人知道我有钱不假，但是佃户家里饥荒了，一年的租金我就不要了。开封建大学要我捐，省里组织互助会让我捐，一家不知道一家，这一百块钢洋，各位请笑纳。留的三十块我也准备着给下人发个麦赏。"

麦客掂着沉甸甸的钢洋不知所措。

窦员外："去安排张妈，杀两只鸡，再到烧酒坊灌两壶好酒，今天中午我要好好招待三位。"

麦客齐齐还个礼，转身走了。

闫先生擦了擦额头的汗水，瘫在一旁的椅子上。

账房先生："东家，你咋一眼就看出他们了呢？"

窦员外："麦客的眼神不会那么硬。另外，他们带着的镰刀又是尚铁匠的，我搭眼一看，就知道是牛角洼的土匪，麦收前青黄不接，大家都急。"

账房先生："你咋就断定一百块钢洋能把他们打发走呢？"

窦员外："咱家放多少钢洋我会不知道？人心都是肉长的，咱俩门外说的话他们都听到了。"

孙香油

香油也叫芝麻油或小磨油。

香油属于奢侈品，家里来客了或有病人需要改善生活才拔开棉塞用筷子头蘸着滴上一两滴。

青龙镇祖传有句谚语：一罐香油一年景。

若以一家一年一斤香油算，香油用量并不可观，因此镇子上就一家香油铺，铺子临街后面有个作坊。

铺子的掌柜姓孙，街坊便称他孙香油。

孙香油磨油用的是老法，先炒芝麻。炒芝麻也有讲究叫外焦里嫩，还得洒些阴阳水，阴阳水顾名思义是开水和生水合成的，这种阴阳水则是开水放凉再掺开水，这样的阴阳水性柔，磨出来的香油更味醇柔和。

芝麻炒了再用小磨子磨，这种磨不同于磨玉米、小麦、红薯片的大石磨，这种磨十岁儿童单手便可旋转。

孙香油的小磨子则由孙香油的老婆和孩子操作。

磨出来的芝麻酱放在一个大铁锅里震，行业用语叫醒油。

金灿灿的芝麻被小石磨磨得支离破碎，它得醒啊，于是香油孙就搬一只马扎坐在铁锅边，不停地用手摇，渐渐地稠稠的芝麻酱里渗出了橘黄的油，油越晃越多，在铁锅里呈现一幅镜子样，反着天上的光。

摇到时辰，孙香油起油，再看锅底的芝麻酱馨成铁一样的坨。

孙香油有时在铺子里坐着等客，碰到镇子上有红白喜事啥的卖几罐，有时则挑个担子游乡，吃香油的或用钱买或用芝麻换。

这天傍晚，开木器厂的仇掌柜来了，他拉着孙香油出去喝酒。

孙香油喝多了，倒在床上嘴里还絮叨着：不信，不信，不会有这东西。

半月后孙香油把他的醒油锅放在铺子的门脸前，并且一摆两个锅，

摇动铁锅的是一个铁夹子，夹子的发力处是两根弹簧，孙香油踩一脚这个锅动一下，因有簧的压力，回脚时那个锅动，就像现在踩自行车一样，这是小木匠仉掌柜从汉口给他捎回来的洋玩意儿。

洋玩意不仅解放了孙香油的手，还提高了效率，最厉害的是这玩意醒出来的油特别香，从打孙香油使用这玩意，整个青龙镇就浸泡在小磨油的香味里了。

人的嘴很叼，并且这个肉喇叭传播东西也快。

很快康城和桐丘的富裕户都套着骡车来买油。

孙香油把他的两个娘家侄儿从乡下喊来帮忙。

两个锅变成四个锅，踩弹簧的人坐在高靠椅子上两脚交错着蹬。

也有来看稀罕的，跑了几十里，站那儿看半晌，回去在自家村子饭场上讲得嘴喷白沫。

又一个风高月黑之夜，孙香油在张肘子的饭馆请仉掌柜喝酒。

在昏暗的灯光下，仉掌柜胸有成竹。

孙香油：上次不是说一个钢洋一瓶吗？

仉掌柜：这东西虽说在汉口买，但是汉口不出这，这东西是大英国出的，那时让你买你不买，眼下人家涨价了，咱有啥办法。

孙香油：两块就两块吧，我要两瓶。

仉掌柜：人家每次只卖一瓶。

孙香油：那要是再涨价呢？

仉掌柜：我不敢许你不涨价，得看行情。

孙香油：不说了，咱们喝酒。

这晚的孙香油依旧喝多了，倒在床上还絮叨，到底是啥金贵东西呢，滴一滴它就香得扑鼻，不滴跟别人的香油没两样。仉掌柜，你这不是害人吗？你太不地道了，我的名誉都打出去了，你断了我的货，我的铺子就死了，你他娘的小木匠……

苟 三

青龙镇没有卖狗肉的。

距青龙镇十八里贾千楼的贾老三偶尔挑个狗肉篮来串街。

因为自古就有狗肉上不了桌的说法，但凡讲究的人家是不用狗肉待客的。

现在苟三来了，也没给谁打招呼，就在镇子最南边瞎老大家租间房连收带卖。

窦员外家喂牲口的把子手应把子没来吃晚饭。

窦员外没有在意，晚饭后偶尔他会在镇街上遛一圈。

他在镇子的十字街上碰到应把子。

应把子手里托着一团黄麦秸纸包的东西。

窦员外：老应，弄啥去了？

老应：狗肉，苟三的狗肉，又咸又烂，我给你捎一蛋子。

窦员外：我不吃狗肉，我们一家人从来都不吃狗肉。

老应：买回来了。

窦员外：去退了，或者送给谁吧。

窦员外说完闪身过去了。

暗夜袭来。

风中裹着一股香味。

瞎老大的院里挂着一个罩子灯。

灯下人声鼎沸。

有人在喝酒划拳，有人大口啃着狗骨头。

窦员外不知不觉已经走到镇子的头了。

窦员外到家时，应把子已给骡子喂了草，嘴里噙个旱烟袋在抽。

看到窦员外，应把子站起来。

应把子：我把狗肉给孔秀才，孔秀才不吃，又碰上钱庄的钱老板，他的手摇的像苇子叶，最后我送给耿花生了。

窦员外应了一声，背着手在牲口屋转一圈出去了。

天色黎明的时候，苟三推着他的独轮木车走出青龙镇。

昨晚曹庄的曹员外让人捎了话，想订两只整狗，因为他请了漆匠苏来给他的女儿漆嫁妆，又因为他的女婿是开封保安团的连副官，他很满意，而漆匠苏指名想吃狗肉。

李贯河的河汊里有个村叫赵村，因是河滩地，沙质土壤地老鼠就多，为了保庄稼，赵村人不养猫就养狗，每家都养好几条。

这个村里人怪，他们用狗逮老鼠。

因为有老鼠吃，赵村的狗还肥。

价钱头一天就讲好的，现在看到这肥狗，苟三心里笑咪咪的。你想啊，狗肥，肉就多，赚头自然也多。

苟三逮狗用的是长把钳子，那是铁匠炉上定制的，钳杆长一米五，钳头呈圆形，圆形的钳子夹住狗脖子后，狗就俯首帖耳了，任由他捆绑。

今天的苟三心花怒放，他轻车熟路，伸钳子就夹住那只肥狗。

肥狗只挣扎一下便倒在地上，但它哀嚎的叫声不绝于耳，大群的狗涌向胡同，涌到苟三夹狗的院子里。

黑白纷杂的狗颈毛突起，怒视着苟三。

一向自信的苟三看卖主一眼，再看满院的狗，他也恐惧了。

嘶吼声是在第一只狗扑上去时开始的。

那只狗啃掉苟三屁股上一块肉。

苟三伸手护屁股，胳臂却被另一只肥狗撕住，他挣了两挣，另一只狗又撕住他的腿。

苟三被撕倒在狗群里。

赵村的狗是闻着地老鼠的血腥味长大，面对苟三的血肉之躯，它们只是认为逮住一只更大的地老鼠。

狗主人也被惊住，他吆喝家人关严门窗躲进屋里。

日上三竿，狗群终于散了。

苟三扭曲的身子只剩下一副骨架。

午饭时窦员外知道了苟三被狗撕吃的消息，是应把子告诉他的。

窦员外向地下默默泼了三杯酒。

应把子的目光有丝诧异。

窦员外：三十年前青龙镇曾有一个狗肉铺，后来掌柜的被一群不知来路的野狗活活撕吃。三十年后又来个不怕死的。唉，青龙镇这地方怪啊，怪得我都看不透……

邱凉粉

邱凉粉叫邱子成，是地地道道的青龙镇人。

镇街上有三间门脸，一间卖凉粉，一间是过道，另一间常年闲置。

凉粉是降暑的美食，从收麦前干到种麦后，两头算也就七个月的生意。

因为位置重要，有很多来镇上做生意的看上他这块风水宝地，找商会或镇上的名人来说合，邱凉粉一概拒绝。见年年都有人来商量租房，邱凉粉就找块木牌叫孔秀才写上"本院房屋概不出租"。看邱凉粉心坚意强，便没人再去自讨没趣了。

邱凉粉有三亩地，但地里不种庄稼，他种菜，独头大蒜，顶天小椒，牛毫小葱，这些菜品只为他的凉粉服务。

每年催麦收的黄鹂鸟凌晨一叫。

邱凉粉便如冬眠的蛇瞬间醒了。

方圆十几里来镇上买叉把牛笼嘴的都拐到邱凉粉这转一圈，再吃两碗凉粉。

粉是绿豆粉，晶莹剔透，玉脂一般。

先是有节奏地切粉，浇盐水、蒜汁、辣椒酱、香醋、小香葱。食客接过来，筷子一拌，站那儿呼呼噜噜一碗下肚，将空碗递过去，邱凉粉又将粉切好了，装粉浇调料。

这才坐下来细细地品。

香、辣、爽，这是邱凉粉的三大特色。

青龙镇也来过别的凉粉摊子，也有人抱着不服气的心态，去吃别的凉粉，就不吃你邱凉粉的凉粉，可是一搭口，根本不是那个味，回头还得吃他的。

先说邱凉粉的绿豆，他是从桂金珠粮行里买的顶级绿豆，货真量足。辣椒镇上也有，是那种大条子，辣味淡。邱凉粉的蒜，独头蒜，产

量低，剥皮又难，方圆十里八村没人种，他种，进门就是一股子蒜辣味。辣椒辣舌头，蒜辣心，辣到心里一年忘不掉。再配上牛毫小葱，小磨香油是在康城老戏楼前买的，有人建议他用孙香油的香油，但邱凉粉只用康城的。

屋里人站着坐不下，有人提议邱凉粉开开那间闲着的屋，邱凉粉笑着摇头。

邱凉粉从凌晨忙到半下午，等人稀了，坐下来抽空吸袋烟，看着身后一溜空盆，眉梢挂着喜悦。

儿子小邱凉粉已经跟着忙了三年，各种工序娴熟在心，他也坐下来陪着父亲吸烟。

父亲：小吃就是一种心劲，它不是药，不吃得死，也不是馍，能大把地充饥，它就吃一种心情。

儿子：心情？

父亲：他巴巴地盼了一个冬天，想来碗凉粉解解馋，如果你挨边的铺面是个炸臭豆腐，他还有心情吃吗？

儿子：那闲置的房子呢？

父亲：人是个贱虫儿，你让他排队等他乐意，你真给他个座位他又有架子了。

儿子：怪不得那间闲着也不租，这我知道了，货就卖个金贵，卖个氛围。

父亲：其实就是吊胃口。

苏老三的狗

狗是年成的象征。

俗话说灾年无野狗，别说狗了，就是地里的老鼠也被人挖洞逮吃了。

青龙镇那几年粮食丰收，加上李贯河连接上沙河通了汉口，镇子上的生活有了大的提升。

于是，一个茶馆又开张了。

茶馆是一个南方人开的，那叫个精致。

普洱、龙井、大红袍，也有下力人喝的茉莉香片。

中午不走有茶点，各色的素果，极有档次。

镇上的富户、名人苏老三很快喜欢上了茶，整天泡在那儿。

苏老三的祖上开初在青龙镇帮康城的一个大户人家种地、收租，后来户主一夜消失，他的祖上便一直替主家收租，后来这些地便成了苏家的地产。

现在有了茶社，便一头栽进去，不到天黑不出来。

这天有船在码头卸货，从船上下来仨外国人，两女一男。

男的戴着一顶高帽，鼻梁上卡着一副单脚眼镜，五十岁左右。女的年轻，红头发，蓝眼睛，肌肤白得耀眼。

他们坐在苏三相邻的包厢。

说是包厢，是以软榻的靠背说的，厢与厢之间一目了然。

苏老三第一次看见外国女人，他惊诧得不自觉地站起来。

外国美女的穿着不比本地女人，上衣极短，她们在八仙桌前坐下来，一截肥白的腰肉刺晕了苏老三。

苏老三不敢看了，他看狗，因为美女带了一只小洋狗。小狗小头、细腿，长身子，跟青龙镇的土狗、野狗有明显区别。

苏老三不经意间又看一眼美女的腰肉，那亮花花的白肉又晕了他一次。他再次盯向那只小洋狗，洋狗看着主人，脑门上一朵白花，但主人没有给它。

苏老三从旁边扔给洋狗一块桂花膏。

小洋狗跳起敏捷的身子张嘴咬着跑到门外去了。

日光斜过门槛。

照惯例苏老三得歪倒茶榻上眯一会儿。

但现在他开始关注那只丑陋的洋狗了，那狗自从咬着苏老三给它的桂花膏后就再也没有进茶社。

外国男人从上衣兜掏出个晃眼的圆东西看一眼。

苏老三见过，那是金质怀表，窦化德窦员外就有一只。

外国男人叽哩哇拉地说一阵话。

其中一个美女还来到苏老三的包厢。

她对苏老三浅浅一笑，弯身子朝苏老三的茶榻下张望。

苏老三又被那身段晕了一次。

醒了的苏三眼前空空荡荡。

外国人找不到他们的狗失望地走了。

苏老三也伸头朝茶榻下瞅，他却瞅见了榻腿边卧着的那只外国狗。

苏老三惊了一下，蹲下看。

外国丑狗懂事地从榻下走到他跟前，短尾巴朝他摇着，身子已靠在他的腿上。

茶博士：苏先生，这狗跟你有缘。

苏老三：头顶一朵白花，晦气。

茶博士：您大福大贵，一福压百祸。

从此这只漂洋过来的外国丑狗成了苏老三的跟班。

也有人私下里耻笑，说街上野狗多了，随便领养一只都比那只外国狗好看。

苏老三不在乎，带着它招摇过市。

半年后外国狗成了一只大犬，它跟苏老三去梁堤口赴喜宴时彰显了

它的特异功能。

外国狗独自逮住三只野兔。

从此，苏老三隔三差五地带着外国犬下野。

收获可想而知。

只要瞄见野兔，奔跑能力再强的野兔也无生还余地。

后来窦员外在开封做官的儿子窦成章回青龙镇见了苏老三的外国狗，才知道谜底。

窦员外的儿子说此狗名细犬，祖宗在澳大利亚，是外国贵族们去野外带的围猎犬。

苏乞儿

苏乞儿不姓苏，连他自己都不知道自己姓啥。

他在个暖冬乘船来到青龙镇，他看见青龙镇铺面林立，生意兴隆，他还看见河滩码头上的流浪狗膘肥毛光，一个连狗都能养活的镇子，自然能养住一个不憨不傻的流浪儿。

流浪儿的眼睛很有光，脸上也不是太脏，也没有太大的欲望，他早晨从窦家祠堂偏厅的麦秸窝里出来，往镇头的油条锅前一站，朱油条先挑给他两根，然后到下一家去喝豆沫，再一天就撇过了朱油条，往下家去。一道街吃过去，一个月也就过了。

让苏老三收养流浪儿还是窦员外的主意。

这天下一夜的雨。

天明窦员外就踩着木几子去祠堂。

青龙镇有三家祠堂，窦员外家是最好的，正房除外又留有偏厅，厅里铺了麦草，专门提供给落难之人打尖的。

窦员外去时看见流浪儿滚在麦草里，身子缩成一团，伸指一探，额头滚烫。知道是着寒了，便回去让赶骡车的把子抱着瞧了医生，又买些煎包、烧饼兜着给他送回祠堂。

窦员外也来得闲茶社喝茶。

这次他没去自己的包厢，他去找苏老三。

苏老三对窦员外极尊敬，恭敬地迎，又亲自沏茶。

窦员外：街上这个孩子你收养了吧，叫他姓苏，你把他养大，他自是会给你亲。

苏老三：行，我听您的。

于是流浪儿被苏老三领回了家。

先给大婆，她嫌麻烦，推给了二婆。

二婆就让人给他烧水洗澡，又换件新衣服。

但天明，流浪儿又上街上要饭去了。

苏老三爱面子，让人把他关在家里，关一天饿一天，关两天饿两天，就是不吃家里的饭。

苏老三跑到窦员外的包厢给他讨招，窦员外也没辙了，说他生就一副要饭的命，不管他了。

但流浪儿这样一折腾，倒把名字给折腾出来了，大家都叫他苏乞儿。

其实苏老三好心收养他，只是一厢情愿的事。

苏乞儿打心眼里不认可。

想那苏老三在茶社不止开了眼界，看了洋妞，又得了细犬，日日野味不断。

除了没有儿子，苏老三的日子应该是有滋有味的。

自古就有禅茶一味之说。

苏老三日日饮茶，喝柔了身子骨，喝慈了心肠，街上偶有落难之人，只要让苏老三撞上，没多有少，总是不让空手的。

这日路过一和尚，偏巧被带狗的苏老三遇上，他虔诚地邀和尚去茶社饮茶，中午又请吃的素茶点。

和尚的理论很高，他在茶中娓娓道来。

苏老三流了几次泪，大彻大悟。

苏老三：高僧，你来青龙镇是全镇人的福，我卖二十亩地给你建庙堂，我给孔秀才建议，你偶尔也去私塾里讲讲。

和尚微笑着拒绝了。

苏老三再次流着泪挽留。

和尚：苏施主，你不止有养子苏乞儿，你还会有自己的亲生儿。

苏老三只差跪地磕头了。

半年后苏老三的二婆突然怀孕了。

苏经纪的白日梦

李贯河由沙河和运粮河打通后，建了码头。这使青龙镇的贸易繁荣起来，同时带来的还有南北文化，像"经纪"这个词就是泊来品。

东西有卖有买，中间没有说客不行，老农养牛，牵到镇上卖，又不知道价钱，便问说客。说客将手伸到卖主袖子里握手指头，这时手指头像算盘子一样有代表数字的作用。当说客的人第一得会说，第二得懂行情，第三在镇上得有点小身份，以免碰到渣子户要有一番口舌。

苏篓就是牲口行的说客或是行务，但他称自己是苏经纪。这一叫不当紧，鸡鱼行掂秤的也叫经纪，秸秆麻行的也叫经纪。

苏篓没地，一家人住在镇上，吃喝全凭他一张嘴，若碰上半个月的连阴雨没法开市，他就得拉饥荒，就跑到苏老三那儿借点。说是借也没见他还过，谁让他是苏老三的侄子呢？其实也只是同姓，两家一毛钱血亲都没有。

是镇上的媒婆老猴精起的头，她去给苏篓说媒。人家问，这个苏篓和大善人苏老三门势近不近？老猴精说苏篓是苏老三的亲侄子，苏篓他爹排行老大，没想到媒成了，苏篓硬沾软贴叫苏老三叫亲叔。

当长辈得付代价，苏老三时不时地接济一下苏经纪。

今天苏经纪又有难事了，他连襟的儿子成婚，当姨夫的得出份大礼，别看苏篓在街上穿得光鲜，当着经纪。但是腰里空，平日的绸缎衣服都是苏老三穿旧的，腰里也挂个烟袋包，就没见抽出来过，但人要的是一个面子，有的事得强撑着。

苏经纪来到茶社时苏老三还没到，茶博士认识苏篓，知道他是苏老三的侄，便问他喝什么茶。

苏经纪：掏钱不？

茶博士：不掏钱，苏掌柜买四种茶在这儿存着，你喝哪一种？

苏经纪：那就喝好的吧。

茶博士：那是二十年云南普洱。

苏经纪只知道云南小烟叶好吸，谁知道茶叶也有名气。普洱有生熟之分，当茶博士将深红色的普洱茶端上时，这款茶应该是熟茶。

苏经纪轻易不喝好茶，好茶是要慢慢品的。他上来猛喝，一会儿竟醉茶了，身子歪在茶榻上，轻得发飘。

就想他苏经纪突然有了一百亩地，这地租出去，按三七开能收回来多少斤粮食，卖到粮行能兑多少钢洋。

苏经纪虽说是牲口行的经纪，粮行的事多少也知道一些。经过初步的核算，一百亩地的收入并没有多少。

那就一千亩地。

计算一千亩地的收入耗去苏经纪很多时间，但得出的结果仅仅是中级小康，也就略比苏老三强，远远赶不上青龙镇的窦员外。

那就一万亩地。地一上万，就有赚头了。

苏经纪首先想到是去开封买幢院子，最好是王爷传下来的老院子，再在商会里担个职务，去河南大学找两个女学生，纳俩偏房，原妻不能休，那是他当初花了一石粮食请媒婆老猴精上门说的亲。

青龙镇再也不回了，他的身份已经漂白，现居省城开封的苏篓是苏会长或苏大人了。此时的苏大人英气勃发，神采奕奕。

偏巧茶博士过来叫他。

茶博士：苏经纪，你叔苏员外来了。

苏经纪：苏员外，不就是苏老三吗？我跟他一毛钱关系也没有，什么叔啊。我还是他叔呢。

茶博士：苏经纪。

苏经纪：啥苏经纪？叫老子苏大人。

也许是自己的声音太大了，苏经纪自己把自己吵醒了。

他看见苏老三和茶博士就站在自己的面前，他跟前的普洱茶还散着微微的烟雾。

他不知道刚才梦境里的蛮横，慌忙站起来，用茶榻上的鸡毛掸子给

青龙镇

苏老三清理铺位。

苏老三盘腿坐在茶榻上。

茶博士新沏了普洱过来。

苏老三打手势让苏经纪坐。

苏经纪躬着身子站在茶榻前再也不肯前移一步。

苏老三：说吧。

苏经纪：叔，姨外甥成亲，我得借一个钢洋。

苏老三掀起绸衫的襟摆，从兜里掏出两块钢洋。

苏老三：够了吗？

苏经纪：够了，够了，谢谢叔，谢谢叔。

媒婆老猴精

旧时女人没地位。

自从用绳子绞了脸变成媳妇便没了自己的名字。

自己姓张，夫家姓李，便是李张氏，夫家姓宋便是宋张氏，若夫家也张便是张张氏。

丈夫出门，女人在家，门外有人喊，家里有人吗？女人会说：没人。

门外听见说话，便不再进门。男人不在家，不能串门，这是规矩。

女人进了婆家，大门不出，二门不迈，操家守规人人称赞，但也有圈不住的，像青龙镇的媒婆老猴精。

老猴精姓颜，书香门第的姓。她是有一年发大水，抱着个木箱子从上游漂过来的，被拾河柴的穆老大救下了。

穆老大房无一间，地无一垄，就在李贯河河湾里搭个棚子，看着漂来的猴子样的女人就收留了。

猴子女人没事就在河湾里挖泥脱坯，半年过去，身子养胖了，也给穆老三脱出山一样的两摞坯。

穆老大到镇上找泥水匠的头余歪嘴商量盖房的事。

盖房，坯是大事，有了坯房子好建。

讲好工钱，余歪嘴带人三天给穆老大在河堤上站起三间房。

躺在散发着麦草香的新房里，搂着自己心爱的女人，穆老大心里很幸福。

三间房两间是住室，窗子也小，西边一间是厨房，窗子却开的极大，对这样的格局穆老大不懂，这是他女人安排的。

然后女人在窗台前垒个泥台子，坐在厨房里卖茶。

再后来李贯河通了航，他盖房的地方成了码头。猴女人看到商机，又建了几间房，开了客栈和饭店。

穆老大也占地为王，当了码头搬运工的头。

猴女人给穆老大生两个儿子，又都给他们说上媳妇。各自给一个饭店和客栈，也就等于各自给了他们一个门路，让他们吃喝不愁。

猴女人因为给儿子说媳妇说上了瘾，待家里铺摆停当后就在青龙镇当起专职媒婆。

猴女人在河堤上混一辈子，阅人无数，历事无数，因此她说媒成功率极高。

这天老猴精去斜地张说媒回来在街上碰到苏篓。

苏篓是街上的混混，媒也说了几个，但经不住打听，三十大几了还光棍一人。

苏篓：穆大娘，给俺说个媒呗。

老猴精：斜地张我见俩闺女，都不错，真能给你说一个。

苏篓：说成了俺给你一石麦。

老猴精：说话算数。

苏篓：唬媒人会遭报应的。

三天后老猴精还真把这事说成了。

女方问，这个苏篓跟苏大善人苏老三门势近不近？

老猴精：苏篓的爹排行老大，他管苏大善人叫亲三叔。

女方说那这媒成了。

事后苏篓真在粮行里给她赊一石麦送去了。

老猴精还有拒绝五块钢洋说桩媒的事。

那是宰猪羊的贾小刀，先死爹，再死娘，后又死了老婆。

贾小刀哭天无泪。

街上开铁器杂货的韩掌柜让人请老猴精去贾小刀家说媒。

贾小刀的女儿才十五，韩掌柜六十大几了他想纳小。

老猴精说，你就是给座金山我也不去说，我说媒几十年，你见我给谁说过小，我只说红媒。再说，你六十大几，人家才十五，你这不是害人吗？

　　老猴精气鼓鼓地回家，挪开那张破床，从床一侧的活动坯里掏出一个红布包，她从里面取了二块钢洋给贾小刀送去了。

　　贾小刀感激地鼻涕眼泪流一脸。

　　老猴精说先用着，都是打苦日子过来的人，知道哪先哪后。

　　两年后贾小刀的女儿嫁到开封，嫁给一个部队的连长。

　　连长还是青龙镇的人，先是读书后参的军。

　　媒仍是老猴精说的。

　　贾小刀的女儿出嫁那天，搂着老猴精哭了一场。

　　老猴精帮她收拾嫁妆时，看到红皮箱里用红绒布包着的一个牌位。

　　老猴精虽说不认识字，她的名字她还是认识的，因为那上面写的是"穆颜氏"三个字。

　　老猴精：闺女，你那个牌位弄啥哩？

　　闺女：这是我让人刻的功德牌位，初一、十五我给您上香，祝福你长命百岁，祝福你永远安康。

　　老猴精听了贾闺女的一番话，呜呜地哭起来……

摊上大事了（一）

苏鸡眼教七个徒弟，前六个都远走高飞了，最小的马七却不走。兵荒马乱的往外走？再说师父谁孝敬？

旧时交通工具少，人们行走全靠两只脚。

用马七的话说，人最高贵的地方是脚，脚能带你跋涉千里，脚也能听懂人话！你想想，能听懂脚语的人该有多厉害。

照祖传的规矩，马七应随师父的姓叫苏七，但他是关门弟子，拜师时苏鸡眼没强求，马七也装迷瞪，他认为姓氏是父母给他的，为着个吃饭门道，就随了别人的姓，心里别扭。

现在马七随着父亲的姓，干着师傅传授的技艺，心里美得很。

苏鸡眼的门面房在街中间，几十年前的青龙镇还没有今天繁华，街中间有个老城隍庙，庙旁是个坑，苏鸡眼先在庙旁摆摊割鸡眼，后来有钱就买土垫坑，坑也不是一次性垫的，有钱就垫几筐，没钱就停住。

小镇人没智慧，认为住庙旁不吉利，苏鸡眼就钻这个空子，十多年后愣是盖起了一个院子。

后来李贯河通航了，青龙镇的后坡成了码头，街上更热闹，偶尔船停泊卸货，乘船人便在街上行走，也有脑袋灵光的小贩，乘船沿码头卖一些洋货。

马七支撑门面后，师父苏鸡眼突患眼疾失明了。师父就哭，嚷嚷着看，马七陪他去开封教会开的洋医院。

洋医生操着蹩脚的中国话告诉他，他失明是眼底的视网膜问题，治不好。

马七：师父，有我一口吃的就饿不着您老人家，没有一口吃的，我借高利贷也给您弄吃的，保您老人家饿不着。

苏鸡眼：有你这句话，我就是死也值了。

马七接任后装修了门面，又买了小贩的铜盆和香胰子。

一天，另一名小贩给他推荐了一套德国产的刀具，价格贵得喷人。

马七掂刀一试，立马相中了，因为没钱了，就和小贩弄了个分期付款，然后他就等机会。

现在机会来了，青龙镇的名人窦员外来了。

马七端了铜盆，倒了热水，很熨帖地先给窦员外洗了一遍脚，然后才在蹬板上扳脚来看。

马七：老员外，确实是鸡眼，并且不止一个。

窦员外：那就割吧。

马七：老员外，割是割，我割的贵呀。

窦员外：贵就贵吧，不会一个鸡眼两石麦吧。

马七：还真让您老人家说对了。

三升是一斗，十斗为一石，割个鸡眼两石麦，这费用高到天上去了。

窦员外有的是麦子。

窦员外：割吧，割好点。

马七：保证一次除根。

接下来马七又给窦员外换盆热水。

脚在热水里泡不算，还给脚挠痒痒。

马七的指甲长短适中，他伸指在脚底哗哗哗三把，而后又用手指捏着，让那个痒痒在脚底来回蹿又找不到出口，待痒痒下去了，他又是三把。

窦员外没经历过这些，这种浅浅的痒竟渐渐地舒服到骨子里去了。

一盆水凉了，一个干净的小童又换来一盆水。

马七继续重复那痒痒。

第三盆水就是脚背按摩了，轻而柔，细而微，马七的手指刹时变成啃肉的小鱼，游走在窦员外脚背诸穴。

待这些做完，窦员外的脚已被泡得松软，马七让小童换了热毛巾裹着另一只脚，开始修这只脚。

窦员外感觉马七只是给他修脚指甲，削了脚后跟的老皮，然后又是脚底的按摩。

窦员外睡着了，还做了个梦，梦见他爹带他在仙山上摘仙果，仙果旁有山有水，有花有草，香气沁人。

窦员外醒来时，身上披件洁净的绒毯，脚上也盖了件柔软的东西。

马七坐在那儿喝茶。

窦员外：齐了？

马七把小托盆托到窦员外眼前，一大一小两个鸡眼。

大鸡眼还带着长长的根。

马七又掂起镜子，对好角度让他看，他看到脚底的小孔。

马七：老员外您不再歇会儿了吗？

窦员外：都啥时辰了还歇呢。

马七：午后一点您这一觉睡的。

话间马七给窦员外穿上袜子，跟着又穿上鞋子。

扶身坐起后，又在肩颈小按一会儿。

窦员外站起来，在铺里走了几步，脸上带着笑，极是惬意。

窦员外从衣兜里掏出两个钢洋。

马七：老员外您，这太多了。

窦员外：一个是手术费，一个是小费。

马七：谢谢老员外捧场。

窦员外：马七，你这一手确实值这么多，可是如果遇到苦力之人你怎办呢？

马七：想割鸡眼不疼就上我这儿来，嫌贵就到别的地方去，来就是这个价钱，谁让他摊上大事了呢？

摊上大事了（二）

青龙镇虽说是小镇，但它南连武汉三镇，北连省会开封，一条李贯河，一个码头，愣是撑起一片的奢侈与浮华。

旧时交通闭塞，小镇竟偶有外国人光顾，像苏老三就在茶社里拾了只外国女人养的细犬。

外国女人可以周游列国，中国女人却大门不出，二门不迈。

这就是文化的差异。

小镇越繁华就越有人讲规矩。

像富裕钱庄的掌柜侯爷，就是个讲规矩的主儿。

咋讲规矩呢？他的宝贝女儿也长了鸡眼，并且长的不止一个，他愣是不让去看，鸡眼开初不走不疼，等长熟了，不走也疼。

侯爷叹息，生在富家却是穷命，咋会有鸡眼哩？

你说你一个女孩家家的，伸着脚让马七摸来摸去，成何体统呢？

侯爷是一家之主，他拿不定主意，他女儿就一直疼着。

后来女儿疼得夜里哭，侯爷坐不住了，便去找马七。

马七是苏鸡眼的关门弟子，接门市后改变了经营模式，走高端路线，割一次鸡眼要费很多钱。

人这个东西就是怪，他越贵越有人体验。

这年夏天，火炉之城的汉口就有两位老板在青龙镇住了五天，第一次是割鸡眼，后两次纯粹是享受马七的捏脚手法。

俗话说逮着一个制锅的顶十个星秤的。

马七的生意是五天不发市，发市吃五年。

问题是马七门前还骡车不断。

侯爷来时，马七正给一个衣着光鲜的主儿洗脚。

小童端盆热水站立一旁。

马七微笑着点点头。

侯爷笑了。

马七的声音很低，侯爷没有听清，倒是小童放下铜盆，把侯爷引到半人高的木包厢外的床榻上，又倒一杯热茶。

小童：师父说他正在工作，不便大声说话，他让你在这儿等他。

侯爷只有静候。

工作间马七偶尔弄出的声响刺得侯爷很不舒服。

街上夏大包子的吆喝声传来时，马七才忙好。

马七将客人送出门来见侯爷。

马七：侯爷，您也摊上大事了？

侯爷：马七呀，我没摊上事。

马七：没摊上事您会亲自来我的小店？

侯爷：说正经的，你出诊吗？

马七：出诊有出诊费，这您知道。有的病号百里外赶来，看我不守门店，是不是很失望？

侯爷：你说价钱吧。

马七：加半个钢洋。

侯爷：如果蒙上你的眼睛，全凭感觉能割掉吗？

马七：侯爷是考我了，蒙上眼睛照样手到病除，但是得再多加个大洋，因为蒙上眼睛风险更大。

侯爷：没问题。

马七：日已过午，我们得吃饭，侯爷您也先回，吃过饭安排下人烧一锅热水，担一桶凉水侍候。

日影稍斜，马七带着小童和三个铜盆来到侯府。侯爷用一条缠腿带子缠上马七的眼睛，并领到屋内。马七坐在脚踏板上，小童放好调好水温的水。

马七修了无数的脚，但现在他手里的这双脚令他手感不凡，别看他看不到，鼓鼓的脚肉，细润的肌肤，很明显这是一双少女的脚。

马七手指轻抚。

侯爷：马七，怎不用工具？

马七：得先用水泡，把脚肉泡软了，才好在病灶处下手。

侯爷：一个鸡眼也称病灶？

马七：两脚六个鸡眼，有三个已经长熟了，再不割溃脓发炎能把双脚烂掉。

侯爷再不说话，看着马七忙活。

连续换四盆热水。

马七感觉到患者的整个身子都软下来了。

马七这才用德国小刀轻柔地割。

说实话，再娴熟的手艺没有眼睛都打折扣，除非学时就盲。马七有两次刀子用重了，患者疼得小腿一缩。但很快又平静了。

掌灯时分，鸡眼全部割出。

小童把托鸡眼的托盘交给侯爷。

侯爷伸手接过，倒掉了。

侯爷待患者走了，才解开马七蒙眼的带子。

小童已将铜盆摞好，工具包挎好。

侯爷将四块钢洋递到马七手里。

马七：不是讲好三块吗？这多不好意思。

侯爷：多这一块是小费，只是希望别把来我家出诊的事说出来为好。

马七：我去侯爷家出诊了么？我从没去侯爷家出过诊。

侯爷揖了一礼，哈哈大笑。

摊上大事了（三）

傍晚时分，天空飘起细雨。

马七的鸡眼店今天空客。

马七割鸡眼价格高得噎人，接待的都是些贤达富豪。

这样偶尔空客也在情理之中。

但就在马七即将脱衣上床时，门被轻轻地叩响。

马七走出来时，小童已开了门。

一个少女走进屋后随即又关上了。

马七：你割鸡眼吗？

少女：上几天你给我割过鸡眼，鸡眼好了，但我想让你给我再洗洗脚，我也给一块钢洋或者两块也行。

马七：一块就中，小童整水。

灯光下少女婷婷玉立，身体修长，肌肤雪白。

马七的手有些微抖，似乎乱了阵脚。

小童将热水端来。

马七打手势，让少女斜躺在床榻上。

马七将少女笋尖般的脚趾按水里后，先在脚面上轻抚，待微痒浸遍脚面时，他又一把拽住脚趾，另一只手伸五指在脚底哗哗三把。

马七听到少女的一声低哼。

马七又将这种手法反复几次。

少女的身子晃了几晃，跟着软下来。

马七的整套程序都很轻柔，并且按的全是穴道。

少女被按得身子数次微扭。

最后是腿脖，放裤脚穿袜。

小童把铜盆都端走了。

床榻前坐着马七。

马七拍拍少女的腿。

少女坐起，从衣兜里掏出两块钢洋。

马七：多一块。

少女：我也给一块小费。

话间少女开门走了。

马七将手里的两块钢洋暖得温热，鸡叫时才睡着。

五天后的傍晚，少女又来。

马七关门单独接待。

少女的脸色更加红润，肌肤也亮得泛光。

马七：你叫啥名字？

少女：瑞萱。

马七：这次我就不收费了。

侯瑞萱：我给你准备了。

马七：做人不能光讲钱。

小童端水递毛巾视若无物。

固有的程序，马七又多了一份熨帖，效果可想而知。

侯瑞萱走时脚步有些微颤。

迈步出门时才说，她将两块钢洋放床榻角了。

这中间马七到开封给守军团长修脚，手法被团长看中了，说要把他留下。

马七泪流满面说家里有九十岁师父，体弱多病双目失明，师哥们又不孝，对师父不管不顾，他没法留下。

团长让封了钢洋又送一块熟牛肉。

马七的门市开门当天，侯瑞萱从门前过了一趟。

晚上侯瑞萱就来了。

固有的程序结束后，侯瑞萱站起来。

马七起身相送。

侯瑞萱却一把揽住他贴在怀里。

马七有多少回都梦见她，现在真人就在怀里了，那份激动可想而知。

他们张狂了一夜。

马七：你爹呢，你爹知道吗？

侯瑞萱：他外出收帐不在家。

马七：我是说你爹知道了咋办？

侯瑞萱：生米都做成熟饭了，他能怎样？

马七把她搂得更紧。

事情败露是在两个月后。

那天正在吃饭的瑞萱突然呕吐，过一阵又呕吐。

侯爷开着钱庄，那是个人精，他立马知道闺女做下败俗的事了。

侯爷人老几辈穷，侯爷先是在开封一家粮行做学徒，后在一家钱庄做学徒，看着能撑门面了，就辞工回乡开了个小钱庄，几十年来侯爷中规中矩，老婆生了一男一女后，就生不出来了。

他也没纳偏房。

儿子读书留在了杭州。他已托人在开封物色媒婆把女儿嫁到省城，嫁个殷实人家，起码后半生衣食无忧。

现在女儿侯瑞萱把他的美梦粉碎了。

况且他这次又入选康城商会副会长，这件尴尬的事情传出去，他在商会还有何颜立足。

侯爷愈想愈怒，正怒之间女儿朝他走来。

侯爷随手掂起门后的横担朝女儿头上夯去。

侯爷真是怒火攻心，侯瑞萱也忘了躲闪。

两样赶一块，人就遭殃了。

横担夯烂了侯瑞萱十八岁花季少女的脑袋。

傍晚小童出去买东西时得知了这一噩耗。

小童：师父，你也摊上大事了。

马七：我的脚底光滑如镜，何来大事？

小童：侯爷知道侯瑞萱怀孕的事后，掂横担把她打死了。

马七愣半晌。

马七：小童，你见过侯瑞萱吗？我没见过，不认识这个人。我压根就不认识这个人，哪会摊上大事？

人面桃花

青龙镇有两个人每月都能收到两块钢洋。

一个是哑巴铁的妻子邢嫂，一个是教私塾的孔秀才。

因为特定的环境和因素，这个秘密当时被人为地尘封，等解开谜团，已是多年之后。

开封马道街西侧有一条巷，外人叫红街，里面开了几家妓院。有怡春院、红香苑、桃花庵。

桃花庵的头牌是桃花姑娘，她是老板娘的女儿，年方十八，身姿苗条，仪态万千，琴棋书画无一不精，但她是艺妓，只卖艺不卖身。

但凡世间的东西，越是得不到的越是珍惜。

也是因为桃花这道风景，桃花庵名声在外。

也有不信邪的，扛着钢洋来攻。

无奈桃花心高气傲，那些人喜滋滋而来，灰溜溜而去。

这就使桃花名声在外。

河南的省会在开封，省主席归南京的民国政府管。

驻扎开封的是刘将军，刘将军手握兵权，自然兼任了河南省主席。

刘将军出身低微，汉阳陆军士官学校毕业后跟对了人，一路高升到今天这个位置。

刘将军有三房女人。

正房是刘将军初入行武长官的女儿。

二房是苏州仙仙乐坊的首席古筝手。

三房是河南大学的校花。

刘将军出门应酬是二房、三房轮流带，回到家只陪正房。

刘将军顺风顺水还得感谢他的师爷赖爷。

叫赖爷是尊称，人还很年轻，长着一副与南方人极不相配的高个

子，时常一身古铜色带暗花的绸衫。

一个晋商来开封讨债，请刘将军到桃花庵消遣。

因为晋商的背景也是军界，刘将军推辞不开，就半推半就地来应付一下。

说实话，他们都没有干啥，就是让桃花陪了陪。

掌灯时分，他们略吃一杯晚茶就各自散了。

但就是这简单的一面却打乱了赖师爷平静的心湖。没见桃花之前，赖师爷心里是潘澄湖的水，风平浪静，见了桃花赖师爷心里就像溃了堤的黄河水，波涛汹涌。

赖师爷虽说没有妻室，但人很本份，也没有不良嗜好。因为他的位置，张罗着说亲的不少，但赖师爷一律拒绝。

赖师父也出身在南方的大户人家，只不过母亲是北方人，他母亲开初是个丫环，后被他父亲收了房，成了第七房姨太太。

当然这是桃花后来才知道的。

赖师爷心里喜欢桃花他却不说，先是让警察局长陪着去，当着老板娘和桃花的面安排了关照和嘱托。

赖师爷又带了正大钱庄的郑老板，郑老板说赖先生每次来带着钢洋太麻烦，先给他放这儿一千块，用完再续。

老板娘满面笑容，但她心里想的是橙黄色的金条。

桃花不冷不热，模棱两可。

但是，自从赖师爷送一千块钢洋后，再没人来点桃花的牌。

桃花庵依旧也热闹，但就是没人敢再招惹桃花。

太阳落山时，赖先生来了，听桃花弹了几曲，然后陪着吃顿饭就走了。

再来，赖先生让桃花写字。

桃花写了，赖先生笑笑，就又吃饭，饭后赖先生用小楷给她写了桃花庵。

娟秀的小楷像执着的春风，瞬间吹开桃花的心。

赖先生再来，给桃花带了一本小楷体的《纳兰词》，反正没人点牌，

桃花就整日沉浸在纳兰所带给的境界中。

赖先生仍来，桃花却开口说话了，她依稀的童年往事像涓涓细流在她的房间里肆意流淌。

这天，赖先生早早地来到了桃花庵，他用骡车接着桃花去了青龙镇。

这时的青龙镇已经通航，它的繁华超出桃花的想象。

桃花又看到孔先生的私塾。

赖先生：其实半年前我已安排康城的钱庄，每月偷偷往他家扔两块钢洋。

桃花眼里浸了润色。

赖先生：我在钱庄放了五百块钢洋，孔先生每月的两块钢洋在我的利息里扣除。我知道你看孔先生可怜，又想让孔先生的私塾支撑下去，让更多青龙镇的孩子受启蒙教育。

桃花低声抽泣。

赖先生：这半年我借我的力量，把你爹娘的下落都打听到了。你爹在淮河确实被劫匪杀了，你娘改嫁到信阳固始后饿死了。孔秀才没有骗你，孔秀才到现在还为你的丢失而纠结。

桃花扑到赖先生的怀里，她哭得呼天扯地。

赖先生：我已经准备了五根金条，回去就给你赎身。

桃花：你一厘金子都不需花，我藏的私房钱够赎我自己三回了。

赖先生：桃花，看也看了，哭也哭了，咱回吧。回去看看我给你准备的新院子。

桃花倚在赖先生怀里点点头。

老谝爷

老谝是青龙镇的方言，就是故意炫耀的意思。

老谝爷姓耿，他不是青龙镇街上的人，镇子向东十二里有一梁堤口村，多以耿姓。

耿老谝无儿无女，只耕祖传下来的三亩薄田，日子也过得饥荒，偶尔去青龙镇上打个零工，钱没挣多少，倒是把镇上人的洋景致复制不少。

这天阳光明媚，老谝爷掐着坯模子去了青水河，他在河坡里忙了两天，又腾出自家的一间草房，然后把已立住形的土坯用扁担挑回了家。

他老伴不问他的事，他也没请人帮忙，三天过去，一个土台子垒的中规中矩。

老谝爷又在镇上忙了两天，捎回一个靠背，一个小方桌，一套茶具，六个小耳朵杯。

老谝爷先邀老伴陪他在那儿喝功夫茶，老伴喝了一次，说啥都不往桌边假了。

老伴说，每次只饮半口，太费功夫，想喝弄一碗就是了，矫情。

老谝爷也邀同村的来喝，人家只夸好，夸老谝爷有品位，有范儿，可再喊却推辞。

冬天的时光天色短。

老谝爷不去镇子上打零工了，他说冬季该养养膘，哪儿都不去了。

于是早晨的饭场上，老谝爷的菜盘上面便多了几块肥肉片子。

肉片子下面才是菜。

耿老根说，老谝哥，又吃上了？

老谝爷说，可不，肥肉片子烩萝卜。

耿老根说，好生活，老谝哥有福。

老谝爷用筷子夹着肥肉晃了晃，又放在一边，然后才夹着萝卜吃。

吃馍，喝汤。

有的已吃完饭，坐在那儿喷闲空儿。

老谝爷也吃完了，盘子里只剩下几片子肉。

这时来一帮小孩，他们像是商量好似的围到老谝爷跟前，齐声喊：有福有钱的老谝爷。

这时的耿老谝会幸福地闭上眼睛，孩童们稚幼的奶腔像一股春风吹得他心花怒放。

待眼睛睁开时，盘子已空，孩子们肮脏的小手抢光了他盘子里的肥肉。

老谝爷说，吃吧，爷在家吃过了，爷专心给你们留的。

也有孩子来晚了，站在空盘子边上哭。

老谝爷会上前安慰，然后领到家里给一块肥肉片子吃。

这年冬天，老谝爷出来得少了，因为他的身体出了状况。

镇上零活少了，老谝想去老猴精那儿扛包。

老猴精没在那儿，老猴精的丈夫穆老大也没在那儿。

一帮子年轻人正闲着没事干，见来个老头也想当扛包工，便和他逗趣，他们把目光盯向大包牙。

扛包工大包牙有二百斤重，长得奇丑无比，却力大。

大包牙说，想扛包可以，照我的模样做一趟立马上工。

话间，两人扛起一麻袋黄豆放在大包牙的左肩，又一袋放在右肩，再一包揽腰里了。

大包牙载着三麻袋黄豆在码头前的货场上转了一圈。

老谝爷明知是他们做的局，有些欺生的成分，但他一咬牙，愣是要试一试。

两个人放黄豆包也有技巧，他们给大包牙放时是悠着劲的，给老谝爷放时是砸上去的。一包上去一咬牙挺住，再一包就吃力了，腰里夹那一包时，对方几乎是用麻袋猛力扔过来的，一丝刺痛从左侧肋骨升出，刺痛像是冬日的裂冰，吱吱喳喳地朝前延伸，当疼痛延伸到整个胸肌时，老谝爷载倒了。

虽说后来码头上老猴精夫妇给他付了药费，但伤筋动骨一百天，接下来的三个月老谝爷就是在床上度过的。

立冬的时候刮起了大风，正躬着腰在清水河畔拾柴的老谝爷被风吹进一个挖坯的深坑，而刚刚愈合的骨伤再次开裂。

老谝爷临走的几天，只喝水，不吃饭。

以前结伴吃老谝爷肥肉片子的一帮孩子来看老谝爷，小孩子心里藏不住事。说，老谝爷，他们说你该死了，你不能死啊，俺们还想吃你盘子里的肥肉片子哩。

老谝爷笑了，眼角渗出泪花。

老伴又一次唤醒老谝爷，老谝爷指指茶杯又往青龙镇指了指。

老伴让一个半大孩子牵着驴去了青龙镇的得闲茶行。

老伴拿走老谝爷存在茶社里的东西，又看到苏老三一身绸衫晃了她的眼。她立马明白了老谝爷想什么了，她去估衣店买了一身旧黄色绸衫，特别是绸衫腰带上的那块绿松石比苏老三的那块还大。

傍晚，老谝奶奶赶到家，昏黄的油灯下，她将那身绸衫展示给老谝爷看。

老谝爷双眼放光。

他让老伴给他换上绸衫，搀着歪到茶台边。

他又让老伴去给他做碗面。

当老伴端着下好的面来喂时，老谝爷已经走了……

传 话

传话是青龙镇的老规矩。

何为传话？就是有计划有步骤地宣传或评价某种东西，某件事或某个人。

传话这规矩是青龙镇的名人每年阴历腊月二十三在城隍庙里郑重起誓的。于是，能接到传话的人，不自觉的便有了一种责任感。

规矩自有规矩的尊严，如果一个人自认为很强大，用自我膨胀的力量去挑战这规矩，那他的下场是灰溜溜的。

话说青龙镇的王哈拉子，这日从赌场出来，看到前面路上有个钱搭子，他喜滋滋地想去捡，不想有个人更快，伸手拽走了，这下王哈拉子不认，他认为到手的熟鸭子飞走了，他还认为那本该属于他的钱搭子里咣咣铛铛的有很多钱。在镇子上强势惯的王哈拉子抻手想抢，脚下被人绊了一绊子，身子一斜，一个狗吃屎栽在地上。因为摔得猛，疼得他眼冒金星，这时四个人围着那个背钱搭子的人往前走。王哈拉子几步跑到前边伸手拦住。

王哈拉子：把钱搭子拿过来，那是老子的。

背钱搭子人：大清早的说赖话，想讹人么？

王哈拉子：哪村的？没来过青龙镇吧，连我王哈拉子都不认识，连我王哈拉子的东西都敢抢？

这时路人围上来。

青龙镇的杀猪匠王屠夫，二百多斤重，铁塔一样的汉子，手里掂一把黑油油的杀猪刀。

王屠夫和王哈拉子是近门儿，王哈拉子得喊王屠夫喊叔。

王哈拉子：爷们，他们欺负我。

王屠夫斜背着手，杀猪刀夹在胳膊窝里。

背钱搭子人：这位街坊，你说钱搭子是你的，它有啥记号？这里面装了多少钱？

王哈拉子：少废话，老子说是老子的，就是老子的。

话间，王哈拉子的赌友郑光头和三全也围上来，他给他们使个眼光，他们像没看到一样。

背钱搭子人：青龙镇通航达州，却有这样的泼皮无赖，我们替镇上的老少爷们教训他，让他长长记性，也让他的嘴巴干净些。

话间，背向王哈拉子的汉子一个"鹞子翻身"伸脚甩在王哈拉子的脖颈处。

脖子是身体的薄弱部位，王哈拉子感觉喉咙一堵，人就栽地上了，他再想嘶声喊，嘴里却无法出声。

倒地的王哈拉子这时才突然明白，他碰上逮肥牛的了。

何为逮肥牛？就是一个团伙看到有钱又爱占便宜人，就故意在前面丢钱搭子，而后挤净拾钱搭子人的钱。这时王哈拉子也明白，钱搭子不是丢给他的，他替后面的有钱人顶了缸。王哈拉子感到憋屈，他打手势向熟人求救，别说郑光头和三全，就连他叔王屠夫也摇了手，又指了指耳朵，意思是听不见。

这时，王哈拉子才明白，自己被传话了。

势单力薄的王哈拉子只能侧着头眼睁睁地看着人家走远。

王哈拉子兄弟三个，他排行最小，他家最早开染房，生意还说得过去，但他爹不孝顺，爱发酒疯，喝多了打老婆。他爷长年在染房里烧水打杂，听到他爹打老婆就过来拦，结果连他爷也打上了。后来他爹自己喝多酒，栽到染缸里淹死了，死就死了，还一脸黑颜色，没个人的模样。

王哈拉子从小缺人管，感冒了也不吃药就自己熬，脓一样的鼻涕整天挂在嘴唇上，就为自己挣个王哈拉子的外号。王哈拉子也不孝顺，躺在遗弃的破染房里好吃不做。他纠缠老大，老大打他。纠缠老二，老二伸巴掌就扇。开始还找理由，后来啥也不讲了，见面就是巴掌伺候。于是，王哈拉子不敢欺负俩哥，就欺负他老娘了。

这天早上，王哈拉子赌了一夜钱，两眼红着像兔子，腰里空落落的

没一分钱，他在街上巡了一趟子想找个晦气人讹两钱，但他遇到的都是壮汉，不好惹。就又巡第二遍，走到柴草市便瞅见了他老娘，老太太刚卖了柴等着买柴人给钱。王哈拉子也不想想，老娘一把年纪靠拾柴度日，他不但不管，还想打柴钱的主意，那只是几张够买几个包子的碎票子。

收柴人刚把钱递给老太太，王哈拉子就过来抢。

老太太这次似乎有防备，接了钱就握在手心里，然后歪身倒地，把手放到大腿根，还两腿夹紧。

王哈拉子甩手一掌盖在老太太脸上，老太太受疼护脸，手自然就出来了，王哈拉子夺走了钱，又朝老太太腰里踩一脚。

这天早上偏巧窦员外来街上闲逛，对面的苏老三也出来遛弯，他们走到老太太跟前时，王哈拉子已跑得踪影皆无。

窦员外目睹了全景，他的眼角浸泪，随行的帐房闫先生从兜里摸出两块钢洋，窦员外点点头，帐房先生扶起老太太，又给她打掉身上的土。

苏老三也给了一块。

老太太手里握着三块钢洋，身子却瑟瑟发抖。

苏老三说，窦员外，传话吧？

窦员外：人都这样了，再不传话，咱青龙镇就真的没有规矩了。

于是粮行、布行、柴草行、牲口行、扛行、日杂行、码头都接到了窦员外的传话。

传话的内容就是任何人都不能搭理王哈拉子。

想搭理可以，舌头得烂掉。

青龙镇本想把不肖子孙王哈拉子湮死在青龙镇孤独而沉默的海洋里，不曾想他冒犯江湖人士，在刚传话的第二天，他就因颈断而亡。

麦　收

芒种芒，三两场。

其实不等芒种，麦稍黄时黄鹂鸟就来了，它在晨曦的树枝上"麦秸垛垛、麦秸垛垛"地叫。

伴着这叫声，农人也动起来。

于是青龙镇便热闹了，买叉把、扫帚、牛笼嘴的乡下人潮水般涌到镇上。

青龙镇是逢三、六、九有会。会是俗语，有会这天从天明到下午，买的卖的看热闹的从四面八方涌向青龙镇，镇上的贸易区也很分明，各取所需，各去所地。

这天是阴历的四月二十九，红日刚爬出地面的时候，镇上的窦员外和苏老三已衣履整齐地候在镇上的小南门了，他们迎接镇南十里外五所楼的好友王耕儒。

王耕儒是有名的大善人，但他的做派和镇上的窦员外、苏老三截然不同，这并不妨碍他们成为好朋友。

王耕儒地多，运粮河向北过青龙镇与李贯河交会，镇南三里到二十五里外的五里口全是王耕儒家的地。

王耕儒也有帐房先生、私塾先生、大把子和木轿车。特别是他的木轿车，用的是滑县十年老榆林陈料，老木匠带徒弟耗时一百天精做细雕，然后又刷桐油，刷清漆，直是锃明呱亮再配上一套枣红骡子，那架式放到汴梁城都不丢范儿。

但他们知道今天王耕儒不会坐木轿车来，只要不出青龙镇，方圆十里八里他都是步行。

其实王耕儒的村先前不叫五所楼，因为运粮河在那儿转了个弯，村子叫王湾。

王耕儒的爷先盖一座楼，王耕儒的爹也盖一座楼，到王耕儒这一

辈，他一气盖三座楼。

他爷盖一座楼自己住了。

他爹盖的楼仍是家眷子孙们住。

到王耕儒时盖的三座楼，一座做了私塾，供方圆的孩子免费读书；一座成了孤老院，赡养着六七个缺儿无女的老人；第三座是一个佛堂，持座打理的是开封相国寺主持的三弟子祥瑞法师。

每日黎明，王耕儒佛堂的铜钟会准时响起，那悠扬的钟声顺着运粮河的水面交汇李贯河，回荡青龙镇数里的地面。

有生客会问店家，哪里钟响？

店家说王湾不好听，说王耕儒又不敬，便随口说"五所楼"，这样因了王耕儒，王湾变成了五所楼。

也因了王耕儒的善德，他的三个儿子都在外公干，据说做的事由都不小。大儿子曾跪着求他去城里住，他笑着拒绝了，说城里有运粮河吗？城里有钟声吗？城里有五所楼吗？

大儿子流着泪说，爹说的这些，我那儿都没有。

王耕儒说，这不妥了。

每年的九月十九是观世音菩萨成道日，这天王耕儒的木轿车被他的枣红骡子拉着得折几个来回。窦员外、苏老三、钱庄的钱掌柜、开粮行的刘掌柜等镇上的名人都是王耕儒邀请的对象，他请他们来，一是上香，再吃素斋，最主要的是请他们听佛乐，再由祥瑞法师祈福。

这份感动令镇上的名流们终身难忘。

现在，王耕儒穿着一件月白色的粗布长衫背个钱搭，随着赶会的人流走到他们跟前。

一番问候后，三个人入南门直朝十字街走去，那里有马家的胡辣汤和王家的水煎包。

汤是纯羊骨头汤，炖肉时加了胡椒，据说是宫廷的配方。

吃了便进澡堂子。

事都是先前安排好的，每人一只大木桶，水烫皮的热，边上一个小伙子端着水瓢，搭条毛布一旁侍候。

先泡，再搓灰，再按摩。

这番享受令王耕儒通体舒泰。尔后再去得闲茶社，斜躺在窦员外的包厢里品茶。

一道茶品完，茶博士换第二道时，王耕儒坐正了身子。

窦员外给茶博士使个眼色。

茶博士出去一会儿便把窦员外的帐房先生叫来了。

帐房闫先生行个揖礼说，六拨麦客里我给先生选出两拨，请先生定夺。

说着把高矮两个戴破竹帽的汉子推到王耕儒面前。

王耕儒：先说说你的长项。

高个麦客：我们是山西人，东乡我年年来，我的劳力壮，人齐，活好，麦子收得净。

王耕儒：你也说说你的。

矮麦客：我是内乡的，我用的是泼镰，这东西收麦快，只收麦头，回头麦杆用铲子铲了捆好能编东西，因为麦头不一定齐，麦子会收不净。

王耕儒：说仔细些。

矮个子扭身外出。

窦员外：可能是想让你看看那物件。

窦员外话音刚落，矮个麦客带来一个六尺见方用圆木做边的绳兜和一把长把弯镰。

三个人立马明白了。

王耕儒说，就用你的泼镰了。

高个麦客：这位爷，你傻呀，这东西收麦像鬼剃头，得多少麦子抛废呀，我收的麦气死拾麦的。

三人哈哈大笑。

苏老三：这你就不懂了吧，王先生是善人，他故意找收得不净的麦客，给旁边等着拾麦的留着念想，他这是想给穷人留口饭呐。

王耕儒：主要是麦杆留的好，弯好留些麦草够牲口吃，余下的让他们都铲走，冬天下雪没法出门，就是用麦杆编成小囤子拿到镇上也能换几个小钱呀。

高个麦客戴上竹帽走了，边走边说，傻子，没见过恁傻的傻子。

相　地

　　王耕儒是青龙镇方圆出名的大善人。

　　但王耕儒没有住在镇上，是住镇南十里的五所楼村。其实五所楼开初叫王湾，因为王耕儒盖了三座楼加上他上辈留下的两座楼，便形成了今天的五所楼。

　　王耕儒不像别的地主吃香喝辣，作威作福，他会赶牲口会织布，平常和扛活的伙计干一样的活，吃一样的饭。

　　王耕儒种地攒钱盖了三座楼。

　　他家有私塾，当初教他孩子的私塾先生他像恩人一样养在家里，现在的私塾先生是他大儿子从城里推荐来的。老私塾先生的启蒙使三个孩子都已飞黄腾达，特别是大儿子在省城为官，声势大过镇上的窦员外。有一座养老院，划了十亩地，收成供住养老院的老人吃喝。

　　第三座是佛堂，供着西方三圣，观世音菩萨和弥勒佛。佛堂的晨钟像温暖的春风吹醒了青龙镇慈善的种子。

　　也因了这五座楼，五耕儒居住的王湾改成了五所楼，现在麦子已收完，玉米和大豆刚刚钻出地面。

　　五所楼的田野一马平川。

　　王耕儒没有在他的大田野耕作。

　　今天他破天荒地带着大把子，套上木轿车去了青龙镇。

　　王耕儒的举止也让镇上的窦员外和苏老三惊讶了。

　　每年的阴历四月二十九王耕儒会来镇上选麦客，但也是步行。

　　这天俩人会陪着王耕儒玩一天。

　　王耕儒：不走的路也得走三遭，稀罕了吧，这么远一段路套木轿车来，矫情了吧？

　　窦员外：王先生别自嘲，你一定是有重要的客人来。

王耕儒：窦员外猜的对，是恩人的孙子来了，湖南人。他爷、他爹都来过俺家，眼下他第一次来，咱不得高礼节地迎啊。

窦员外：一定是从汉口坐船来的。

王耕儒：对，咱得上码头接，还得沐浴一下，再在茶庄用些茶。

苏老三：这些都不是事。

王耕儒所说的恩人的儿子姓肖，湖南邵阳人，恩人的儿子和王耕儒平辈，认识姓肖的是王耕儒的爷。那时他的爷还是一个穷伙计，在康城的粮行里帮工，他爷从康城回来遇到落难的肖先生。当时也就是看他可怜，把他接回家养了一个月的病，病痊愈后姓肖的才说了实话。说他是从昆仑山撵地劲撵五年，撵到这里点住了正穴，正要放先辈的骨植却突然病了，可见是上天告诫他，他家无福消受此穴。现在他把正穴点给他爷，算是对他爷救命的报答。

也算巧合，肖先生点的正穴是他家祖传的河滩地，地薄土乏，实是看不出有甚出主贵之处，但是王耕儒的爷却信肖先生的。他在一个风月之夜在穴上打了坑，想把他爹的骨头移过来，他在那里挖出两个坛子，一轻一重，他先把坛子抱回家，又连夜移了他爹的骨植，埋好，等忙好这些天已亮了，没有人在意王耕儒他爷地里多个坟。

令王耕儒他爷欣喜若狂的是一个坛子里藏十根金条，另一个坛子里放满了银元宝。

王耕儒他爷把这些东西原封不动地埋在他家的破屋里，机会很快来了。运粮河左岸的六倾地户主左督军因谋反罪被杀头，管理地籍的是他的三姨太，这个女人头活，急着处理了地好卷铺背走人，于是王耕儒的爷用一坛子银元宝换了六倾地。

到了王耕儒的爹，湖南又来了人，说是肖大师的儿子，过来问候一下。

王耕儒的爷死时留下的话，说湖南肖家是他王家的恩人，王耕儒的爹留他住了一个月，走时给他送五十块钢洋。

现在到王耕儒了，湖南肖家又来人，说是邵阳肖大师的孙子。

王耕儒想排场，自然得央求窦员外和苏老三。

人接到时已是中午，先去酒楼吃饭，再去泡澡，而后舒舒服服回了

五所楼。

王耕儒平时很节俭，现在恩人的孙子来了，自然得大方些了。

他让人宰一只羊，杀几只鸡。

羊肉一半放锅子煮，一半用长绳绑着吊在水井里。

恩人的孙子叫肖世寒，一身的绸缎，气势不凡，他在王耕儒家住三天后要王耕儒陪他到地里转转。

王耕儒说，那就先去南地吧，南地临河。

肖世寒的前方绿意葱葱，他由王耕儒陪着朝绿色的林子走去。

突然，一群乌鸦从林子里冲天而起，王耕儒站着看头顶急速掠过的鸦群。

王耕儒：要不这样吧，我河西还有一块地，肖先生咱们还是去西地吧。

肖先生：不是说好去南地的吗？怎的变卦了？

王耕儒：实不相瞒，南地种的有桃树，刚刚鸦群飞起，必是有贪吃的孩童在那儿偷桃，我怕咱们贸然进林，惊得他们跳树逃跑，摔坏腿脚。

肖先生：王先生是真善人啊，其实我也不瞒你，十天前我就到过这里，我打听了你的为人，现在这么个细微的事更能看出你的心底。有人说横财富不过三代，而你王家却代代昌荣，它的秘诀就是善德，我看风水走遍了天下，十个昌盛的家庭有十家都是以善德为根的。

王耕儒：不要听别人乱讲，我没有他们说的那样好。

肖先生：人的福德厚了，自然会感召到福德厚的人来投胎做子孙，菩萨给你三个安乐易养，宿福深厚的孩子，这全是你善业的感召。古人讲积善之家，必有余庆，人要积善，自然有福德厚重的人来耀他的门庭，因为上天从不亏待德行厚重之人。

王耕儒：先生的话令我汗颜。

肖先生：王先生就不要自谦了，还是我爷厉害，是他老人家没有看错王家呀。

野 仙

先生是一种尊称。

半仙就含有调侃的成分了。

而野仙纯粹就是一种嘲讽。

旧时各行各业都有规程，有师承，谁是师叔谁是师父脉络清晰，而没门没派，没拜师自立门户的一律叫野仙。

青龙镇通航以后，镇子伸长了几倍，门面房倚河而建，繁华而热闹。

咱们这次所说的野仙叫毛备，是个看牙的。

其实青龙镇有两个牙博士，他们都有自己的门诊，门口画着一个口腔，红压压的森人。

这个毛备没门面，他所有的吃饭家伙就是两个马扎，一个小木箱子，箱子里放着钳子、镊子、药棉、酒精、棉签子。最主要的是他卖一种浸了药的棉球，不论你的牙有多疼，捂着腮帮子说不成话，刚想用手比划，他立马明白了，打开木箱子，用镊子从玻璃瓶里夹出一团药棉，放到疼处，先是一凉，而后整个牙床都木了。

野仙毛备这才站起身，拿开患者捂腮帮子的手，在患处轻轻地拍两下，患者脸上漾起舒心的笑容。

这时毛备的食指和中指搓了两个，患者立马明白，他这是要诊疗费了。

从早上到中午，毛备的地摊也收不少票子。

好像商量好了似的，牲口行的贾经纪、彭经纪、谢经纪都患了牙疼，两个人是左边，一个人是右边，腮帮子肿得明晃晃的。贾经纪用了偏法，给杀猪的要了苦胆，一直用疼牙咬着，本就疼了再加上苦，那滋味甭提多难受。彭经纪和谢经纪都捂住个腮帮子说不成话，这样倒好了应经纪和曹经纪，两个人一个会说成十三头牛、五头骡子、三匹马。当经纪全靠嘴把式，先和买卖双方沟通，再把手伸进对方的袖子里，以手

指头为数目侃价。

三个人看着另外俩人红头涨脸的交易，心里嫉妒得要死，也急得要死。牲口行有规矩，成交牲口钱除行税外余下的直接给做成买卖的经纪人，你没有交易就分不到钱。

于是，他们三个人相约来找摆地摊的野仙毛备。

毛备说，咬药只能缓解，你们这是火牙，必须得拔，拔了才能不疼。这次让野仙懵对了，上个会彭经纪去镇上的牙博士门诊，牙医检查后说的和毛备说的一样，建议他拔掉，但拔牙费高昂，彭经纪这人本来就小气，一听价钱转脸就走。回头给贾、谢两经纪渲染地拔个牙得卖掉一间房那么厉害，那两人也小气，说干脆让野仙毛备处理吧。

野仙毛备看了牙说，我拔牙便宜，让老天爷张玉皇给你们拔，拔的又快又不疼。

彭经纪说，你最好说清楚，每个人到底几个钱？

野仙毛备说，三个人三十个铜板。

彭经纪说，太贵了。

野仙毛备说，我也觉得贵，二十个呢？

彭经纪说，还贵。

野仙毛备说，三个人拿十二个铜板总行了吧？

彭经纪说，十二个就十二个吧。

野仙毛备说，还缺一样东西，我去去就回，你们先把钱兑一下。

三人如同捡个大便宜，迫不及待地兑钱。

野仙毛备手里拿一根纺棉车用的弦和一根点燃的香。

彭经纪说，你这是弄啥呢？

野仙毛备说：先给老天爷焚焚香，然后得把你们的牙拴在一起。

三老头都听话，围着个圆蹲在地上。

野仙毛备先收钱，而后用弦绳拴住他们的病牙。

野仙张牙舞爪地做了几个架式。

三老头还真被他唬住了。

野仙说：天灵灵，地灵灵，诸方神仙坐门庭，一支炮药用得好，一

下拔了不受疼，跟着又大喊一声，闭眼。

三老头闭了眼。

野仙却从兜里掏出个大炮仗，炮仗药捻短，野仙用香火点燃后还没听见捻子滋滋，炮仗就炸了。

因为响得突然，又都闭着眼睛，三个老头各自栽倒在一边。

烟雾散了，空气里弥漫着一股火药味。

三老头坐起来，伸手一摸，疼牙没了，就又不约而同地笑了。

彭经纪说，怪不得叫你野仙，就这法还能挣钱？

野仙说，牙掉没？还疼不？并且事先我都告诉你们了。

彭经纪说，你说啥了，俺咋没听出来？

野仙说：天灵灵，地灵灵，诸方神仙坐门庭，一根支炮用得好，一下拔了不受疼。

好榫眼

天气黎明的时候，朱老景从家里出来，走过运粮车道，拐上码头。

码头还在沉睡，静静的李贯河风平浪静，水面偶尔生出一团白雾，白雾荡过货船便被撞碎了。

这是老木匠朱老景的一个习惯，他每天早上都要在河边走上几里路，即便是给人做活，这习惯都没有改过。

前年，窦员外的儿子从省里弄回来几块木板，说是很金贵，想请朱老景做四把太师椅。

窦员外把朱老景请到家里，说不讲工时只求做工。

朱老景也是讲究人，这里的讲究是对工艺的要求，至于吃好吃坏，他从不挑剔。

苏老三曾请他打过一套老榆木桌椅，六把椅子一个餐桌他做七个月，至于后来苏老三给多少工钱，人们不知道，但他这七个月的吃喝该是什么个数。

朱老景背着木匠家什到窦员外家两天啥都没干，只是反反复复看木头。

清晨，码头还没有醒，朱老景顺着河堤得溜达几里地。

回到窦府，厨房已做好了饭，他洗洗脸用自己带的布巾擦了，这才去吃饭。

从春天到夏天，看着椅子已经做好了摆在那儿，但他仍没有走的意思。

他让窦员外让人到康城珠宝行买了几串玉手串，再用玉手串打磨椅子，这一打磨就是一个月。

椅子交工那天，连窦员外都愣了，那做工，那成色，那气势，特别是朱老景那自信的笑容。

朱老景：做几件好物什不容易。

窦员外：不错，确实好，工钱我得多给。

朱老景：不要工钱，在你这儿吃喝了大半年。

说这话时朱老景和窦员外都站在椅子边。

窦员外的手在椅子扶手上轻轻地来回婆娑，那种细腻的质感沁人心脾。

朱老景：我建议送走两把，留两把，你恁大的家业，没有一两件镇宅之宝不行。

后来送到省城的太师椅只有两把，据说后来那两把太师椅放在了省主席的客厅。

窦员外又让人做了冬夏两套坐垫，冬天坐棉垫，夏天坐竹垫。

朱老景再次接单接的是小木匠仉掌柜的活。

按辈份，仉掌柜得叫朱老景为师爷，但仉掌柜脑筋活，先是木器厂再是铁器厂，这次是开大油坊。

康城盛产棉花，棉籽是上好的油料。

这次仉掌柜依然用的先进工艺，但磨碎熟棉籽的青石磨得有，这磨中间掏得有洞，洞又不能掏透，还得是里面大，外口小的瓮形洞。

磨子跑起来速度高，如果中途甩落石磨力大，搞不好就会殃及人命。

脑筋灵光的仉掌柜自然去求好榫眼朱老景，并且送去不菲的工钱。

这时的朱老景已经七十多岁年纪，照理说这把年纪的老工匠不应该再接这个棘手活，万一做砸，毁掉的是一世英名，但好榫眼执着了一辈子，也有个好奇心。

木轴用的是干枣木，枣木软硬适中，做木轴当之无愧。

三天做成，干枣木像一个阙蒜锤。

朱老景让仉掌柜找的打下手的人帮着往石磨洞里砸。

四个人轮流砸了一天，干枣木终于进去了，可是没出一袋烟工夫，只听嘭的一声响，石磨从中间裂了。

出了这样的事情，责任明显是朱老景的，是枣木轴做得太大了，硬生生把石磨子给撑崩了。

朱老景：石磨子重新买，钱我出，再给我牵头驴，我要到禹州去一趟。

镇上的人都心疼好榫眼，因此这件尴尬事没有人传播。

十天后，好榫眼骑着毛驴回来了。

　　还是那个枣木轴，又砸了一天，将预留的长度全部砸进去后，石磨没有崩裂。

　　仉掌柜躲出去一天，他到活场时，石磨已装好了。

　　仉掌柜：老景爷，用的啥法？

　　朱老景：摸了一辈子木头，真没摸过石头，去了问了才知道咱是缺半碗桐油的劲……

荞麦花儿开

六十年前窦员外的爷窦为民在青龙镇和穆帮民合伙卖葱。

穆帮民是脸朝外的人，能说会道。

窦为民老实木讷，几乎一天都不说一句话。

青龙镇本地不产葱，他和穆帮民兑钱雇太平车从章丘往家里贩，贩了就垛在街里的一个角上，白天穆帮民收钱、记账，窦为民帮着卖，夜里窦为民守夜，拿床被子带领席就在葱垛上。

一般大年二十八或三十，一垛葱处理完。

青龙镇人邪性，春节前再贵的东西都有人买，春节后贵东西再便宜都没人要。

一般的除夕都下雪，等他和穆帮民算完帐，踩着雪回到家。窦员外的爷窦为民才明白，和穆帮民合伙卖葱的生意到头了，因为三年的合作，进一样量的货，卖同等的价钱，而他分的钱一年比一年少。

这时突然明白的窦为民心里像雪一样冰凉。

正月初九，青龙镇开集。

初七窦为民就跑到李老根那儿去了。

李老根在李贯河北岸，有一扇子河坡地，去年种麦时有人劝他留空地种春红薯，他现在看上那块地，去和李老根商量，李老根要的价有点高，窦为民咬着牙也认了。

正月初八窦为民去了山东，下罢十五从山东拉回来一车葱秧子。

河岸边有一条小径，窦为民在小径边搭个棚子，开始在那扇河坡地秧春葱。

这年夏收前下半个月雨，山东的葱过不来，而窦为民的葱在雨里苗壮成长。

雨住天晴，麦收开始。

窦为民的葱被小贩抢光，并且价格是平时的两倍。

以前都是窦为民干活，穆帮民收钱，卖完葱他说多少是多少。现在看着一条筐钱，窦为民才知道他这一辈子跟葱有缘。

麦罢再育小葱苗，秋天栽，春节前卖完。

这一年穆帮民也不去山东了，他来批发窦为民的葱，窦为民念着旧情，又多送给他二十斤。

说话间窦家种了八年葱，到底挣多少，没人去算，反正窦为民以李老根的河滩地为中心把方圆几十亩的地全都买回来了。

他又请两个远房亲戚来地里帮忙。

这天，棚外下着雨，一个云游的老和尚到棚下避雨，窦为民床前放了两个馍一碗汤，显然这是他还没有吃的早饭。

他实心实地让和尚吃饭。

和尚吃了一个馍。

窦为民还实心实地地让。

和尚又吃了一个馍又喝了汤。

窦为民就让和尚在那儿继续避雨，他却钻进雨幕回了家。

窦为民又给和尚带回来几个馍，还看稠的地方拔了一把小葱。

老和尚说，馍受用了，葱就不用了，出家人不吃葱，阿弥陀佛。

这时窦为民确实不知道佛家人不吃葱、蒜和韭菜。

夜里，窦为民做梦了，他梦见葱地里全是青虫，比有一年的蝗虫都多，他站在葱地里哭。后面李贯河水里却有了动静，一袭白袍的观世音菩萨，手托玉瓶，缓缓降落葱地，她撒了几把荞麦，像中了邪一样，葱地里青虫成片地消失，最后一条都没有了，观世音菩萨也驾祥云离去，眼前遗落的只是一大把荞麦。

窦为民梦醒，他走遍了他的几百亩葱地，哪有荞麦半个影子，但葱苗却没有往年的好。

入秋该秧小葱了，窦为民一棵没留，全批给小贩了，他在他的几百亩地里全都种了荞麦。

荞麦是一年生草本，茎直立，上部分枝，开花结果，主要是它种植

要晚小麦一至两个月，是属于补茬作物。谁家劳力跟不上，误了小麦播种期，又不敢让地闲着就种荞麦。

来年的夏天，窦为民的荞麦丰收，他没有把打下来的荞麦卖给粮庄，而是就地在河岸上用荞麦秸围起来。

跟着秋天就是大旱，红高粱只长到胸脯高就旱死了。

田野里一片荒凉。有人家趁黑夜拷上篮子开始出外要饭。

窦为民和他的帮工一直守在荞麦垛边。

这年秋天，他雇了两挂牲口，每天犁他的地暴晒，犁了晒，晒了犁。

有人看窦为民不种庄稼只晒地，也是羡慕，反正秋季已收获无望，不如学他也晒地，歇歇茬会产好庄稼，这是种地人都明白的一个理。

到九月该麦播的季节了，天上依然下火，没有一丝下雨的意思。

农人们急疯了。

这时康城的种粮大户来给窦为民商量要全购他的荞麦，窦为民望着一溜八大垛荞麦秸，心里像春风一样舒展。

种粮大户给出的价格是平日的两倍。

窦为民不为所动。

青龙镇的农人来求，窦为民开了一个垛，十斤、八斤仍是原价。

这天下午从开封陈留来了一帮推独轮车的，他们带着钢洋以平时四倍的价格弄走一整垛荞麦。

第二天又来两拨。

八垛荞麦很快消失，它们给窦为民换回多少钱，无人能知。

到十月，盼了大半年的雨终于下了，雨住，大片的荞麦种子落地。

窦为民也趁着地湿，秧上小葱苗。

来年三四月的青龙镇淹没在荞麦花的海洋里，据说那年多亏了窦为民的荞麦，不然又得饿死多少人。

荞麦花开的时候，那个老和尚又来了，他给窦为民带个私塾先生。

窦为民给老和尚封了一托盘钢洋。

老和尚拒收，说把私塾先生侍候好就行了，想富过三代，没有好的私塾先生不行。

天要下雨

老猴精是青龙镇李贯河码头搬运工头穆老大的老婆，老年之后闲着没事，专门做穿针引线的媒婆营生。

但她不敢给皇甫嫂做媒。

老猴精同情她，让她在码头上给搬运工做饭。

老猴精更敬佩皇甫嫂，丝毫没有因为她做的是缝补衣服的营生而低看她。

皇甫嫂人长的漂亮，十三岁随娘要饭来到青龙镇，十五岁娘得病死了，窦员外看她可怜，让她在府上帮佣。三年后嫁给了窦员外的一个远房亲戚皇甫强。

虽说是帮佣，窦府也是当作出门闺女待的，窦员外给了她十亩地做嫁妆，也用红绸骡车送到婆家。

一年后生个胖小子。

再一年后皇甫强用太平车在往码头上拉黄豆时，黄豆车翻砸死了。

俗话说，寡妇门前事非多。

皇甫嫂干脆从乡下搬到青龙镇。

窦员外说，还住家里吧，不在乎多添两口人。

皇甫嫂说，嫁出去的闺女泼出去的水，再说我一身白孝住回去不吉利，我就在地头河沿上搭间草棚就中。

看皇甫嫂心意已决，窦员外还是让赶牲口的应把子带人张罗着给她盖了两间土坯房，又用木头给她栅了个院。

院子离码头不远，码头上又昼夜不断人，万一有个啥情况，皇甫嫂喊一声，也好有人照应。

皇甫嫂的儿子皇甫钢四岁记事，六岁懂事。

在皇甫钢的记忆里，他们家菜刀多，门后有刀，床头有刀，床底有

刀，墙上挂着有刀，窗台上也有刀。

母亲冬天一身黑棉衣，夏天一身灰单衣，从未穿过改样的衣服。

七岁上皇甫钢进窦员外的私塾启蒙读书。

棉油灯下，皇甫钢朗朗书声传出很远，和李贯河的细浪相呼应。

清晨，皇甫钢坐门口晨读，她母亲蹚着露水下地除草，十亩地一个人干农活吃力。

皇甫钢想抽空放下书去地里帮忙，被他母亲两耳光扇了回来。

母亲说，有本事别往庄稼地里傻，穿着皮鞋往大城市，看不见庄稼才叫本事。

有了这一出，皇甫钢再也不下地，一心只读圣贤书。

中午，有个新来的搬运工犹犹豫豫地从码头上转了过来。

大白天，皇甫嫂没有关头门。

搬运工进院时，皇甫嫂刚搭好衣服。

见有陌生人来，皇甫嫂弯腰拿起了放在洗衣盆边的菜刀。

皇甫嫂：你是谁？

搬运工：码头上刚来的搬运工。

皇甫嫂：大中午的你跑俺家来干啥？

搬运工：中午饭吃得咸了，找口水喝。

皇甫嫂：李贯河的水够一万头牛喝，还在乎一个人？

搬运工无语。

皇甫嫂：明事理的你这就走，不服我大喊一声，你看着办。

搬运工退出院子。

也怪皇甫嫂大意了，她如果当时到码头上给老猴精的丈夫穆老大说一声，也没事了。午夜的时候，皇甫嫂的门闩响了，先是像耗子咬东西，跟着就清晰了，显然是用刀子之类的东西在拨门闩。

皇甫嫂的窗子是上下支撑的木棒，当窗缝里飞出四把刀时，传来一男人的哀嚎声。

天明，皇甫嫂看见门前有一滩血和一团软软的东西，她用脚踢了踢，竟是一片人的耳朵，皇甫嫂捏着这片耳朵、拿着刀就去了码头。

穆老大立马清点人数。

老猴精站在一旁替皇甫嫂骂着出气。

经过了这个事，码头上的搬运工再也没人敢往皇甫嫂的小院跟前偎。

又一年，码头上来个搬运工叫秦光明，他平时话不多却有心，活干完人都走了，他却掂起扫帚掠掠扫扫，极入穆老大的眼。

那是三伏天的一个中午，人热得恨不能躲进水里去。

搬运工秦光明却没有掂扫帚，他歪在一垛小麦边很快睡着了。

秦光明连续三天午睡，引起穆老大的注意了。

这时，皇甫嫂又来找他，说她的玉米地被人偷偷帮忙锄了。

穆老大说，不是没有往家里偎吗？

皇甫嫂：那倒没有。

穆老大说，我知道了，他锄让他锄，他锄了你省事。

秋天，皇甫嫂又来找穆老大，说她的玉米一夜间被人掰了玉米又砍倒了棵子。

穆老大说，他干好事让他干，你装着不知道就行了呗。

其时，皇甫嫂只是一个人过生活了，她的儿子皇甫钢弃文从武在汉阳讲武堂毕业留下当兵了。

次年又是玉米拔节的时候，皇甫嫂终于逮住了偷偷帮她干几年活的搬运工秦光明。

秦光明是从外围把皇甫嫂这个碉堡攻破的，皇甫嫂一心供养的儿子也成了气候，这时她的心就空下来，她又念秦光明的好，事情自然就顺理成章了。

皇甫钢骑着白马，带着卫兵来到土坯小院，他要带皇甫嫂进城享福，皇甫嫂拒绝了，儿子不知道，他的母亲马上要和秦光明结婚了。她想碰见个好人不容易，儿子终究要成家，她不想再孤零零的。

儿子先是在院子里跪，后来又在屋子里跪。

秦光明此时躲在码头上不近身，详情已知，皇甫嫂的儿子当了团长，皇甫嫂选择谁她自己定。

　　皇甫嫂让人请了窦员外和穆老大。

　　她让他们劝起儿子，又给儿子炕了白面饼，那饼儿子小时候一年吃不上几回。

　　儿子捧了白面饼又哭。

　　皇甫嫂说，儿啊，走与不走，让老天说了算。娘把你养大不容易，你把娘这几件衣服洗了，今天晒干了，娘跟你走，晒不干你得让娘留下来。

　　说这话时，屋外阳光明媚。

　　皇甫钢在军校也学会了洗衣，他三下五除二就把母亲的几件衣服洗好，晾在绳子上。

　　皇甫钢擦擦额头上的汗，朝母亲微笑。

　　但他的微笑还没有真正消失，远方一声闷雷传来，院子里立马暗了，跟着豆子般的雨点落下。

　　雨下到傍晚。

　　窦员外拍拍皇甫钢的肩头说，天要下雨，娘要嫁人，这是谁都没办法的事。

天下了鱼

苏老三很气愤，在青龙镇还有他摆不平的事，并且还是他苏家门里的事。

说是一门，早已远得出了五服。

苏罗圈就弟兄一个人，因为家里穷，找个独眼女人。

女人倒也争气，手扯手给他生三儿，但小儿子是个痴呆，整天只知道笑。苏罗圈初当爹时挺喜悦，等孩子大了，连死的心都有。老大板凳，二儿椅子，三儿痴呆叫马扎。

板凳、椅子的老婆都强势，没有一个是裹脚的，又都不孝顺，恨不能逮着老两口撕着吃了。

上面俩哥都这样，马扎的未来更不好说了。

特别是苏罗圈得伤寒病死后，独眼女人领着个老生儿日子过得饥荒。

又有人来镇上买宅子，老大老二一合计直接把老宅子给卖了，也不知道他们啥时偷走的地契，买家也仁义，说给十天搬家的时间。

独眼女人哭着到得闲茶行去求苏老三，苏老三当即答应下来。

可是把他们叫到一块后又都不听苏老三的了。

苏老三开初很自信，想着能劝下来。

苏老三：老大，你是领头的，老宅子卖了，你娘你这个傻兄弟住哪儿？

板凳：看人家给孩子撒多少？她这好不就是一片宅子么，再说，俺屋里的一直嚷嚷着说，俺爹把这片宅子许给她了。

苏老三：椅儿，你咋想的？

椅儿：我的日子难，老大啥样俺啥样。

苏老三：你还有个弟弟不懂事，你们总不能看着他们娘儿俩露宿街头，不闻不问吧？

椅儿：事儿赶到这了，宅子反正也卖了，卖的钱还钱掌柜的高利贷

了，苏爷你说咋弄？

板凳：苏爷，反正你家地多，在河北沿歪好给他们瞅一片，我们弟兄俩跪着谢你。

苏老三：不孝顺，不孝顺。

板凳：孝顺在哪儿，不孝顺又在哪？

苏老三：你们会遭报应的！

调解不欢而散。

苏老三气得两腿发抖，他去见窦员外，窦员外建议使镇法。

镇法不是风水学里的镇法，而是青龙镇的法律。

镇法规定，对不孝之子除打三十大板外，还要脱光衣服绑上石头扔进李贯河，这是啥镇法？这是直接要人的命。

听说要使镇法，独眼女人哭着去求窦员外，说只要两家能过好，她情愿带傻儿出来要饭。

窦员外：故土难离，有一点办法也不能走，你们孤儿寡母，出去能干啥？这样，我在窦氏祠堂边给你们划一片，住那儿吧。

苏老三爱面子，独眼女人虽说门势和他远，但毕竟她丈夫是苏家门的人，就领着她娘儿俩去李贯河北岸他的一个浅坑边。

苏老三让人在坑西沿搭了两间草棚子。

窦员外没有露面，他让帐房先生出面张罗着在商会里给独眼女人募捐了一笔钱。

独眼女人长了智慧，她把钱装在一个陶罐里埋在屋角。

这天雨整整下了一夜。

独眼女人前面的浅坑里存满了水。

马扎给母亲烧好锅便搬个马扎，坐在浅坑边朝水里看。

马扎：娘，坑里有鱼。

独眼女人：看不见别瞎说。

马扎：娘，坑里真有鱼了。

独眼女人看见坑里乌泱乌泱的鱼脊梁骨。

独眼女人：马扎别乱说。

马扎：卖了鱼咱就有钱了。

独眼女人心里因发现了鱼而愉悦的同时，也察觉出马扎的异常。

马扎好像一个睡醒的醉汉突然清醒。

马扎家浅坑里下鱼的事很快由河北传到了河南，青龙镇的闲人想急于看到，干脆雇两艘船，从南岸的码头直接驶到北岸。

鱼行里的经纪带了秤和筐。

几个打鱼人从李贯河移到浅坑。

板凳和椅子的老婆都看见了鱼经纪收的那一筐钱。

半月后又是一场大雨。

最先到达的是板凳和椅子两家人，他们满身泥水地往自家筐里捞鱼。

鱼行里的人只收独眼女人的。

两个媳妇又看见婆婆收了半篮子钱，心里酸溜溜的，地是人家苏老三家的，她们即便想撺娘儿俩走，也得不到那个浅坑。

于是她们又转头讨好独眼女人，对着婆婆说着痛改前非的话。

独眼女人说，不止天上往浅坑里下鱼，我这地下也长铜板。

俩媳妇惊愕的嘴巴都撑圆了。

话间，独眼女人拿出一把铁锹，说，就在我脚底下，挖吧。

大媳妇听话，掂铁锹就挖，真的就挖出个陶罐，独眼女人解开封口，从陶罐里捞起一把铜板。

大媳妇说，娘，你带三弟不容易，去俺家住吧。

二媳妇说：娘是咱两家的娘，咱让他们一替半个月轮着吃。

独眼女人说：说得好听，开初干啥了？我和你弟弟就守着风水宝地哪都不去，我还等着下雨天上给俺下鱼哩，地里给俺结铜板哩。

打 雷

这天，毛蛋的爹死了。

毛蛋爹是个打绳的，在李贯河拐角的皂角树下支个打绳机，每天收麻，打绳，再背着到乡下卖。

毛麻绳不爱说话，到村子里卖麻绳，往村头的树下一歪，有人要绳，拍拍他，没有要绳他就眯缝着眼睡觉。

现在毛麻绳突然死了，人们才知道毛蛋是毛麻绳的儿。人死为大，赖好也在镇子上忙一辈子了，虽说有次他卖给一个明说是上吊的妇女一截草绳，那妇女也正是用那截草绳吊死的，但人们还是念了旧情。

人死要发丧，唢呐要有，要做棺材，要通知亲友吊孝，要有人管大总。

偏巧那天镇上的老总管苏老三吃酒宴吃坏了肚子，拉得躺在床上起不来。

鸡鸭行的算盘冯经纪自告奋勇当了总管。

冯经纪长就一张铁嘴，记忆力又强，十里八村只要找他卖过一次鸡，你便是他的熟人，再见面，那小话亲得跟一门子人似的。

冯经纪打算盘能用双手。

钱掌柜的钱庄开业，想请他去外柜当会计，他拒绝了，用他的话说，受不了高栅栏里那份寂寞。

冯经纪能说，人更讲理还正派。

苏老三拉肚子管不了事，可毛麻绳的丧事总得有人管吧。

冯经纪先用白纸写了执事单。

单子上第一次出现名誉总管，窦员外、苏员外。而后才是总管，冯焕章，再是外柜、引奠、转盅、迎宾。等等人员调配合理，大家可以不尊重冯经纪，但不能不尊重窦员外和苏老三，因为他们是名誉总管。

冯经纪讲话得体，妙语连珠。

忙下的也都心情愉悦，各负其责。

等亲朋乡邻行奠礼结束，也该到用饭的时候了，大家用了饭才好上坟忙活。

这时灵堂里孝子们也不再哭了，他们也要喝碗咸汤吃个馍。

日已过午，外柜封账。

两个人将礼单和数额都清点仔细，这时忙得满头大汗的新总管冯经纪正站在外柜桌子旁歇脚。

孝子也躲进后厨吃馍喝汤了。

外柜就同着总管的面把数好的票子和礼单装进一个布兜递给了冯总管，他们顾不上洗手就直接坐桌。

这个时间，新总管冯经纪掂着那个装钱的布兜走了几个地方，但他始终没有脱离众人的视线，有吃得快的已经离席，这时毛蛋的老婆从后厨出来，冯经纪随手把钱袋子递给了她。

事情坏就坏在冯经纪没有同着人把钱账再数一遍，而是直接交给了女事主。

毕竟是第一次管事，细节还有瑕疵，若是苏老三，他不会接钱袋子，他会说，把钱和账直接给主家交待清楚再吃饭。冯经纪可能想在外柜跟前卖个好，也可能没苏老三的底气。况且两人对账时他就在跟前，一丝不差。

但是等殡后，后厨特意做了一桌招待总管及先去坟场的打墓人时，事情却起了变化。

冯经纪早就饿了，但他是总管，又不能先吃，现在终于忙结束坐到桌上，并用筷子夹起一块肥肉。

毛蛋的老婆掂着钱袋子，黑丧个脸出来了。

冯经纪：啥事？

毛蛋老婆：钱差了。

冯经纪：差了？不对呀。盘账时对了的，我就在跟前。

毛蛋老婆：缺五十个铜板，你自己点吧。

冯经纪站起来，满脸通红。

冯经纪：这是啥钱唉，咋会差？再找找，问问。

毛蛋老婆：问遍了，接过钱袋子我就放柜子里了，没有谁去拿。

冯经纪受不住了，他摔掉筷子说，毛蛋你过来，有这样弄的吗？

毛蛋老婆：你别叫他，他老实，有些话他说不出口。

冯经纪：我给你忙了一天，饭没吃一口，你弄这？

毛蛋老婆：五十个铜板够吃多少饭？你别借管事打马虎眼，钱你咋装兜里的给我咋掏出来。

冯经纪外号铁嘴，这时是稀溜嘴了。

他也不解释了，就往下脱衣服，大冷的天身上只剩一件裤衩子。

冯经纪：老天爷看着哩，第一我一直忙，没离开这些地方，第二我把衣服脱完了，兜掏完了。

冯家在青龙镇也算一份，早有人通知了冯经纪的老婆。

他老婆赶到时，冯经纪还没有穿衣服。

冯经纪老婆：咋了？放着钱不挣过来帮忙，倒帮成罪人了？我跟他过一辈子，知道他的为人，谁说赖话了会遭雷劈哩。

冯经纪老婆一硬，毛蛋的老婆就不敢硬了，但她只是坐那儿哭。

冯经纪老婆：来时我就不让你来，他这一家人帮过谁家？他爹卖绳，人家说是上吊的，他还卖给人家。那是啥心唉，走，立马走，饿坏了身子谁可怜你，回家我给你烙油饼去。

以毛蛋的意思，街坊邻居这事就算了，但他老婆不认，哭着去找苏老三，找窦员外。

一个街上几十年，谁啥人大家心里都清楚。

别说五十个，就是二百个，冯经纪也不会要，这是一个很爱面子又讲道理的人，苏老三身体有恙管不了事，一个镇子自然得有人管事。

但不能让管事的既出力又丢人吧？

可看毛蛋老婆哭的情形倒是真的少了钱一样。

于是窦员外和苏老三商量的结果是由他们各出二十五个铜板，但毛蛋媳妇再不准说这事，即便打死也不能说。

毛蛋媳妇是个爱贪小便宜的人，自然不再闹了。

但冯经纪心里纠结。

说着就过了半个月，毛蛋随施工队正给河坡村一家盖房，房是草房，屋脊却用的是瓦，毛蛋凹中间，两头各有一个瓦匠，其实屋脊马上就要竣工了，但天却阴了，先是几滴雨，跟着一声响雷，雷响得毫无征兆，但毫无征兆的雷却击中了屋顶的毛蛋，他像截木头一样，扑通一声落在地上，身子成了一段黑炭。

毛蛋被人拉进家。

看着全身乌黑的毛蛋，他老婆啥都没说。

这次管事的还是苏老三。

殡毛蛋的这天，毛蛋老婆的娘家妹妹来了，她哭了一阵便把她姐拉到了一边，递给她姐五十个铜板。

姐问：给我钱干啥？

妹说：上次你公公死，我不正好在这儿吗。家里有个事需要钱，我走得急，也没给你说，就在你家柜子里拿走五十个铜板。

姐说：你看这事弄的，谁都想了，咋就把你给忘了呢？

妹说：咋啦，你误会人家了？

姐说：冯经纪真亏，毛蛋也亏，毛蛋呐，该挨雷劈的是我！

毛麻绳

毛家在青龙镇不是旺族。

他们居住在镇子的西南角，距镇中心有五里路，说毛家是镇子上的人有些牵强，说不是镇上的吧，他家又挨着镇子。

毛家在青龙镇没有地产，他们的先祖最先迁到这里时以养狗为生，后来出了疯狗的事，就不再养，就靠着镇子各瞅个营生。

毛麻绳叫啥名字没人知道，反正他在紧挨李贯河的皂角树下立了个打绳机。

说是打绳机，其实很简单，让铁匠打个"L"字型的铁棍，头上丢个穿绳的眼，加一个横担就成。

毛麻绳的老婆摇那个铁棍，毛麻绳给麻绳续麻。

绳搓好了毛麻绳去卖。

毛麻绳在街上租不起门面，他游乡。

人家卖东西，一天能跑百十里。

毛麻绳卖货独特，一天就一个村，先是在村头吆喝，毛麻绳的绳来了，想要的就来挑，然后再也无话，身子靠在一棵树上闭眼睡觉。有人来问价钱，他打个手势一比画，又闭上眼睛。

绳子是实用品，居家过日子谁都得用绳，攀软床、晒被子，有庄稼的春种复收都离不开绳，甚至死了人抬棺材都得用绳。

毛麻绳卖绳一口价，要就再叫一声，不要他闭着嘴也不再搭理你。

中午了，该吃饭了，有心肠好的老太太给他端来一碗饭，他也不说谢谢，好像人家该给他端这碗饭。

再等等真没人给他端饭了，他会骂，娘的，这村的人真抠。

而后会从贴身的兜里掏出个玉米面锅饼，满嘴掉渣的吃。

毛麻绳有个儿叫毛蛋，是个泥瓦匠，说是泥瓦匠，一两年还不凹一

回瓦，因为村民穷，能盖起瓦房的少。

毛蛋在建筑队里既不是领活的，也不是站角的。

建筑队活跃在镇子上，用现在的话说是公司注册地就在青龙镇，但工匠里镇上的人少，多是些十里八村的乡下人，这样毛蛋也占了点街上人的光。

没有人知道毛麻绳的儿是毛蛋，连建筑队里的人都不知道偶尔去他们村卖麻绳的黑老头就是毛蛋的爹。

这天，毛蛋的儿子摸到皂角树下。

毛麻绳两口正忙着打绳。

孙子：爷，我饿，俺家没馍了，俺娘让我给你要个馍。

爷：饿了来找爷，平时来找过爷吗？

孙子：我不饿得慌，来找你弄啥？

爷：你家熬肉吃你来找过爷吗？

孙子：俺家做肥肉片子，我娘害怕人家看见让关上门。

爷：爷吃过你家的肥肉片子没？

孙子：没有。

爷：你有好东西都不让爷吃，你想爷会给你吃吗？

孙子：我叫你叫爷哩。

爷：你给我弄肥肉吃，我叫你叫爷。

毛麻绳说这些时，声音很平和，他的老婆在为打绳机续麻，她对爷孙俩的话无动于衷。

为给儿子毛蛋娶媳妇，他们耗光积蓄还借了钱庄的高利贷，可自打媳妇娶到家，她再没有听到媳妇叫过一声娘。

孙子站在那儿哭。

他们继续打他们的绳。

孙子哭累了，歪在一边睡。

他们仍在打绳。

日已过午，孙子醒了，他打打身上的土，瞪老两口一眼走了。

老两口放下打绳机回屋里做饭。

106

毛麻绳：儿子不孝，媳妇不孝。

老婆：俩人不孝顺，教出来的儿子也好不到哪去。

毛麻绳：炕好面油馍，别太苦自个了。

老婆：中，你烧锅，我给你炕。

孙子到家先喝一瓢凉水。

母亲：孩子你吃肉了，恁喝？

孙子：狗屁都没摸着。

母亲：不是叫你去要馍吗？

孙子：他们不搭理我。

母亲：你说你叫他叫爷哩。

孙子：他说我要让他吃肥肉，他叫我叫爷。

母亲：这俩老龟孙，等老了不养他们，攒着钱留着买棺材吧。

毛麻绳不是不愿意游乡，他知道绳这东西虽说是实用品，但不是必需品，真急着用，买家会挨庄子找他。他有个规矩，一个村就摆一天摊，一个村一个村地排，全镇排一遍正好半个月，阴天他就在草棚子底下打短绳。

这天毛麻绳到李贯河北岸的赵村摆摊。

赵村有株大柿树，是青龙镇当地少有的磨盘柿。

时值初冬，柿叶落尽，只留一树火红的软柿。

毛麻绳就靠在柿树粗壮的树干旁。

偶有柿子落下，他闭目等待，又有两三个落下，他才去拾。

日已过午，他的生意还没有开张，也没有人给他送饭，他只吃几个凉柿子。

这时有个兜白布的妇女喊醒他。

妇女：你有短绳没？

毛麻绳：有，长短绳都有。

妇女：我想去死，你给我一截成吗？

毛麻绳：我这绳买麻得钱，打绳费工。想要绳得掏钱。

妇女：我没钱。

毛麻绳：没钱买绳，你去投河，李贯河的水深，也不用花钱。

妇女：我怕湮着难受。

毛麻绳：吊死也不好受。

妇女：我想让你劝劝我。

毛麻绳：自己想死谁也劝不住，不想死劝也不死。

妇女在身上摸索一阵子，掏出几张票子。

毛麻绳抽出来一张，递给她一根麻绳。

妇女接过绳，泪就出来了。

毛麻绳又将身子倚在柿树上假寐。

第二天，毛麻绳去程楼摆摊卖麻绳。

一个买绳的妇女说，平岗的老婆想不开，大白天哩吊死了。

另一个妇女说，平岗不才病死没两月吗？

买绳妇女说，她婆婆天天逼着她改嫁。

另一个妇女说，看看，就托生个人苦啊。

毛麻绳：她上吊用的是我的绳。

买绳妇女说：你说的啥话，不买了。

程　家

　　程氏是中原的旺族。

　　他们有免费供孩子读书的大程书院，大程书院现在扶沟，已是河南省重点文物保护单位。

　　程家不止读书好有学问，还精通医道。

　　青龙镇李贯河河湾北的数百亩土地全是程家的。

　　种这片地的人姓梁，几辈都种程家的地，到梁兜这一辈连续夭折两个孩子，梁兜跪在程家老掌柜面前哭着不起来。

　　程家老掌柜让三门去个徒弟，三门派去的徒弟叫程华章。

　　听名字挺老气，人却年轻，大高个，细长条，一身灰粗布长衫。

　　梁兜看东家给他派了人，感激地磕三头。

　　程老掌柜也发了话，青龙镇离桐丘城六十里，交租不方便，从今年起那几百亩地的收成全归程华章，但有个前提，看病、吃药一律不准收钱，像桐丘城里的大程书院一样，是个慈善工程。

　　程家派出两挂太平车，拉着生活用品，程华章带着妻儿乘太平车来到梁兜的农庄。

　　老掌柜考虑得很细，来的人起灶生火，就地盖房，说是盖房实际上就是搭几个棚子。

　　众人干三天，将这里收拾地初具规模才走。

　　程华章：回去告诉老爷，我住的这儿就叫程庄了。

　　车把式：才两户人家就叫庄啊？

　　程华章说：我回头还会接收几家，人多了不就是庄了？

　　说话间，梁兜的小儿子又发烧了。

　　程华章跑到跟前摸摸额头，掰开嘴看了一下舌苔，再展开握住的手一看，合骨穴下暴起一根青筋。

程华章掀开衣襟，取出一根银针，对着那根青筋一刺。

孩子枯卷一下身子，翻了眼又睡了。

程华章：四周都是庄稼秫子，人少。孩子年龄小自然会吓着。

梁兜：你是说孩子受了惊吓？

程华章：对，再睡一个时辰，烧就退了。

梁兜：要是这么说，上面那俩孩子都是吓着了？

程华章：辟出来三十亩地，栽树、盖房，咱要让这儿平地里生出个程庄来。

梁兜：其实有几户种咱的地的人都想搬到咱这儿住，我一直没答应。

程华章：这就应他们，每家半亩地宅子，有种菜的地方，有拴牲口的地方。

梁兜：东家，你真好。

其实好的还在后面，程先生背着药箱，用二十天时间在青龙镇各村免费巡诊后，去程庄路上的人就多了。

病号多时，程先生中午都顾不上吃饭。

事情怕传，有朝着好的方面传，有朝着坏的方面传。

这天程老掌柜去参加一个宴席，见一食客正高腔大口白地讲，说青龙镇程庄出个神医，搭眼一看就知道你的病根，掏出银针，穴道一扎，回头身子一扭好了，给钱不要钱，说老程家这几百亩地咋着吃也吃不完，听听，听人家这话，那个爽气。

程老掌柜揖了一礼问：老乡，你见到他了？

食客：他给别人扎针时，我就在跟前。

程老掌柜：你去医啥哩？

食客：在这儿讲有点丑气，我是不放屁，常年没有一个屁，去了让程先生扎一针，当即就有动静了，真神医啊。

程老掌柜说：他那哪是神医，雕虫小技而已。

食客不依了，说，你弄个雕虫小技让我看看，光是看病不要钱就积了大德，还雕虫小技？

端盘子的伙计笑了，他说，你说的那个神医华章，这个是他亲爷。

食客哎哟一声，竟跪在地上磕了三个响头。

又到了这一年的五月初九，是桐丘程府程老先生的九十六大寿，程华章套了驴车前往桐丘去给他爷拜寿，刚走到大新瓦屋岗，驴子不走了，像是跟谁怄气似的，任凭怎样打，它就是不走，因为路程远，程先生起得早，但驴子却打起绊来。

这时路边一户人家传来哭声，是个年轻的男声。

程华章三步两步进院了。

院子里一股血腥味扑鼻而来。

几个壮汉闷头抬起一口棺材。

程华章看见一股血流从棺材的板底向外滴。

程华章：棺材里啥人？

老者：我儿媳妇难产，断气三天了。

程华章：我是青龙镇的程先生，能否让我看一眼？

青年：死都死了，凭啥开棺材让你看。

老者：傻子，程先生是医生。

话间操起门边的两根长条凳，放在棺材下。

开棺后，血腥气更浓。

死者肚腹高耸却面若桃花。

程华章随手带的就有银针，他拽出妇女的手，一溜四针，片刻，妇女咳了一声，跟着长出一口气。

妇女：我疼，我下面疼。

一股热血冒着烟雾，从被子角边升腾。

婴儿洪亮的哭声跟着传来。

青年哭着跪下说：恩人呐，我给你磕头。

程华章：快去喊接生婆来，这方面我不行。

一场丧事变成了喜事。

程华章洗了洗手，被一家人千恩万谢地送到驴车上。

这时驴也不打绊子了，它一步三摇地朝桐丘奔去……

烩面刘

青龙镇正十字街有座木楼，一老红木的菱形牌，挂在二楼廊柱，上面一个大大的刘字，这便是烩面刘的招牌。

其实，面是山西人的强项，馍才是河南人的拿手好戏。

但青龙镇的烩面刘却另辟路径，把一碗烩面做得风生水起。

寅时起火。

一口三人抬的大锅，两挂全羊骨，半只羊肉，整盆盘肠油。

再添上一锅凉水，满炉膛的劈柴火。

先是锅里冒小泡，跟着一层古铜色的血沫子满锅面地浮，这时小刘站在锅边，用个漏勺不紧不慢地往外撇血沫子。渐渐地撇净了，水便从中间翻一个滚，接着渐渐地外向翻，跟着满锅都是滚泡，这时小刘才放下漏勺，到后厨看小伙计把面盘到何处程度了，细细的榆树内皮纤维是否掺匀，香菜是否淘净，海带和黄花菜用开水焯过没有。

待转过一圈，回到汤锅前，锅里的水已降下四指高，这才重新添上四碗凉白开。别小看这四碗水，等这水一浇，片刻，锅里的水又沸腾了，但沸腾的汤颜色变了，由清变白，由白变靓。这时，小刘弯腰把炉膛里的大劈柴抽出一根，意在减火。边上的小火开始注水，里面放着全是羊杂碎之类。

街上人声嘈杂。

但烩面的木楼大门紧闭。

隔着打开的火门，只看到袅袅飘荡的白雾，和雾里夹杂着的熟肉的香味，这香味挑逗着食客的味蕾。

辰巳交会，烩面刘出现，一身长衫，肩背一个刺苏绣的钱搭子。钱搭子里带些零钱，另一面装六七把铜杆烟锅。

烩面刘进店，小伙计立即把他的高脖围裙递给他。

他接着系上才转身把铜烟锅掏出来，把盛烟丝的木托盘放到柜台上。

烟锅刚开始用不着，午时食客才上来，有人来了不止吃一碗烩面，他们要羊杂，要几个素菜，便开始饮酒，这时座位便开始紧张，来的人就得等，等时抽锅烟免费。

烩面刘坐前台卖牌，牌买多了餐后再退，这样就免掉了许多麻烦。

烩面刘的面是直接扯好在锅里下的，两个小伙计扯，两片捞一碗。

碗里调料和香菜都已放好后，先用小锅里的汤做底汤，再把大锅的烩面放锅里，再浇一勺高汤，这碗烩面才算齐活。

食客递牌，接面再自己找座位。

烩面刘的面，筋道，汤味厚。

厚不厚，自己看，一锅汤在那儿放着呐。

过午前大锅里那半只羊肉得出锅，放到竹筐里，作为明天的烩面汤肉。

这个肉不能太烂，烂了虽说香但不筋道。

烩面刘烩面的特点就是面筋、肉香、汤厚、调料正。

青龙镇人老几辈都陪着烩面刘，你说烩面刘能少挣么？

但烩面刘也有烩面刘的规矩，俗话说五马六羊，每年的五月三十他准时关铺面，到了七月初二他准时开门，这一个月天王老子来青龙镇也吃不上烩面刘的烩面。

其实这天是五月二十九，明天就是三十了。

未时，饭店打烊。

小烩面刘切了羊肉羊杂。

小伙计们收拾好东西。然后吃饭。

饭后小伙计上楼休息，留下父子俩对牌盘账。

今天盘好账，烩面刘没有走的意思。

老烩面刘不走，小烩面刘就得小心翼翼地陪着。

烩面刘连吸三锅烟，这才从钱搭里抽出两封信。

烩面刘：孩子，我今年六十整，想歇着了，有些事你该跑跑腿了，这里有两封信，一封是写给康城商帮的，他们每年去云南运一趟茶叶，你给他们结伴而行，一是路熟，二是安全。第二封信是写给贵阳天德药

材行的滚掌柜，咱的调料里一味主料一直用他家的。

儿子：父亲，原来你隔两年出一趟远门是去贵州了，那么远的路安全吗？

烩面刘：做生意要的就是一招鲜，羊骨头都会熬，羊肉都会煮，烩面都会拉，可为啥就做不来咱家的味道呢？原因就在于一味药料。

儿子：啥药材恁神奇？

烩面刘：它叫木姜子，又称山胡椒，贵州的特产，云南、四川也有，但功效比贵州的差远了，即便是贵州当地的小药料行，也没有天德药材行滚掌柜的地道。

儿子：他咋是这个姓呢？

烩面刘：少数民族，姓有点奇巧。

儿子：木姜子。

话间，烩面刘从钱搭子角里掏出桂圆形状的东西。

烩面刘：这东西是贵州特有的佐料，去腥，又带有一种浓郁而神秘的香气，你爷爷开始给我说时，我也很好奇。

儿子：真的很香。

烩面刘：守着祖业不容易，正好借这个由头出去转转，出去了你才知道外面的世界，长长见识吧。

儿子：咱就不能多买些吗？

烩面刘：药材都有保质期，木姜子只能用两年。孩子，别上来就想学巧活咱得用真才实料才能保牌子，牌子就是钱，就是咱的命啊。

老范家

在青龙镇，老范家的五香牛肉独领风骚几辈子。

先是肉源，老范用的是青龙镇方圆的本地黄牛。有几年，镇上也支了一个牛肉锅，用的是蒙古牛，也有信阳州的水牛肉，蒙牛肉酸，水牛肉粗糙，肉质也不瓷实。

老范一小点时就跟着他爹老老范跑牲口市，跟牛经纪打交道。

老范接过他爹煮牛肉的铁钩子，已能自己直接给卖牛户搞价钱了。

再后来经老范看过的牛，杀出来肉用秤称，上下不错五斤。

在牲口行里滚打几十年的老经纪们都服老范。

青龙镇的烩面刘门面是楼，家里还是楼。

老范的门脸就一间，后面一截长院子，有伙计住的，有个腌肉池，有顶棚，中间有罩，用于夏季防虫。

老范的家在后街，院墙高，但房子低，普普通通的瓦房。

老范的五香牛肉有一套传统的工序。

先是选牛，牛一定得是膘肥体健的，小牛、病牛、赃牛一律不购。

杀牛得放血，老范说他晕血，牛捆好后他找宰羊的老七来杀，杀了给他一个牛心。

而后剥皮、剔骨、分肉。

肉又分软肋、大肌、腿腱肉。

肉的部位不一样，在腌肉池里用的盐量也不一样。

一般要用盐腌三四天，然后抖净肉面的盐，再用井凉水冲一下，再放进翻花滚着的老汤里，汤里有个用布包，那是十多斤重的味料包，包里有八角、芫茴、陆桂、良姜等二十多种佐料。

汤得经常换，不换汤咸，但每次都得留些老汤。

料包也经常换，现在换料包的活已是小范的了。

青龙镇

腌好的生牛肉在牛汤里煮两个时辰，再在竹筐里淋半个时辰水，这时肉已收形，红通通，紧瓷瓷，揪一块带丝。

就这样周而复始，老范的五香牛肉稳坐青龙镇第一把交椅。

青龙镇第一个南方人开的茶庄得闲茶社开张后，苏老三、钱掌柜成了常客。

这些小镇名流，一袭长袍，谈笑风生，成为小镇一景。

卖牛肉的老范心生慕意，实想附会一下，当他走进茶社时，迎头碰上仉掌柜。

仉掌柜：老范，你一个卖牛肉的来喝哪门子茶呀？

称仉掌柜是场面话，实则就是个不成器的小木匠。这人前几年靠着投机赚几个钱，又建一个木器厂。但镇子小谁都把谁的底。

老范平时爱哩戏，以为仉掌柜是逗他玩。

可他看见小木匠一脸正经，便恼了。说，小木匠，你太放肆了？你以为你混得像人样了？我卖牛肉的咋了，你学木匠拉大锯时来给你师傅买牛肉时顺手偷一块，你以为我没看见呐，我是装着看不见，我是可怜你。把你养壮了会咬人了？

仉掌柜：你个卖牛肉的，给脸不要脸，我今天拼上一个厂也要毁掉你。

老范个子近六尺，捆耕牛的手，他从心里也瞧不起仉掌柜，听他这样说，也是怒从胆边生，伸拳放出去，仉掌柜的小身板哪能承受得住，只见他仄仄歪歪地躺倒在大厅一角。

苏老三一干人出来劝。

老范：狗眼看人低，就你那几个钱也叫钱？不让老子来，老子明天就把这个茶社盘过来，你喝茶？想上哪上哪，就是不能上这儿来。

说完老范走了，老范把小范领到家里。

老范让小范抬他的床腿，小范很听话，一抬没抬动。

老范：使劲抬。

小范使大力才把床腿抬起来。

老范：这四个床腿里镶12根金条。

　　老范又移开床腿边的一块砖，用手扳动一个机关，卧室的左墙却闪出来一条缝，老范点了蜡烛，领儿子走进去。

　　小范：父亲，咱家有恁多钱呐？

　　老范：一口牛肉锅，能富几代人。

　　你祖爷攒了给你爷，你爷攒了给我，我攒了给你，咱人老几辈子就靠着这个五香牛肉过日子，往下挖三尺还有一罐子金条，咱的钱够买几百顷地，可买地啥用？树大招风。我给你讲了这一阵话，就是说有钱也得装着没有，咱就守着这口锅，守着家传手艺，守着家传的规矩，日子就差不到哪里去！我呢，就正式把牛肉锅交给你了，我得用笔钱，我想把得闲茶社盘下来。

　　小范：父亲，你把整个青龙镇盘下来我都没意见。

　　老范：我日他奶奶的这个小木匠。

牵瞎驴

周大头是康城人，但他喜欢和青龙镇的人做生意。

青龙镇通航后，周大头也在镇头上买一片地，建个宅子。

汉口有个叫梁子的富少，周大头是通过朋友的朋友介绍认识他。

但就是这个叫梁忠义的梁子骗光他的钱又让他举了债。

梁子说：大哥，你有了宅子，得有个女人。

周大头：青龙镇人正派，他们厌恶这个。

梁子说：以我的名义弄，外人不会说啥。

那次是他们往汉口调芝麻。

那趟生意赚了不少，梁子回来给了他一沓银票又外带一个基督卫校的大学生。

梁子摆酒宴，宴请青龙镇几大粮行的掌柜。

那个一身洋装的女大学生像一道风景，首先迷住了周大头。

梁子对外人介绍是他的未婚妻，大家瞅着也配。

可到晚上，梁子就把女大学生留在周大头的宅子里，自己找地方睡去了。

周大头显得很受用。

这期间，梁子打着周大头的旗号在几大粮行调了几批大豆。

空船回来，梁子也都带着女大学生请各位粮行掌柜。

大家都夸梁子有经商头脑路子活。

梁子就谦虚，说他就是周掌柜的一个账房先生。

周大头更受用。

梁子说，汉口又建个油脂厂，是德国的设备，用豆子出的油清得能照见人脸，价格也一直在涨。

刘掌柜说：出来的油呢？

梁子说：又都让外国佬用船运走了，我已找好人了，下次再回来，

我给各位掌柜的带几提免费尝尝。

俗话说，人吃稀罕物，必定寿延长。

有了梁子的许诺，酒喝得更有兴致。

刘掌柜说：周掌柜，我们都是冲着你的面子啊。

周大头说：照单全收。

周大头有些日子没回康城了，他在家里住了几天，又宴请了商会的几位会长和副会长。

宴席上的周大头满面笑容，那自信和儒雅直逼会长。

会长说：周掌柜开发青龙镇可谓春风得意啊。

周大头：我哪行啊，都是一个年轻人在帮忙打理。

会长说：这个年轻人可是汉口的？

周大头说：对呀。

会长说：可是带个洋气的女大学生？

周大头说：对呀，怎么？

会长说：开封祥符集的邓掌柜被他两口子骗得上了吊，我上个月初五去吊的丧。

周大头说：啥，啥，他们是两口子？

会长说：他说那女子是汉口的洋学生，让她陪邓掌柜，他替他往汉口调大豆，头几趟都赚钱，但最后一趟才是根本，他在粮行用的全是邓掌柜的名章赊的货，拉走这一趟，他是不会再回头了。

周大头：欠的货款谁顶包？

会长：当然是邓掌柜了。

再看周大头的脸，直如霜打的茄子。

他匆匆地揖个礼，转身走了。

他在康城的西城门雇一辆骡车。

周大头青龙镇新宅子的门是虚掩的，洋学生的几套裙衫还挂在那儿，但客厅竹编暖壶里的水是凉的，他放银票的花梨木珠宝盒是空的，他的印章胡乱地躺在一边。

周大头先去茂源粮行见刘掌柜。

刘掌柜笑咪咪地倒茶。

周大头却急不可耐，身子晃晃的，飘忽不动。

周大头：梁子在你这儿调走多少大豆？

刘掌柜：全粮行他弄走十船，我这儿四船。

周大头：谁的印章？

刘掌柜：小梁是你的伙计，他当然盖的是你的印章。

周大头：毁了，他不会再回来了。

刘掌柜：他回不回是你的事，我们只找你要账。

周大头：问题是他们把我的银票也卷走了，我已经身无分文了。

刘掌柜：你欺负俺们乡下人吗？

刘掌柜突生一股怒气，他啪的摔碎了手里的茶碗。

小伙计跑过来。

刘掌柜：去通知粮行商会，到咱这儿集合，咱们得给周大头周掌柜要个说法吧。

青龙镇东北角靠近李贯河的河坡处修的有一座塔形的瞭望哨，青砖垒的三层楼直耸云天。

青龙镇粮行商讨的结果是让周大头住到瞭望塔上。

说是住，没床，没被子，没水，没食物。

塔角有个吊钩，四个伙计一班，日夜看护，到饭时吊钩把水和食物吊上去。

周大头被看管的第三天头上，吊钩吊上去的东西一直没人接，负责守护的小伙计开开门爬了上去，他伸头对下面的人大声喊：周大头吊死塔顶了，身子都硬了。

傍晚，茂源粮行的掌柜老刘让厨房做了四个菜，又热了一壶小酒。

小伙计：刘掌柜，咱的货被骗走四船你不烦吗？

刘掌柜：是货重要，还是命重要？

小伙计：想想也是，周大头丢了一条命，他这算啥哩？

刘掌柜：贪恋女色，给牵瞎驴的留了机会。

小伙计：这种骗局叫牵瞎驴，哪咱粮行算啥？

刘掌柜：咱是驴蛋，驴都被人牵走了，驴蛋也好不到哪儿去……

杨老仝

杨老仝住在青龙镇南北街的最南头，他是个泥瓦匠，自己院子里却没有一片瓦。正房、偏房全是麦草敷顶。

那时候年成赖，能盖起瓦房的人家少之又少。

杨老仝学瓦活纯属偶然。

那时杨老仝还很年轻，一身的蛮力谁都不服。他们盖房的东家是个心胸狭窄的小地主，一垛麦草都洒了水，准备拣把子了，就因为在酒桌场受了嘲讽，一咬牙，说不散麦草了，全部用瓦。

其实，散麦草也是很有技巧的，不服前辈人有智慧都不行。他们先把一垛麦草摊平了，然后撒些水。撒水是个技术活，少了麦草干，散不严实，遇到风天房间掀窟窿，水多了麦草不支蓬，一两年就抠顶了，得重新敷草。

掌班说，草都散了水，你突然说不用散草了，问题是我这个班里就没有会凹瓦的人。

那时说是泥瓦匠，但班里没有人会凹瓦很正常。

东家说，贾老屁说我就没有凹瓦的命，我给他撑上了，我照着吃五年粗粮，拉点饥荒，也得把这个瓦房盖起来。话都递过去了，运瓦的驴车马上就到，你却说班里没人会凹瓦，不会凹好说，我换人，铺根角站墙的工钱一分没有。

杨老仝头一扭走到前面说，谁说没人凹瓦，不就是三间房吗？看你盖个十间八间瓦房给你弄好弄不好，要是凹瓦还得买粟秸和豆秸，还得拉几车土，凹瓦泥少了不结实。

东家说，数报过来，要啥给啥。

杨老仝也不含糊，随口说，粟秸多少，生麻多少，豆秸多少，土多少车，生白灰多少车。

东家点着头记下，颠颠地进料了。

班主说，仝啊，没听说你会凹瓦啊。

杨老仝说，没吃过猪肉，还没见过猪跑啊。

说杨老仝不会凹瓦也对，他确实没干过，但有次和别的班搭帮干活在文庙建偏殿时当过小工，亲眼见过凹瓦师傅凹过瓦，现在也是话赶话撑这了。

班主说，仝啊，后生可畏，底下咋着弄，我听你的。

杨老仝说，别呀，咱们商量着来。

先是站背，屋脊是顶，很重要。杨老仝领着伙计一层泥一层瓦地往上走。渐渐的大脊就有了模样，班主说，仝啊，该收顶了吧。

杨老仝说，班主，看见最底下去的这层瓦没，然后瓦从屋檐往上来，最后一个瓦扣住大脊底下丢的这个瓦就算齐活了，但咱的东家是个爱显摆的人，咱就把活往大里做，咱让他把面子挣足。

接下来，大脊上又竖着走了两层砖，然后才盖顶，砖上又劈了白灰，白灰上杨老仝又用毛笔颜色画了花、鸟，其实这些还是他那次在文庙里干活学来的，又在在脊两头做了个猫儿头。

一个大脊生生地摆治三天，但出的效果确实不一般。

东家兴奋得像打了鸡血，围着房子前前后后地转，说，好的很，这就是我心里想的那个样，气派。

而后是凹瓦，别人凹是一片片地凹，杨老仝却是让两个人打下手，轮留给他摆瓦，一摆十个，一律小头朝上，他接过来十个瓦，一把推成，他这样一走四排，一把十个，两袋烟工艺，一溜瓦成了。

两天功夫，杨老仝一个人把三间房全部凹好了。

然后杨老仝又亲自上去，把个别不归整的瓦修顺溜了。

再用大扫帚在瓦面上一扫，这才齐活。

那该是杨老仝的处女作，也是他的成名作。

活结束，杨老仝成了班主。

他的高大上的屋脊造型一直被豫东人延续了好多年。

但泥瓦匠终究是下力活，几十年过去，杨老仝变成了真正的杨老

仝，除了添几个孩子，家里依旧清贫如洗，院子里更没有一片瓦。

这次杨老仝是带人在家门口干活，所以也格外的细心。

盖房的东家是青龙镇开钱庄的钱掌柜，他娶了个小，在镇子东头盖个四合院。

豫东人有个习惯，正房的东北角是放卧床的地方，凹瓦时一般都下点功夫，因为是街坊，正房的东北角后坡是杨老仝亲自凹的，凹好了他还让人拎上去一桶水，淋淋瓦缝，说是淋瓦缝，实际上是看看是否渗水。瓦上的水淌的也很顺溜，屋内的后坡干绷绷的。

房子交工，钱掌柜除了工钱外又单独给杨老仝封个红包。

但是第一场雨就把钱掌柜浇着了，天明他把杨老仝喊到家里，杨老仝看到后坡上扑哒扑哒往下滴水。

杨老仝当即让随行的孩子上去整。

说是整，实际上是掂着铲子杆，贴着瓦边换个往上捣捣。

这时，杨老仝已将班主的位子让给了二儿子，自己在家里歇着了。

但是又一场雨下来，钱掌柜又淋了。

钱掌柜让人喊了杨老仝，让他自己看，他没有见杨老仝。

杨老仝羞得无地自容。

他一面让人喊回自己的儿子，一面托人退红包。

退红包的人说，钱掌柜不要，只图不再漏雨。

掌了几十班，老了老了却失手了，这让杨老仝很失落。

二儿子回来摆两副梯子，父子俩站在一块，揭掉瓦研究。

揭了他凹的瓦，再揭开别人凹的不漏的瓦，他们细心比较，儿子突然明白了端倪。

儿子说，你以前凹的瓦都是咱们本地莲花土烧的，这次钱掌柜的瓦是用的开封黄河泥烧的，莲花土质细，黄河泥土质松。瓦你是一气推上去的，他们是一片一片贴上去的，贴上去的瓦边都沾了泥，从而阻断了雨水倒流，你的瓦边与边之间都没有泥，加上瓦质松，它当然要漏雨了。

杨老仝让二儿子把那半坡瓦全揭了，又铺了层薄泥，二儿子看他年纪大了气喘吁吁地想替他，他瞪了儿子一眼，他用了两天时间凹好了那

青龙镇

半坡瓦。

　　杨老仝也可能是凹瓦时亮着汗，到家就病倒了。

　　老伴请了郎中，吃了十多天汤药，病也不见转好。

　　这天夜里，天下了一场大雨。

　　天明时，钱掌柜又来敲门。

　　杨老仝长叹一声，对老伴说，你就说我不在。

　　钱掌柜隔着门缝说：老仝，房子终于不漏了，我又给你封个红包。

　　钱掌柜踩着泥水走了。

　　杨老仝却从床上坐起来。

　　老伴说：躺下，你还病着哩。

　　杨老仝：我哪有病，我一点病都没有。

周老一

周老一卖卤肉。

人家卖卤肉，多品种多，样式全，什么豆腐皮、茴香豆，能卤的下酒菜都卤一些。

周老一卤肉只卖一样，猪脸，还不调，谁买割一块过秤付钱走人，买家到家切了，小葱、姜、小磨香油、醋，整一阵子才能端上桌。

并且周老一还没有门面，在青龙镇十字大街同德堂中药铺的房檐下摆个破桌子，每到傍晚他就挎个食盒子，掂着罩子灯，摆出放在屋角的破桌子。

同德堂的二掌柜是亳州人，连店员也都清一色的外地人。

周老一先在摊子前守一会儿，等那几个固定户买完卤肉后就走。进店里听人聊闲空儿了，隔着玻璃后见有人买肉，他才走过去。

二掌柜老谭严谨，平时话就少，吃了晚饭后店员和刀头没有事了，就又都折回铺子里听老品说古。

钱老品不是青龙镇人，他女儿嫁给了开钱庄的钱掌柜，他就随着女儿来到青龙镇享福。钱老品年轻时给一个军阀做幕僚，跑遍半个中中，自是见识多广。讲的话题三百六十天不重样，并且讲到一个段落时却突然收板，说欲知后事，且听明晚分解。

老谭虽不喜钱老品，但他看见钱老品给他的员工每晚排忧不少，也半推半就地随了。

有时碰到雨天，周老一的卤肉卖不掉，他就央求老谭，老谭叹口气，喊来后厨的老年。

第二天，大家就能吃上一顿肉菜。

周老一嘴紧，话少。

钱老品把人都逗笑了，就有人对这件笑事感慨。

周老一不说话，别人说也从不插嘴。

周老一真正和老谭拉近关系是老谭的家眷来到青龙镇的第五天。

清晨，老谭和家眷并排躺在被窝里闲聊。

家眷：周老一的卤肉真好吃，脆脆的香而不腻。

老谭：你咋吃着他的卤肉了？

家眷：他带着他的女人来的，说看有啥帮忙收拾的没。我说我一个人还闲着没啥事，他说他和你是朋友，他女人放下一块卤肉，他们就走了。

老谭：吃着好吃就吃，别委屈了嘴，回头我把账给他结了。

再后来周老一的女人时不时地来，走时放块卤肉。

一个月转眼就过去。

家眷：老谭，明年我还来，周老一的卤肉好吃。

等家眷走了，老谭平静了一下心态，抽个空闲去给周老一还钱。周老一看他还钱，哗地恼了。

周老一：俺不会花言巧语，青龙镇就你照顾俺的生意。俺感激在心里呢，若再提钱的事，我改地方。

话都说到这份上了，老谭就再也没提钱的事。

周老一依旧进店听钱老品讲古。

但老谭心里有点小纠结。

第二天冬天，老谭陪着来送药的经纪闲聊了半晌。

回头他私下对周老一说，你的地别种春红薯了，你种桔梗吧，我给你写封信，你拿着到亳州药行找一个人赊种子，等来年药材收了还交给他，再把种子钱扣了。

周老一说你的铺子不也要用药么，我干脆卖给你多省钱。

老谭：你种桔梗也不能对人说是药，就说是菜。一切都照我说的做，保许你发财，千万不要说是我给你出的主意。

第二年秋天，周老一的六亩桔梗收获了几大车，他雇了康城的骡车卖给了赊种子的人。

周老一和他的女人守着半袋子钱睁眼熬到天亮。

第二年周老一听老谭的改种板兰根，当年湖南发生瘟疫，周老一又

在某个夜晚从亳州拉回三袋子钱。

这时周老一已经不卖卤肉了，他的摊子给了一个新来的卖卤肉的。但周老一依旧晚饭上掂个保温瓶到同德堂来听钱老品说古。

周老一也学会喝茶叶了，喝完了用暖水瓶再续。

这时暖水瓶还是洋玩意，青龙镇上都没有几家用。

跟着老谭的家眷又来了。

周老一这时又开始做卤肉，但做的不卖，只给老谭的家眷做一点。做好让他的女人给送去。

周老一的这份礼物越发显得尊贵。

第三年，周老一偷偷买了十亩地，他听从老谭的安排，全部种了芍药。

没有人看出周老一的变化。

但老谭觉察了。

先是周老一先前的卑畏不见了，敢抬着脸看人了。

再是听钱老品讲古也接话了，一次还和钱老品抬了一句杠。

老谭显出了不高兴。

这一年，老谭的家眷来却没有再接周老一单独给卤的猪头肉，她说她皈依了，守的菩萨戒，吃素了。

周老一的女人灰溜溜地走了。

周老一又让女人送去半袋子钱，对方依旧不要。

第四年头上，周老一看老谭一直没有给他泄底，就一个人跑到亳州找他的老客户，老客户说，我就是一个药商怎么会知道你种啥药材呢？

因为没有底，周老一又种了桔梗。

同德堂听古他也不去了，他心里说，离了屠夫还就吃不上猪肉了？

秋后，周老一又雇上大车去亳州药行卖药，走进药行的停车场他傻眼了。映入他眼帘的是一车接一车的桔梗，药行给出的答案很直接，今年不收桔梗。

周老一摔碎了他的暖水瓶，往空地上倒掉桔梗就回了青龙镇。

周老一的女人又给周老一买个新暖水瓶。

周老一饮茶也没有茶的滋味，他心里始终有个结。

青龙镇

　　他想破脑袋也想不出自己什么地方做错了，把他的福星财神老谭给得罪了？

烤 烟 师

　　苏老三耐不住寂寞，被远房亲戚邀请到许昌转了半个月，回来心就乱了。先去拜访窦员外，老头被儿子接到开封了，就请钱掌柜、李掌柜一班子好友，在得闲茶社喝茶聊天。

　　苏老三讲了鄢陵的花卉、禹州的瓷器，最主要讲灵井的烟叶。

　　苏老三说，他娘的，吸了大半辈烟瞎吸了，品品人家的那烟，大家伙都种点，也好请许昌那边师傅来帮着侍弄，我就种个十亩二十亩的也没啥意思。

　　几个人只是笑，把苏老三的话当古戏听了。

　　苏老三给谁都不说了，他真的种了二十亩烟叶。秋天的时候，烟叶长得一人多高，负责管理的技术工说该请烤烟师了。

　　苏老三给技术工结清了工钱。

　　第二天傍晚，灵井来的烤烟师到了，姓葛，五十多岁年龄，高个，极瘦。

　　苏老三在酒楼包厢请老葛。

　　老葛让小二拿来笔和纸，先写下需工匠多少，土坯多少，劈柴多少，劳力多少。

　　老葛说，时辰不等人，你不把这些事落实了，我吃山珍海味都不香。

　　苏老三看了说，其余都不是事，枣木劈柴不好弄，苹果木不行吗？

　　老葛：苹果木香串烟草的香味，枣木叶甜，会使烟味更绵软。

　　苏老三：哪有那东西啊？

　　老葛：上新郑，那儿的柴草行有人专门批发枣木。

　　苏老三：回家安排好，让大把子喂好牲口，明天鸡叫出发。

　　老葛这才入席。

　　三杯酒下肚，死活不肯再饮。

老葛：苏员外你别再劝，烟叶烤好熄炉，你请我大醉一场，眼下实在不是时候。

晨曦刚刚爬上窗口，老葛就进院拍响苏老三的门。

苏老三脸也没洗，陪老葛在镇子东头自己地边选址。

一会儿工夫，苏老三约的工匠也陆陆续续地到了。

老葛喊来四个站角的工匠，用一节树枝给他们画了图。

老葛画图是把图分解了画，讲了功效和道理，然后再讲尺寸。

苏老三站在一旁都听懂了，更何况工匠呢。

两整天，四台炉子齐齐地站起来。

这时整捆扎了把的烟叶就从地里运来了。

苏老三：这么多叶子咋摆？

老葛：先放那，得敬敬水神。

苏老三：是用全猪还是全羊？

老葛：素供，苹果、山楂、橙子、花生。红烛两根，香火一把，供桌一个。

苏老三立即安排下去买。

老葛：四台炉子两个人轮换着烧，让他们给我打好杂就行了。您呢？就不用到烤场来了。您瞅着会急，有时话说错了会不合适。

苏老三：我得烧炷香吧？

老葛：香我也替您烧。

苏老三活了大半辈子，什么事没经历过。烤烟师这样说实在是怕他在现场看去了啥端倪。再说，东家就东家，人家不让你围，你就在一边等信就是了。

苏老三又是一身的绸衣去得闲茶社包厢里喝他的普洱。

苏老三一连喝了三天茶，也没人给他通报烤场的消息。

傍晚的时候，苏老三实在忍不住好奇，悄悄摸到烤场，他隐约看到一排排的黄烟叶挂在搭着顶棚的绳上。

老葛一动不动地站在空地上。

看见老葛在那站着，苏老三也不敢往前走了。

帮忙的伙计可能看到了苏老三，他一溜小跑走过来。

伙计：苏员外。

苏老三：咋样？

伙计：老葛能干得很，再过半个时辰这一炉叶子也该出炕了。

苏老三：老葛几天都没眨眼么？

伙计：我们还轮流睡一会儿，他一直连轴转不休息。

苏老三：人可别累垮了。

小伙计笑笑。

伙计：后来我发现个秘密，我见老葛安排好一阵活后都在那儿站一会儿，我悄悄到跟前，伸手在他眼前晃晃，他一点动静都没有。

苏老三：你是说老葛能站那儿睡觉？

伙计：你来到这一会儿，你看见老葛动一下了吗？

苏老三：唉，服了，人呐生就干什么活，吃什么馍都是老天定就的呀……

切烟师

青龙镇富户苏老三一个突发奇想，竟弄得整个镇子烟香扑鼻。很多乡下的老烟油子，闻讯后愣是步行十多里跑到苏老三的烤烟场看稀奇，说是看稀奇也有来饱饱吸食新烤烟叶香味的成分。

烤烟师老葛变戏法似的把大捆的青烟叶烤得焦黄焦黄又齐刷刷地挂在了凉棚下。

烤烟即将结束时，苏老三给老葛封了厚礼。

老葛很感动，说礼厚了。

苏老三：你人实在又敬业，我佩服你，明年的烤烟还请你。

老葛连饮三杯。

苏老三：老葛啊，烟是烤好了，惊得方圆数十里都来看稀罕，你也看到了，接下来你得给我推荐个切烟丝的老师儿。

老葛：我已经替你考虑好人选了，这个人姓代，是我亲老表，四十多岁，还没有成家，在这儿你最好劝劝他，能让他成个家，我明年免费给你烤叶子。

于是谜一样的老代以切烟师的身份来到青龙镇。

老代来之前，苏老三到码头见见老猴精，要她给个主意。

老猴精：这样的人大凡有心结，得像开水煮青蛙一样慢慢地来，他到青龙镇的第一顿饭，你在码头上请，我过来把他两眼。

老代到青龙镇的日期比老葛约定的晚了三天。

老代被人领着在得闲茶社包厢里来见苏老三。

说实话，对老代的第一印象超出苏老三的想象。

老代一身绸罗，背个钱搭子，俨然像个大店铺的二掌柜或商行的头牌采办。

苏老三：代先生辛苦，先喝杯茶，歇一歇，酒宴已定好。我们稍作

停顿，便可赴宴了。

代先生也没客气，放下钱搭子，在旁边的水盆里洗了把脸。然后坐下饮茶，丝毫没有外乡人的生疏。

苏老三的心里很熨帖。

晚宴定在码头老猴精儿子开的酒楼上，与外面不同的是今晚端菜的服务生是个标致的少妇。

老猴精也偷看了老代。

真正工作起来，老代又变了个样子。他换上了一身粗布工作服，衣服上黄黄的烟叶色。

他第一步是把烤好的叶子一张一张的伸展摞好，摞有一尺高时，从随身带的钱搭子里抽出一片小黄烟叶，然后用板子压紧，这才掂起木匠用的刨子，斜着从烟叶上往下推，细细的烟丝随刨而出。待一捆烟叶刨完，竹筐已满。

门店里挤满烟客，大家争着想抽第一筐烟。

老代：看是看，今天的烟丝卖不了，烟丝切好才是第一步，接下来还得加水降燥，加香，陈化。这筐烟丝没有三天不能出售。

老者：代先生，老朽一大把年纪跑了十多里，只为吸这一只烟，你就随便给老朽抓一撮，价格随你讲。

老代：大伯，切烟有切烟的规矩，今天就是我父亲来他也吸不到烟。

话说到这份上，老者无奈地摇摇头。

老代切烟调烟不背人，随便看。

苏老三就是一个忠实的观众。

苏老三看到老代手捧烟丝如天女散花般往上扬，老代说这叫起喧，然后老代配制了两种水，用嘴喷雾洒在烟丝上。

老代又说这叫添香，而后在上面盖个竹筐，又用薄布单蒙了。老代说这是最后一道程序，叫陈化。

老代临走时和苏老三约了第三天早起来尝叶子。

苏老三把老代安排到码头上老猴精的二儿子开的客栈上房。

反正没有什么事情，老代就歪在床头看窗外河面上的船来船往。

门响了，敲的声音很低。

老代下来开门。

依旧是刚回来时端菜的标致少妇。

老代：怎么还是你？

少妇：酒楼、客栈是一家的，我来给你打扫房间。

老代：刚住进来不脏，就不打扫了。

少妇看见挂在一侧的工作服，伸手拿起来说。今个儿晴天，我帮你洗了吧。

少妇的头低着，没有看代先生。

老代：好，洗了吧。

下午老代顺着码头往下游转去了。

晚饭后老代回到上房，他点亮灯看到那身发黄的粗布工作服已烫好放在床头。

老代心里一热，托起衣服嗅了嗅，虽然还有一丝烟草味，但一股莫名的香气已浸在工作服里。

苏老三按照约定的时间赶到切烟房。

老代已经装好袋烟在等他。

老代给他点燃铜烟锅。

说实话，苏老三一口烟抽下去，整个身子都酥了，那股顺喉而过的香味是他终生都没有领略过的。

苏老三：怎么可以有这个香味？

老代：我切烟丝时放到本地烟叶里的小叶子是云南叶，那种叶提味，香料配比也不一样。

苏老三：你尝一袋。

老代：切烟配烟的不抽烟。

苏老三：为甚？

老代：害怕倒了味觉。

苏老三：代先生令我钦佩。

老代：钦佩有甚用，转眼就年过四十，人生大半了。

苏老三：代先生，我冒昧地问一下，结婚与切烟有关系吗？

老代顿了一下，叹一口气。

老代：与切烟没关联，与调烟有关联。大凡结婚之人必受性欲驱使，贪床笫之欢，耗费精力，近而影响味觉与判断力，毁了配烟师的声誉。

苏老三磕掉烟锅里的烟灰。

老代又给他装另外一筐的烟丝。

苏老三又感受到另外的一种香型。

苏老三微闭着眼睛，屋里只剩下吸烟的声音。

良久。

苏老三：人生有很多顶峰，到达顶峰又能该如何呢？更何况不孝有三，无后为大，一条汉子来到人间，总得给这个世间留下一枝一草吧。

老代：苏先生我明白你和老表的苦心。

苏老三：婚该结结，烟该咋调咋调，没有那么多讲究，有个人照顾着，总比个孤雁强。

老代：真结了婚，真给你调不出好烟，你不后悔？

苏老三：你能有个好归宿，我情愿戒烟。

姊怜吾心

红烛爆芯的声音在静夜里很响，响得连何姑都被震醒了。

烛光下，她魂牵梦绕的夫君坐在窗前的书桌边夜读。

书桌前的烛光静谧飘荡。

两支红烛争辉相映。

何姑知道，这可能是夫君的又一个不眠之夜。

二十一年前何姑十六岁，受媒妁之约，嫁到青龙镇苏家第四门做长媳。

花烛之夜，她没有吃到床前的合欢饭。

合欢饭其实很简单，就是一碗猫耳朵小水饺。

小水饺包得很秀气，呈半圆形，一对水饺合在一起呈的是一个圆，这个圆里包括男女圆房，开辟洪荒天地，生活圆满，一个家庭有男有女。

新媳妇头一天进门，要拜天地，要进洞房，要等到夫君揭了蒙头红巾后才能吃饭。吃也不是自己吃，从后厨送来的这碗合欢饭是要夫君用筷子一替一口喂着吃的。

洞房外的夜静下来。

蒙了红巾的何姑因为内急，终于忍不住了。

何姑：夫君，我想下床。

苏灿若：你自己下来就行。

何姑：蒙脸巾你不揭我咋下？

夫君给她抽掉红巾，看也没看她一眼，就又坐在书桌前伏案夜读。

屋里已放好了方便的木桶。

新娘子到婆家的第一天有两个特权，一是拜天地时就站在男人的上首，但过了这一天，永远都是男人站上首。二是婆婆把方便的木桶掂到儿媳的新房，这是唯一的一次，以后漫长的岁月里就只有媳妇天天给公公、婆婆掂方便的桶。

　　毕竟第一次面对陌生的男人小解，虽说小便憋得她脸红，可她还是解不出来，她坐在木桶上良久，终于哗哗地淌了。

　　当小便的声音从木桶里放肆地响起时，她看见夫君的身子动了动。

　　小便的声音很长，断断续续也很害羞。

　　当她终于结束响声时，身体就很放松。她迈动她的三寸金莲经过夫君的身后又坐到床上。

　　何姑：夫君，我饿了，我想吃这碗合欢饭。

　　苏灿若：饿了你就吃，估计早就凉了。

　　何姑：这顿饭是要你喂我吃的，这是规矩。

　　听何姑这样说，夫君从书案上抬起头，转身打量她一眼，这一眼令何姑心动，她的夫君戴着金丝眼镜，一表人才。

　　这一眼却令苏灿若心生厌感，因为他看见了何姑那双被裹脚布裹成一砣的三寸金莲。

　　在苏灿若的心目中，他的夫人应该是一副消瘦的身材，肤色很白，白里又透着一种病态的浅黄，一双透气灵动的瘦脚，黑亮的发髻，抱着一把古琴或者古筝，弹一支幽怨的古曲。

　　但是眼前的女人却是粗壮的，黄而泛黑的皮肤，特别是那双丑陋的三寸小脚。

　　苏灿若竟然有种想哭的感觉。

　　良久。

　　何姑：夫君，我想吃饭。

　　苏灿若：刚才不是说了吗？饿了自己吃。

　　何姑：这就鸡叫了。

　　苏灿若：吃了先休息吧，我不困。

　　何姑没有吃那碗饭，她也没脱衣服，就囫囵身儿盖张被子睁着眼，躺在床上等他。后来，何姑不知道啥时竟睡着了，再醒就没了夫君。

　　同不同床是一回事，但她与苏灿若拜过天地，圆过房，经过了这样的程序后，何姑就光明堂皇地成了苏家的媳妇。

　　以后的岁月她尽到一个媳妇的责任，没有怨也没有悔，每天早起晚

归，收东拾西，不论刮风下雨，对公公、婆婆每天早晚两次问安，一次不少。

这一年公公患病，她在正房门外搭个棚子，昼夜侍候。

那次公公浓痰攻心，只有进的气，没有出的气，是她用葱筒插到公公喉咙里帮他吸痰。公公返出来气，说了一句话。

可怜你何姑，即便是亲生女儿，能待我如何？我苏家愧对你，灿若去了日本，待他回国。我定写信让他回来，给你一个交代。

二十一年后，在日本已有四子一女的苏灿若回到青龙镇。此时的青龙镇因为航务的推进已变得异常繁华，令苏灿若有种重回岛国的幻觉。

幻觉终究是幻觉，幻觉还有醒的时候，脚下的黄土地是生他的青龙镇，眼前的老人是他的父母，父母身后站着的那个粗壮女人是替他尽了二十一年孝的媳妇何姑。

父亲的描述，乡亲的叙述，令苏灿若心生佩慕。

和二十一年前同样的房间，同样的两个人，不同样的只是红烛。

何姑：夫君，我怎么睡不着了？

苏灿若：睡吧，天很快就要亮了。

何姑轻叹了一声，轻得连她自己都没听出来，也可能当时她只是那样想一下，就没有叹息。

再醒夫君又走了，只是这次他留下一幅书法，上书"姊怜吾心"。

何姑再次见到夫君是七年之后，她被苏灿若接到南京住了十天，夫君当着厅长，很忙。公务忙结束他还得回家，南京家里有个穿旗袍的漂亮女人和他的四个孩子。

再后来何姑就没有见到夫君。

何姑死于1991年的除夕，死时她抱着苏灿若写给她的"姊怜吾心"。

其实她知道，他第二次回青龙镇给她写这幅字时，已在心里充满了对她的钦佩和亲情，她甚至还知道，他的夫君在台湾也日日想家。

绑 票

大蟒急急地朝前走。

时节已过霜降，弯曲的小径西边是大片的芦苇和干蒿草。

一阵风吹过，一两只受惊吓的水鸟冲天而起。

再往前走小径上的荒草更深，有两株长歪的老柳树。

大蟒感觉脚下一软，上身子就直直地传了出去。

两个汉子从苇丛里窜出来，将他摁得结结实实。

大蟒：我来入伙，我要见大当家的。

汉子：你是谁？你认为牛角洼说来就来吗？

大蟒：我叫大蟒，青龙镇吴庄的。

汉子：认识吴老店么？

大蟒：吴老店左手长六个指头。

汉子：沾点边，先带到洼里再说。

牛角洼就是一汪水洼，方圆几十里没有人烟，又位于康城、陈州和娲城交界三不管的地方。洼心有个小岛，夏季水旺，岛就小，立秋之后雨量减少，岛就大。岛上有个聚义厅，有用棍子搭的草棚。

大当家的去了陈州。

二当家值日，二当家前年曾到青龙镇烧鸡刘那订过烧鸡。

二当家是娲城人，他始终认为青龙镇的人邪性，他看见大蟒粗壮的身板，心里说不出的厌恶。

二当家：好好的咋突然想入杆子呢？

大蟒：做生意赔了，井市里没法隐身。

二当家：欠债还钱，天经地义，你以为入了杆子，脸皮一抹，啥都不讲了？

大蟒：我真的不是故意赖账不还，我实在是没法了。

二当家：先扇他两耳光。

话间，大蟒的脸上火辣辣的挨两耳光。

二当家：还入杆子么？

大蟒：还得入，不入没法。

二当家：那你得交投名状。

大蟒：啥是投名状？

汉子：绑个活票上来。

二当家：还把他送到老柳树。

大蟒被一个土匪牵着磕磕绊绊地往回走。

大蟒：活票咋着弄？

汉子：你去路上劫，得看他穿的模样，得有钱，你绑个卖香油的上来鸟用？

大蟒被解开缠眼布。

汉子：一直朝前走，别回头，回头看一眼就坏了规矩，得砍掉你的头。

大蟒：我懂，我懂。

劫道不能是白天，白天看得远听得也远，也不能是夜里，夜里月弱星稀，看不见被绑人的状况。

因此，大蟒就伏在一个僻处，在黄昏里静静等鱼儿上钩。

一个挑担子的来了，一股香油味。

大蟒吐一口痰，心想，真晦气，还就是碰上个卖香油的。

就再等，就等来一个身着长衫，背着钱搭子的老头。

大蟒正值年壮，他飞身扑去，老头被摁倒在地。

老头：壮士，你听我说。

大蟒：闭嘴，再吭一声，就串你个透心凉。

大蟒有上次的经历，也变得聪明了。他用两条布带子，先是缠上眼睛，再是缠住嘴巴，然后用根绳牵着就走。

夜真的静下来。

大蟒牵着活票又走到大柳树前，还真有人守夜。

一个人陪他们去聚义厅。

厅里灯火通明。

大蟒被二当家安排一旁吃肉喝酒去了，二当家虽然心里对大蟒没好感，可毕竟人家也是带着投名状来的。

二当家让人解开了老头。

老头：哎哟，还真让我猜对了，是不是你们大当家看请我不到，要搞个特别的礼节呢？

二当家：你认识俺大当家的？

老头：岂止是认识，我还是他的恩人哩，他小时候得七天疯，是我一针扎下去救了他的命哩。

大当家的带人去陈州会友，酒用得有点多，回洼就休息了，看着老人笑眯眯的神态，二当家还真拿不定主意了。

二当家就派人去请大当家，又安排人去给老头盛饭。

饭没有盛过来，倒是大当家的先到了。

老头看见一个戴着斗笠，斗笠边蒙了一层细纱的人。

老头：我只见你们的大当家的。

二当家：你是谁？

老头：我是青龙镇程庄的一根针程华章，从桐丘县城迁到青龙镇的。

戴斗笠的人揭掉斗笠弯身跪在地上。

大当家：恩人，真的是你，我一直想请你来洼里住几天，再好好孝敬孝敬你。

老头：这法不赖，蒙眼睛勒嘴巴的，差点没把我折腾死。

大当家：咋回事？

二当家：老先生被一个生瓜蛋子当作投名状请进洼里来了。

大当家：让人给生瓜掌嘴，然后撵远远的去。

大当家把老先生请到自己的房间。

二当家安排酒席。

老头：大鱼大肉对我来说是外摆，二十年前我就吃素了。

大当家：重新上，让后厨做全素。

　　大蟒刚啃完一块猪脸，喝了一碗酒，他又看见旁边有一筐子白面馍，他觉得那样的馍他能一口气吃六个。

　　但他没福分消受那白面包馍了，因为他被二当家的撵了起来。

　　二当家：还把他送到老柳树，再掌嘴二十，牛角洼不要他。

　　天明时分，大蟒顺着李贯河一路往西南走。

　　他的嘴巴肿得很高，那是被土匪掌嘴掌的。

　　大蟒：唉，连当个土匪的命都没有哇。

董鹌鹑

鹌鹑是一种候鸟，盛产于内蒙和西藏，它体小而滚圆，通躺褐色带有明显的草黄色矛状条纹及不规则斑纹，雄鸟下颜深褐，喉中线向两侧上弯至耳羽，每到繁殖季节，雄鸟为占地而争斗，实属一景。

而董鹌鹑是个人叫董家发，青龙镇的老户，住十字街中心，两间门面，后带一截小院。

董鹌鹑的爷就喜鹌鹑，当年他用鹌鹑赢得十字大街中心的那片地皮和房屋。

董鹌鹑的爹也热鹌鹑，但驯技一般。

到了董鹌鹑这一辈，似有发迹之相。

董鹌鹑的婚姻也是爱好结亲，董鹌鹑的老岳父也热鹌鹑，那时十八岁的董鹌鹑跟他爹一块去野地里逮鹌鹑。自己逮了自己驯，在鹌鹑场斗鹌鹑已经小有名气。

一天他和一个热鹌鹑的大伯连斗三场赢三场，最后不但没要钱还把那只最好的鹌鹑给了那个大伯。大伯很感动，第二天给他家送去一个漂亮闺女，说这是我闺女，长相足配你了，我把她送给你当媳妇。

董鹌鹑平时靠前面两间门面的租金生活，他不吃酒，不吸烟，也不做营生，一门心思玩鹌鹑。

董鹌鹑不顾家，他媳妇得做营生啊，仗着手巧在家里给小孩裁衣服，做衣服，换点零碎用度。

进入秋季，大群鹌鹑从内蒙往云南迁徙。

董鹌鹑居住的青龙镇应该属于鹌鹑的迁徙带。

鸡叫三遍时，董鹌鹑准时起床，脸不洗饭不吃，抽条布腰带往腰里一刹，背几个母鹌鹑，带着鹌鹑网就去李贯河北的棉花地里逮鹌鹑了。

逮鹌鹑一般都是合伙逮，有人守网，有人布诱，有人从远处把鹌鹑

往网里撺。

董鹌鹑从来不跟人搭伙，若有人想给他学一二技本事，他情愿放弃，背了网子就走。

董鹌鹑逮鹌鹑实有一绝，每次多少之说，都不落空。

别人逮鹌鹑看见一片庄稼稞子就下网。

董鹌鹑不这样。

他比别人起得早，到了地里他先躺在那听风声，再把母鹌鹑布到诱处，然后在适当的距离布网。

今天，董鹌鹑起得更早，他在李贯河北岸的葱地里发现一个熟子。熟子就是别人驯养过又飞走了的鹌鹑。

凭感觉，这个熟子应该是今年的头等，问题是怎样把它弄进网。

昨天他明明听到那只熟子入了网，但走近时网内却空空如也。

前天它飞，昨天它遁，今天董鹌鹑已下了狠心，一定得让它入网，不然飞走了，又得让他一年后悔。

为了今早的行动，他做足了准备，白天里他嫌自己的网不够，又张嘴借了别人两张网，这样算上他的六张，他就带了八贴网。

今天他没有带母诱，母鹌鹑引诱一下小雏行，对待这样的鹌鹑高手，他得使大法。

董鹌鹑的埋伏地是葱地，四周都很平坦。

他悄悄潜到地头后就躺在葱沟里。

他听到轻微的风声。

听到雄鹌鹑划过风飞翔声。

还听到李贯河里鱼儿咬籽的气泡声。

连着三阵鹌鹑从头顶飞过，但都没有那只熟子。

熟子飞翔速度应该比它们更快。

土地的冰凉浸过他单薄的衣服钻进他脊背，他任由那冰凉由脊椎漫遍全身。

突然一声轻微的甩啄声给了董鹌鹑无限的惊喜，甩啄是斗鸡里的术语，斗鸡练嘴时往往用坚硬的嘴尖啄自己的脚爪，而鹌鹑界里十几年不

一定遇到一只。

董鹌鹑将脊背抬了抬，目光在静夜开阔的葱地里搜寻。

夜色虽然还很浓，但天空有星光。

董鹌鹑的目光像雷达一样缓缓地扫瞄。

突然，正前方的一株小树令董鹌鹑心中一动，照常理鹌鹑不会栖在树上，因为那是一株只有腰高的小树，但那细微的啄声就是来自那株小树。

董鹌鹑不敢再起身了，他用两只脚尖，夹来一张网再将网叠成把，用双手抓住，放在胸前。然后用脚后跟推动身子前行。

葱沟里的泥团在董鹌鹑身下粉碎，连葱叶都悄无声息。

董鹌鹑静得像一团土或一截木头，他一点一点接近那株小树。

董鹌鹑终于移动那株小树下了，他止着呼吸往上看，隐约看见树杈间真的伏着一团东西，那是他连逮了三天而未捕获的宝贝。

这时候的董鹌鹑想了三套方案：一是直接伸手抓，二是站起来往树上罩网，三放弃计划，静静躺到天明，到明早约人来逮。

但是明天若下雨了咋办，或者明天它突然飞走了咋办？这时候董鹌鹑下意识地用了一个动作，他将网的一头轻轻甩向树顶，然后才猛地站起身，就在他身子起来一半时，身上的网沉了，扑棱声传来，那是鹌鹑进网的声音。

董鹌鹑轻而稳地卡住鹌鹑的脖子，然后把手伸到网下抓住鹌鹑的身子，这才把鹌鹑的头从网眼里择出来，并立即装进空着的鹌鹑兜里。

果然是个熟子，因为它不像生鹌鹑那样进兜后乱撞。

董鹌鹑觉得像是一场梦，此时他才发现贴身的衣服已全部湿透，他扎好兜口，在葱地里躺到天亮……

斗鹌鹑

这几天，茂源粮行门前一大早就有人围在那儿。

因为粮行的当家刘掌柜收拾了一间专人斗鹌鹑的屋子，又因为青龙镇十字大街的董鹌鹑在李贯河北的葱地里网了个好鹌鹑。

这鹌鹑是个熟子，熟子是个术语，就是别人正在驯养的鹌鹑不知何故飞了，后又被逮住了就叫熟子。

这熟子到董鹌鹑手里只把了两天就发了。

那天董鹌鹑去茂源粮行刘掌柜那儿看斗鹌鹑，他的那只熟子在他手里闭目养神，对于眼前斗圈里的鹌鹑它看都不看。等鹌鹑斗过第二轮时，熟子下糖了（术语：鹌鹑拉屎），下了糖的熟子双眼放着精光，在董鹌鹑手里直朝外挣。

刘掌柜：发了啊，看见没，它呜呜叫的想入圈。

董鹌鹑：我有预感，这是个好鹌鹑，我再把几天。

刘掌柜：来我看看。

董鹌鹑即便有一百个不舍得，但还是递给了刘掌柜。

刘掌柜接过来，大拇指压住熟子，用手在它的后背上用指头捋了几下毛，但它一挣，竟飞了起来。

刘掌柜的斗鹌鹑屋是改造过的，窗子和门都封闭得严丝合缝，鹌鹑想飞也飞不到哪儿去。但熟子却没有往上飞，它直接飞到了圈里。

好像熟子身上有一种强大的磁场。

当它落进圈里时，两只正在揪斗的鹌鹑振翅出圈。

鹌鹑不管是否斗败，一旦飞圈便再难入圈。

这时的鹌鹑圈好像成了熟子的擂台，它就是无法撼动的擂主。

茂源的刘掌柜脸上有些挂不住了，因为这毕竟是他的地盘。

他回正房掂来两个鹌鹑笼子。

　　董鹌鹑知道刘掌柜的这两个宝贝，一个叫"白汤牛"，一个叫"胶泥块"。

　　一般鹌鹑都是褐色，而刘掌柜的这只是白汤色的并且个头极大，个小的鹌鹑别说给它斗了，即便是它直直地撞上几膀子，就够受了。

　　董鹌鹑：刘掌柜，这个"白汤牛"花掉你几块大洋，你舍得它入圈？

　　刘掌柜：养这玩意就是图看它斗几嘴的，出圈就烧了吃。

　　"白汤牛"一入圈，先是看了熟子一眼，然后一个直扑飞身上前，熟子却躲开了。

　　"白汤牛"用力过猛，肥胖的身子撞到圈边又像球一样被弹了回来。

　　熟子似乎等待的就是这一时刻，它的尖嘴啄中了"白汤牛"的眼睛，"白汤牛"更像球一样在圈里滚着。

　　熟子似乎还没有啄过瘾，它等"白汤牛"滚动得稍缓一些后，又猛啄一口，啄瞎了"白汤牛"的另一只眼睛。

　　"白汤牛"双眼盲了。

　　眼睛盲了，这个鹌鹑就算彻底废了。

　　董鹌鹑进圈去拢他那只熟子。

　　刘掌柜却掏出了他的另一只鹌鹑"胶泥块"。

　　照规矩，每只鹌鹑在下了糖之后只斗一场，如果斗两场会把鹌鹑累伤或累死的，因为鹌鹑毕竟个头小。

　　刘掌柜不应该再掏他的另一只宝贝了。

　　董鹌鹑：刘爷，刘掌柜，多有得罪，咱得按规矩来吧，明天再斗咋样？

　　刘掌柜：刚才斗了吗？我的"白汤牛"斗一嘴了吗？

　　想想也是，刘掌柜的"白汤牛"从进圈只撞了一下就被啄了眼。

　　刘掌柜：它就是个虫儿，就是逗人一乐，没啥好心疼的。

　　"胶泥块"入圈，熟子很谨慎。

　　它们相互对峙了一会儿。

　　熟子首先发力，它在"胶泥块"脖子里啄掉几根毛。

　　因为有毛塞住嘴，熟子也挨了"胶泥块"一嘴。

　　但是熟子的身子更迅捷，它快速闪到"胶泥块"一侧，一啄中眼，

"胶泥块"飞出圈外，用另一只眼惊恐地望着熟子。

刘掌柜不去管他的"胶泥块"了，他神色凝重地望着董鹌鹑。

刘掌柜：家发，你开个价吧，我想要你的熟子。

刘掌柜的话音落了一阵子大家才明白，董鹌鹑本名叫董家发，刘掌柜是和他商量要买他的熟子。

董鹌鹑：刘掌柜，场是你的场，斗是在这儿斗，你刚才也说了，它就是一个虫儿，值得刘掌柜动恁大肝火？再说，我的也跟你的差不多。

刘掌柜：你好好想想，我开价高。

董鹌鹑：我也是刚逮住，心热。等斗一阵子了就给你，你圈起来明年斗。

刘掌柜：家发，你住的这片宅子当年是你爷斗鹌鹑赢的吧？这样吧。镇子东头我也闲一片宅子，我这就把地契拿出来，把熟子留下，地契你拿走。

围观者眼都直了，一个小鹌鹑愣是在镇上换一片老宅子，你说这人是不是疯了。

董鹌鹑：我就两个闺女，她们大了都要嫁人，我要宅子啥用？鹌鹑握在手里就能斗。

有钱难买不卖物，两个人撑上了。

董鹌鹑带着他的熟子日夜不离身，因为害怕刘掌柜再缠磨，鹌鹑场他也不去了。

看了熟子的身手，刘掌柜再看普通的斗鹌鹑便没了兴趣。

他托人给董鹌鹑捎话，只要他肯让熟子入圈，大家给他兑钱，算是熟子的出场费。

接下来的日子，董鹌鹑天天都往家拿钱，拿了钱都交给他的女人。

有时康城和开封的知名玩家也坐着骡车提前一天赶到青龙镇，他们也想看看熟子的雄姿。

一天董鹌鹑在梁头下的木板里掏出那张发黄的地契。

他女人问，你扒出来那东西干啥？

董鹌鹑说，我爹光说地契在这儿藏着，我连啥样都没见过，看来鹌

鹑真能弄地契。

　　刘掌柜说用一片老宅子换我这只熟子，这一阵子我赢的钱够买两片老宅了。

地 契

  青龙镇十字大街有一户叫董鹌鹑，本名叫董家发。因为他热鹌鹑，后来人家叫他董鹌鹑他还挺高兴。说实在的，鹌鹑这一行也有门道，只是咱不知道，多年前董鹌鹑的爷用鹌鹑赢了他现在住的一处房宅。

  现在董鹌鹑在李贯河北岸葱地里网住个熟子，也是斗遍康城无敌手，天天给他往家赢票子。

  这一段是董鹌鹑几十年里最幸福的时光。

  茂源商行的刘掌柜因为热鹌鹑，专门收拾一个斗鹌鹑的房间，也因为斗鹌鹑，他这里成了一个信息平台，他还利用信息狠赚了几笔粮食生意。

  日上三竿的时候，董鹌鹑从家里剔着牙出来，身后跟着几个粉丝，说是粉丝，实是跟着他混吃混喝的光棍。

  而刘掌柜的家门口已停了一辆漆了桐油的新马车，不用说又一个热鹌鹑的财主来和董鹌鹑斗鹌鹑了。

  走进院子，看见刘掌柜正陪着一个衣着光鲜的大胖子在说话，胖子的手里把着一个鹌鹑。

  董鹌鹑看见对方那只鹌鹑，心里三分地怯了。

  刘掌柜：家发，这位是桂掌柜，康城鸿宾楼的老板，他也是讨朋友一个虫儿，慕名而来想试试身手。

  董鹌鹑愣了愣。

  刘掌柜：家发，问你哩？

  董鹌鹑：刘掌柜，你也看见了，你那哪是鹌鹑，分明是一只公鸡。

  刘掌柜以前养的有一只"白汤牛"鹌鹑，个头就够大了，桂掌柜这只更大。

  董鹌鹑：汴京城打擂还分重量级哩，他的鹌鹑比我的大一号，斗赢

斗输没法说。

桂掌柜：这不成问题，我带的有大洋，咱以二比一下注，以五块大洋为注，我的赢了我给你双注十块大洋，如果你输了就赔我五块大洋。

董鹌鹑：以前只赢些小钱，赌大洋还真没有。

话间，董鹌鹑从袋里掏出他的熟子。

熟子很兴奋，因为它刚刚下了糖。

围观者中有个陌生人，一身褐色麻布衣服，跟鹌鹑一样颜色。

陌生人：斗鹌鹑讲究的是技巧，与个头大小没关系，桂掌柜的这只鹌鹑是越南货，个虽说大，却斗不过这只小鹌鹑。

刘掌柜：这位先生，面孔有些生呀。

陌生人：过路的外地人，听说你这儿有鹌鹑场，过来瞅一眼。

刘掌柜：家发，只需你一句话，想不想斗吧？要想斗，我给你拿五块大洋。

陌生人：既然桂老板带的大洋多，我也随这只小的赌上五块大洋，不过我不要双倍，这只小鹌鹑赢了，你赔他十个，赔我五个就行。

桂掌柜：如果这只熟子输了呢？

陌生人：我拍拍手走人。

刘掌柜：我算是赞助家发五块大洋了。

进了屋封门。

围观者在竹圈外站定。

桂掌柜的越南鹌鹑真像一只小鸡子。

熟子身形轻微晃动。

越南鹌鹑朝熟子啄了一口。

熟子快速闪开，根本不给那只笨鹌鹑可乘之机。

越南鹌鹑连扑三次，熟子巧妙地躲避三次。

越南鹌鹑再次扑来时，熟子迎头而上，就在即将被啄住时，它身子一弹，跃到越南鹌鹑头上，而后猛啄一口，啄中了越南鹌鹑的右眼，越南鹌鹑尖叫一声，一个翻滚飞出圈外。

出圈即为输。

桂掌柜掏出一摞大洋，给董鹌鹑数十块，也给陌生人数十块。

董鹌鹑：不好意思，让桂掌柜破费了。

陌生人：别给我十块，事先讲好了的，我只要五块。

桂掌柜付了账，也不管躺在屋角的越南鹌鹑了，朝刘掌柜揖个礼坐车走了。

董鹌鹑笑得拢不住嘴，脚下踱着步，兜里大洋咣当作响。

董鹌鹑：刘掌柜，就凭刚才你那豁展劲，我得给你五块大洋，做人得讲道义，我这是斗赢了，斗输了你不得赔上五块大洋么？

刘掌柜：没法，谁让咱热这虫儿呢。

陌生人：这个虫儿也有弱点，在圈里它飞不高。

董鹌鹑：你这个外地人，信口雌黄，你弄一只飞得高哩叫我看看。

陌生人还真从腰里掏出一个水牛角底的鹌鹑袋子，他解开袋子鹌鹑扑棱一声飞了出来。

此时大家都走到院子里了。

刘掌柜惊诧了一声。

鹌鹑在人群上空飞一圈，落在陌生人肩上。

董鹌鹑左右打量那鹌鹑一眼。

首先是鹌鹑的目光有神，搭眼一看放着亮光，再是毛色艳丽，艳如锦缎。

陌生人：怎么，怕了吗？

董鹌鹑：我两个闺女，又没有儿，我怕谁？

陌生人：那咱们明天就斗一场。

董鹌鹑：斗就斗，谁也不是吓大的。

陌生人：可有一样，明天带着你家那张地契来。

董鹌鹑：我有大洋，跟你赌地契干啥？

陌生人：你那片老宅加上房子最多顶五块大洋，我押十块大洋，赢了大洋你拿走，输了地契拿来，立马圈铺盖走人。再说，你刚赢的大洋够盖一所楼了。

董鹌鹑：干吗非要赌那片老宅呢？

陌生人：不拿地契不斗。

刘掌柜：拿就拿，输了地契给他，用这十块大洋在镇头买新宅盖新房。赢了又是十块大洋，保你以后几十年没坏日子。

董鹌鹑用鹌鹑赌地契的事很快传遍大街小巷。

局外人当成了笑话。

但规矩还是要讲的，刘掌柜让人焚上香，地契和十块大洋摆在那儿。

没有人敢说话。

竹圈内两只鹌鹑相互对峙着。

跟着熟子飞起来朝前冲，它想先招制敌，啄对方的眼。

但陌生人的鹌鹑比它飞得更高，就在双方在空中重叠时，那只鹌鹑伸爪揪住了熟子的顶毛。

熟子被直接按在竹圈里。

熟子的眼睛流了一兜水，在竹圈里翻滚。

原来在它们下降的过程中，对方以迅雷之速啄了熟子的两只眼睛。

愿赌服输。

陌生人先是装起自己的十块大洋，停停又放在案上一块，然后拿着地契。在董鹌鹑面前摇了摇，装进贴身的衣兜内。

陌生人：刘掌柜，这只鹌鹑的名字叫锦鹰，是我特意从一百只小鹌鹑里驯出来的。不是我说大话，目前中原境内没有鹌鹑能是它的对手。

董鹌鹑：兄弟，你能把驯鹌鹑的招传给一两式吗？

陌生人：在草原上挑二百个鹌鹑蛋，拴两只鹰在草原的沙窝里孵化，然后每天陪着捉虫，喂食。鹌鹑睁开眼睛看见的是你，它就给你熟，就像这只锦鹰。

董鹌鹑：厉害，回头我得把名字改过来，你叫鹌鹑才合适。

陌生人：还是你的爷厉害，当年若不是他从我爷手里赢走地契，我们一家人不会在内蒙古大草原待了几十年。

鹌鹑行

青龙镇茂源粮行的刘掌柜热鹌鹑，他开有免费斗鹌鹑的场。

青龙镇十字大街有个养鹌鹑的叫董鹌鹑，数年前他爷靠鹌鹑赢了这片老宅子，现在他一不小心把这片老宅子给输了。董鹌鹑虽说不顾家，但他也心疼老婆，怕他老婆猛一听受不了，就让刘掌柜来做说客。

刘掌柜：弟妹呀，这房子该拆了吧？

鹌鹑女人：听刘掌柜这话蹊跷，好好的房子拆啥？拆了住哪儿？

刘掌柜：我在镇东头那十亩地准备腾出来，五亩建粮仓，五亩建鹌鹑行，家发准备在鹌鹑行边买半亩地，再建个四合院，你说闺女都这么大了，该分房往了。

鹌鹑女人：刘掌柜说到这上，还真说到我心窝里去了，你也知道。鹌鹑不着家，就仗着俩房租过活，这不才挣几个小钱，哪够折腾的？

刘掌柜：这你就甭管了，我有个大粮仓空着哩，你们娘仁先在粮仓里住几个月，回头就住新房，有差池了你找我。

刘掌柜的一番话说得鹌鹑媳妇心花怒放。

搁平常人，祖业丢了心里得纠结，得充满仇恨感。可董鹌鹑的心思在斗鹌鹑上，陌生人崔世领描述的草原风光令他心驰神往，刚开始崔世领对董鹌鹑有戒备，处了一段他被董鹌鹑的敬业精神所感动。对于这样一个心底纯洁的人，若对他再要用计那就有失做人底线了。

好人有时确实能感动坏人，况且崔世领骨子里就不是坏人，他只是受了父辈的教诲，心里充满复仇的渴望。但是真正夺回了老宅子又能如何？嘈杂的吵声，拥挤的人流，两间破败的门面。倒是董鹌鹑一脸的惬意。他惬意来自刘掌柜对前景的描述。

刘掌柜各自收董鹌鹑和崔世领五个大洋，让他的账房先生全权代理。

崔世领那里把老宅上的房屋全部拆掉，先盖两间门面，再盖三间正

房，再盖两间偏房。崔世领的家在内蒙，他只能换着地方住。

董鹌鹑这里也盖两间门面，中间是大院的过道，对门一个照壁。

三间正房，中间偏房，两间偏房各自给两女儿住一间，另两间偏房一间做厨，一间专门挂鹌鹑。

董鹌鹑梦寐以求的就是有一间自己的鹌鹑屋，上午逮鹌鹑回来可以小寐一会儿，然后再喂喂鹌鹑。

刘掌柜给他们安排好，就把他们撵到内蒙去了。

董鹌鹑出来才知道青龙镇的渺小，在一望无际的大草原上，确实栖息着数以万计的鹌鹑，布满麻点的鹌鹑蛋就遮盖在薄沙下，只要你肯下力，挎着篮子在草滩上觅，一天觅两篮子应该没问题。

草原的边缘有个小镇，小镇上的居民全都养鹌鹑，看着木箱或者网里乌泱乌泱的鹌鹑苗，董鹌鹑为自己在青龙镇起五更蹚露水地逮鹌鹑是那么不值得，这里的鹌鹑就是白菜价。

而真正震惊的是到崔世领的院子后，五亩地的大院里有几间房是专门驯养鹌鹑的，他更看到了陪练的斗鸡和老鹰。

因了崔世领的人缘，也仗了刘掌柜开出的优厚条件，董鹌鹑在一个半月后套了三辆牛车，请来两家鹌鹑贩子进驻鹌鹑行。

条件是事先讲下的。

房子免费，鹌鹑除去本钱，多卖的鹌鹑行和贩子两家分。

在青龙镇逢三、六、九的集上，刘掌柜经得窦员外和苏老三的同意后用了传话。传话极有威力，短了三天，连商都、亳州，甚至荷泽的客官都知道了。

既然是鹌鹑，就得有经纪，以前的鹌鹑得下地逮，董鹌鹑腾不出来时间，现在鹌鹑就在眼前，想要哪只要哪只，董鹌鹑自然做了经纪，他不吸烟不喝酒，想打动他你就得加钱，私下里加了钱，凭董鹌鹑目光自然给你挑只好的。

但最忙的要数刘掌柜，各地的财主来了，人吃马喂，吃喝拉撒全都得陪着，陪好了陪高兴了，开个新仓比别人便宜几分，就是粮行一个收益。

刘掌柜又聘了两个账房负责登门收粮食，又聘个鹌鹑把子给他专门驯鹌鹑。

董鹌鹑看见特别好的鹌鹑就自己掏钱买，他买跟普通客官一样价，行里的规矩得一视同仁。

挑到最后只剩散尾子就不好卖了，崔世领又带着四个牛车回来了，散尾子鹌鹑又掺进新来的鹌鹑笼里。

有懂行的不在鹌鹑行里挑，直接去旁边董鹌鹑的养驯房里挑，当然价钱是挺贵的。

到月底，刘掌柜的账房给董鹌鹑送五块大洋。

董鹌鹑：这是啥钱？

账房：行里赚的。

董鹌鹑：平时赚的我都领走了。

账房：刘掌柜说这个行虽说是他投钱，但你和崔先生都有干股，这是你在行里的分红。

鹌鹑女人苦了半辈子，她是个勤俭的人，看着鹌鹑拿回来这么多钱，心里不忍心了。

鹌鹑女人：回头让裁缝也给你做两件长衫，也学着喝点酒，再闲了也去得闲茶社喝喝茶，但今天晚上你得去烧酒坊买两坛好酒，再去烧鸡刘那里买只烧鸡，你去茂源粮行好好地谢谢刘掌柜，如果不是人家提携咱，咱会摸到这挣钱的门路？

董鹌鹑：老婆子，我一个大男人会不喝酒，那是家里没钱，你说的事我这就去办，是得好好谢谢刘掌柜。

傍晚，当董鹌鹑提着酒菜来茂源粮行找刘掌柜时，刘掌柜已摆好酒场，崔世领及那两个经营鹌鹑的客商都被刘掌柜请来了。

刘掌柜：又得盖房了。

董鹌鹑：这不是有房了？

刘掌柜：再盖一间屋顶透亮的大房，康城和汴京的老财们都让我给他们在街边建宅子，他们想陪着我玩这虫儿。

董鹌鹑咽下第一口酒后，渐渐地就喝顺畅了。

崔世领的酒就喝得沉闷。

董鹌鹑就和他碰杯。

崔世领：家发，我把老宅子夺回来你真的不恨吗？

董鹌鹑笑着拍了拍崔世领的肩想站起来，但他刚起身脚下一软就歪在了地上。

崔世领想拽他。

董鹌鹑：别拽，我躺在地上很舒服。

刘掌柜：没见过家发喝过恁些酒。

董鹌鹑：老崔，你又说醉话不是。你以为我喝多了？那片老宅子本来就是你家的，我仇恨啥？做人得知足。我手里能有好鹌鹑我就知足，现在不但有好鹌鹑，还在行里哗哗地挣票子，这景状你梦里会有吗？

崔世领：你要是不恨了，我就把全家搬回来，我一回到青龙镇就喜欢这儿了，我们在这儿养鹌鹑，斗鹌鹑。

董鹌鹑：斗鹌鹑是斗鹌鹑，咱们再也不斗房契了，免得咱们的后辈再纠结。

刘掌柜：家发这话讲得好，来我们再碰一杯。

董鹌鹑：你们碰吧，我得走了，我又想我的鹌鹑了……

西施水饺

一间小门面，一隔两开，内为厨房，外间摆了四张小桌用于经营。

店老板是个少妇。

少妇的肤色很好，黑色长发映衬下肌肤如玉。

瓜子脸、细眉、齿白唇红。

少妇的笑很特别，像水里的涟漪一样，她的笑是从嘴角向外溢，而后呈在脸上。我们形容笑时，一般都是眉开眼笑，但她的眉是僵着的，笑容绽在眉头以下。小镇上的人没见过美女，那笑容在少妇嘴角溢出时，男人们的骨头都酥了，哪会有心思看笑容绽放的全过程。

但苏老三注意到了。

他是听别人说镇头上新开一家水饺馆，女店主长得极媚极漂亮，并且水饺味道极好，水饺的形状也极其特别。

苏老三不是个儒人，他没有多少文化，但他仗着人好，心地善良，经常扶弱助贫，在青龙镇落了个好名声。

青龙镇因为通航，有码头，发展很快，很多达不到上船标准的次品会就地处理，也有船家捎来的紧俏物品在此歇脚靠，你若看中可在船边搞价，倒腾出来一些到偏远的乡下卖个翻倍价。

有懂规矩的，初到镇上先打听，于是采购了四色小礼先去拜会窦员外，窦员外的儿子在省城为官，在镇上有一流大宅子，门前拴马桩，避雨亭齐全，拜会了窦员外，你再去得闲茶社拜会苏老三苏爷。

苏老三会请你喝他的极品普洱，然后再听你的诉求，然后他会根据镇上的情况，让茶社的小伙计替你跑一趟办妥了，你给小伙计小费，办不好苏老三会亲自去，商量个价钱，隔天也会搞齐。

但这个美少妇开的水饺店实在太小了，也可能是她压根就不想拜会谁，因此就悄无声息地开张了。

北方人管水饺叫扁食，有荤素之分，圆面皮包馅，包成呈现半圆形，两个对到一块是扁圆形，因此叫扁食。

饥荒年，扁食并不是天天吃的，它是每年春节才有的美食。

但美少妇的水饺有别于北方的风味，它的馅很少，圆圆的一团，在饺子皮的中间，清汤食用，也不放盐醋之类的杂耍。

清清的汤，饺子在汤里像窦员外养的金鱼，瞅着就想吃。

苏老三连吃两碗。

苏老三吃完站来时，偏巧少妇出来收碗，她对着苏老三浅浅一笑。

苏老三礼节性地回应一下，但苏老三一眼便看出她笑容下眉宇间那丝淡淡的忧伤。

这丝忧伤记挂在苏老三善良的心里。

第二天中午，苏老三邀窦员外一同来到水饺店，看到镇上两大名人前来捧场，食客们很惊诧，他们纷纷让座。

少妇也不是不解风情，她客气地浅浅一笑，然后帮他们擦擦桌子，这才去后厨重又洗手下水饺。

给少妇帮工的是个和她同龄的男人，她没有介绍，大家也没有问，他们带着一个孩子，也早早地送到私塾读书去了。

水饺确实不错，一向饮食节制的窦员外竟也吃了两碗。

饭后他们去了得闲茶社。

微白的茶雾若有若无地缭绕。

窦员外和苏老三点燃了来自汉口的烟锅。

窦员外：做态，气势都不简单。

苏老三：看着就是大家闺秀。

窦员外：她心里确实有不愉快的事情。

苏老三：可以问一下私塾先生。

窦员外：有求必应，她没有求咱，咱也不能硬贴上去帮她吧，再说如果咱们帮不了呢。

苏老三长叹了一声。

窦员外：水饺不错，不知道她教不教徒弟，我让后厨春桃去学几天。

苏老三：这倒是个好主意。

苏老三陪窦员外喝了半下午茶。

然后他们走上李贯河的码头。

住在码头边的老猴精颜婆过来打招呼。

这时他们却意外地看见了水饺店的少妇。

码头边刚停靠一排船，一个一身白西装戴墨镜的年轻人走下船。

少妇上去一把搂住他。

白西装任由她搂着。

一群船家看西洋景似的看着他们。

片刻，白西装想上船，少妇拽住他并朝岸上看。

窦员外和苏老三顺着她的视线看过去，他们看见水饺店里的帮工，领一个孩子急匆匆地往码头边赶。

终于走到他们跟前。

苏老三：咋回事？

帮工：我表姐这几年一直带着孩子在找她丈夫，现在终于找到了。

帮工抱了孩子先上船，然后少妇才和白西装上船。

苏老三看着船队缓缓而发，朝汴京驶去。

夕阳照在水面，波光粼粼。

苏老三：可惜这美味了……

罢 市

清晨，微风里一丝香气飘来，吹开赶集人的味蕾。

这香气是复合型的，里面有熟肉的香气，小磨油的香气，熟面带焦的香气，反正这香气像一根无形的线非牵着你走到王大仙的水煎包摊子前不可。

这时的王大仙，穿了一件草绿色的粗布罩衣，嘴上戴着口罩，坐在那张光洁如新的柳木案子前，一手擀皮一手包。

面季子是放在手边的，一根小擀面杖哗地辗过去，煎包皮子成了，一把宽竹签子放在肉馅盘里，掂竹签一抹，单手一合，一个水煎包就入锅了。

锅是平底，被油浸得锃明瓦亮，转眼间一锅水煎包捏成摆在锅里，盖锅盖，勾芡，再是在煎包掀盖后浇半碗连汤带面的水，热锅遇水蒸气腾腾，关键是王大仙不让水蒸气出来，他适时地盖锅了，再掀时水蒸气把煎包蒸熟了，外面一层薄焦，像给水煎包裹上了一层翅衣，用长锅铲一翻面，小磨油少许，然后就能吃了。

吃是吃，得先排队，甭看王大仙在低头擀皮包煎包，只要你加塞，他会瞪你一眼，再不听还不排队，那就不卖给你了，那就让你很难堪，你可能恨恨地走，但隔几天你又会被这美味吸引，又得来吃这水煎包，这次来就一定守规矩了，好好地排队。

王大仙真名叫王恰先，主要因为他讲究，不知道谁叫开了王大仙，就这样大仙大仙地叫上了。

王大仙的水煎包是祖传的，很小的时候他跟他爹学做水煎包。

小孩家贪睡，加上起得早，有时站在锅边站着站着就睡着了，他爹勾好芡该往锅里浇水了，他却站那儿睡，他爹的小面杖咣的就打头上了，一个大包应声而起，起了包还不能捂，敢捂又两下，直到他长得比

他爹还高了，他爹坐那够不着他头才不打。

人家说棍头底下出孝子，王大仙给他爹亲青龙镇上的人都知道，有次他让媳妇回家给他爹送胡辣汤，他媳妇走得慢了点，他打了媳妇一顿，还说要休了她。

当然这是王大仙独立支摊后的事了。

王大仙接过他爹煎包铲子时，青龙镇有三家水煎包铺子，镇子是露水集，过了早起饭，集就散了，三六九逢会，四邻八乡的都来，这时的煎包还能多卖些。

王大仙接班后第一件事就是改革，先是从原材料入手，葱、姜选最好的，羊肉只要肋条，羊脖子肉、肠肥油一律不要，而粉让磨房换了更细的箩，勾芡由面粉改成淀粉，粉条由红薯粉变成纯绿豆粉，调料的香油也不再掺棉清油，全部换纯香油，又做一件草绿色的罩衣，还别出心裁给自己缝了个灰土布的口罩。

这一番动作弄下来，他爹不满意了，说他瞎掰，乡下人咋恁多讲究哩。

王大仙给他爹跪下了，说既然让我掌锅，就得按我的办，你老人家只在家吃香喝辣就行了。

儿是亲儿，大个子在那儿跪着，他爹心软。说，各人的江山各人坐，一辈不管两辈人。

人眼里都有一杆秤。

王大仙的水煎包用的啥材料镇上的人最清楚。

先是窦员外和苏老三在那儿定了点，一家一锅，再配上马家的胡辣汤，两家后厨的人都是按时来取。

一到王大仙站起来拿食盒，排队的都笑了，因为这锅一定是窦员外的。有句歇后语已经在街上传开了，叫王大仙立身子——这锅没戏了。

王大仙的名气可想而知，做生意要的就是一招鲜，这边排长队，那边自然就没有人，耗了半个月，另外两家煎包锅搬走了。

青龙镇也就三里长街，通航后也就五里，王大仙真正的用户在乡下，谁家老人过生日或者身体不舒服或是老丈母娘看闺女，第一件事就

是跑到青龙镇买煎包盛胡辣汤。这种方式成了当地人的一种标配，也成为人们生活中的一种习惯。而倡导这一习惯的最大受益者就是王大仙。

但这天王大仙罢市了。

食客问咋回事。

王大仙：有人做错了事，他把我的煎包去喂狗，他不来认错，我不开市。

于是王大仙因为某个人而罢市的消息很快传遍青龙镇。

可怜了跑十多里的乡下人，他们给父母许下的煎包、胡辣汤。

但煎包罢市了，只得买老方家的蒸包子代替。

水煎包一口一个，边上带黄焦，蒸的包子替代不了。

于是人们不骂王大仙，却骂用水煎包喂狗的那个人。

苏老三让空了手的后厨来问用煎包喂狗的人是谁。

王大仙说：是木器厂的仇老板。

片刻工夫，窦员外的后厨过来说：王掌柜，你需要怎样的条件才能开市。

王大仙：我让他给我赔情道歉，并且发誓以后不再用煎包喂狗。

用煎包喂狗的仇掌柜开初只是一个学艺不精的小木匠，后来靠投机钻营，利用汉口的洋机器办了木器厂，才发财的，发了财买了几家宅子建起个高门楼大院子。为了看家护院，又在汉口买了两只半人高的大狼狗，一只拴在门外，一只圈在院里。

问题出在门外那只大狼狗上，它开初吃骨头吃肉，后来竟也热上了水煎包。

有人给王大仙说，王大仙开初不信，仇家也定了点，也是每天早上准时到锅前拿煎包，他以为是人吃的。这天他让儿子站摊子，自己站一边看着，就真的看到他的水煎包喂了狗。

王大仙从选料就很认真，可以说真材实料童叟无欺，有时他自己都舍不得吃。现在看到他的煎包喂了狗，你说他啥心情。

煎包锅罢市了三天，青龙镇的空气变得沉重。

下午的时候，有人喊王大仙去得闲茶社，在苏老三的包间里，王大

青龙镇

仙看见了窦员外、苏老三和仇掌柜。

仇掌柜给王大仙敬了一杯茶。

仇掌柜：王掌柜，多有得罪，我这里给你赔情，并保证不再做那样的傻事了。

王大仙：我这样做是为你好。畜生终究是畜生，它再金贵也比不上人，就是人福报也是有数的，不知惜福一直用，用尽了，苦日子就不远了。

独　塘

青龙镇最东头是刘家大院。

户主刘祥德人很低调，虽说住在青龙镇，但他的地却在镇子东北，十五里处。

刘祥德的祖上在亳州大天德中药行当伙计，后来当账房，再后来当分号的掌柜。老掌柜死了换了少掌柜，少掌柜和他不对眼，想找茬，祖上有自知，主动辞了差使，带着银子回到青龙镇，买地种药。外行不知内行利，几年下来刘家在偏远地带置了数百亩地。

窦员外的儿子在省里做官，镇长都对他恭敬有加，苏老三是热心肠，另有钱庄的钱掌柜、粮行的刘掌柜等一批小镇名流，经常聚到得闲茶社喝茶，茶是自己的茶，虽说贵些，但房间费茶水全免，要的是一份雅致和清静。

窦员外是偶尔去，苏老三天天泡在那儿。有时候粮行的刘掌柜会约刘祥德去喝茶，刘祥德去了一看那阵势，立马也买了能进房间喝的茶。以备下次自己来时喝。这日午饭，有亳州药行的老友来坊，刘祥德陪着在馆子里喝过酒，便去得闲茶社，刘祥德初入茶道，便央博士沏茶，茶博士吃的就是这碗饭，把个功夫茶沏得心旷神怡、如醉如痴。

席间，刘祥德不自觉地叹一口气。

亳州客：祥德兄，有甚烦心事么？

刘祥德：这事纠结我几年了，我那几百亩地距此东北十五里，地远不说，主要是地势洼，天旱还好，这两年水大，湮了不少。我的湮点没啥，有的就那几亩地，湮了得拉一年饥荒。

亳州客：你啥意思吧？

刘祥德：我想问一下，有没有一种中药材能在水里长，没有水也能长。

亳州客：要这种药咋着？

刘祥德：我想毁掉二十亩地，把土垫到周围的地里去，下雨再溻了塘里存水，旱了塘里又能浇水。

亳州客：有一种小睡莲，有水没水都长，成熟了卖莲子。

刘祥德：若是这样，我就给那些户主放风，我要挖个塘，土谁拉是谁的。

亳州客：老天爷也会感念你这一颗慈悲之心的。

这一年因为整地，整个东北方的一千多亩地都误了麦播期，粮行的刘掌柜紧急调了荞麦种。

而刘祥德的水塘也成了规模，有了蓄水的能力，小木匠仉掌柜又高价推销给他一挂驴拉的水车。

开春就迎来了雨期，雨下得执着而任性。

刘祥德的水塘起了大用，愣是蓄了一塘的水。

荞麦花随风翻滚，遍野紫色。

麦收时荞麦大丰收，因为刘祥德的水塘而避免了涝灾的农户挎着瓜果食品来到青龙镇，在刘家老院门前排了一截子。

刘祥德敞门迎客，包了青龙镇的饭店招待。

酒饱饭足之后，带头的农户又给刘祥德跪下了。

刘祥德：毁我几十亩地，但是保住了大家的一千多亩地，这个账很划算，再说塘里又种了小睡莲，莲子是可以卖的，用不着这样感谢。

带头人：刘掌柜，人择水而居，有了那几十亩大塘，又不涝了，大家都想在那建个新家，我们的意思也想请你搬过去住，你住那儿我们更有主心骨。

刘祥德还真没有想到这一章，仔细想想，住在那一片水塘边，不比青龙镇差，再说，住得偏僻反而静了。

刘祥德：咱都搬过去了，不得起个名吗？

带头人：这个我们都想好了，为了让后辈人记住你的功德，就叫独塘刘。

刘祥德：独塘就独塘，不能带刘字，如果带刘字我就不搬了。

众人齐声说：我们听你的，就叫独塘。

青龙镇虽说通了航，热闹无比，但有喜清静的，粮行的刘掌柜立马在那儿建了分号。

几年后，独塘也逐渐繁华，像了镇子的样子。

而为独塘立了大功德的刘家代代都有人才显露。

特别是改革开放后，独塘刘家刘吉宇在商都南粤广州先是当了世界500强企业恒大地产总裁许家印的高级秘书，后又做了广东周口商会名誉会长兼秘书长，成了豫商在粤奋斗的带头大哥和贴身大管家。

古有刘家先辈舍地泻涝立功德，今有刘吉宇呕心沥血服务豫商绩佳绩。

但是不知道在美丽的南粤，那些长了智慧、积累了财富的商家们会不会再建一个独塘镇呢？

当然，这是后话。

罗圈腿

浅浅的薄雾缥缈缭绕。

李贯河的水泛着细浪。

老猴精从码头上出来，河岸上还很静，驾鱼鹰逮鱼的似乎也睡过了头。

她大儿子的饭店瞎灯黑火，二儿子的旅店已有了光亮。

她继续朝前走，在河南岸朝东走。

一条弯曲流淌的大河，把她从上游飘到了这里，是拾河柴的穆老大在水里拦住她，开启她新的生活。

回忆昨日的一幕，像是在眼前，而时光已经过去几十年。

她突然看见前面有个人，个子低矮，罗圈腿，肩上一个背架，手里拿着一根黄色的窄布条一样的东西。

她往河堤的低矮处挪一挪，她看见那个罗圈腿一直在放手里的窄布条。

罗圈腿已经走出很远了，但他手里的东西在继续朝外放，她顺着他放的方向朝后看，便看见了眼前那窄布条，布条上印了竖格和数字。

在青龙镇上老猴精也算个人物，她丈夫穆老大手底下几十号搬运工，个个膘肥体壮，打俩抱仁。整个镇子上她没有怕的人。现在的窄布条勾起她的好奇心，她一把抓起来，光光的软软的，像夏天里的小花蛇。

那个罗圈腿的男人见有人扯他的尺子，就摇了摇手，意思说你甭动。

老猴精一把扔了那窄布条，迎着罗圈腿走过去。

罗圈腿看见一个老妪，一身的黑粗布衣衫，腿上扎了绑腿，显得很干练。

罗圈腿没有搭理她，他又开始放着窄布条子朝前走。

老猴精紧走几步，她看清了眼前这个五十多岁的奇丑的男从。

男人一脸黑青色的胡茬子，上唇的鼻子下留一撮扣子样的胡子。

老猴精：你是哪的？大清早的你这是弄啥哩？

罗圈腿似乎没有听懂，或者是根本不想搭理她，继续放他的窄布条。

这时一个背着钱搭子的男人走过来，老猴精看见是镇子上的私塾先生。

老猴精：先生出门吗？

私塾先生：我去趟康城，穆嫂你这是干甚？

老猴精：我没事出来转转，遇到这个货，他这是弄啥哩？

私塾先生：这是个米尺，搞测量的。

老猴精：青龙镇是咱们的，他在这儿胡量八量的算哪出？看样子还很傲。

私塾先生：搞测量的都是有来头的，咱惹不起，还是走了吧。

老猴精：镇长、窦员外、苏老三啥人，他总得给这些人打个招吧。

私塾先生：你搞测量给镇上的打招呼没？

罗圈腿瞪了私塾先生一眼，扭身放下背架。

他从背架上的一个书包里掏出一个厚本子和一杆自来水笔在上面写了一行数字，然后合上本子就哗哗地收东西。

私塾先生急急地走了。

又有几个从乡下挎着竹篮来赶集的人。

他们和老猴精打招呼。

这里罗圈腿已经收拾了窄布条子，又重新搭上背架，又恶狠狠地瞪了老猴精一眼，朝前走了。

老猴精今天去万庄和人家约好的，万老堂在她大儿子的饭店里已经请她吃过两顿饭了，让她操心给自己十五岁的姑娘操个心，昨天她丈夫穆老大的近门姑奶奶亲自登门，央求她给自家的孙子说个媒，于是她当即让人给万老堂捎话，说今天去他家。罗圈腿的事弄得她心里很膈应，但人家已经走了，你总不能吊着个脸子去给人家说媒吧。

老猴精的造访令万老堂很高兴，他给老猴精杀了一只鹅，小姑娘也勤快，嘴里甜，一口一个奶奶地叫着，令老猴精心花怒放。

万老堂摘下挂在梁头上的坛子，那是他放了一年多的老酒。

老猴精这次不喝多都没有理由，等她醒酒时，日头已快落了。

她洗洗脸，万老堂想留她吃晚饭，她拒绝了，迈着醉步朝镇上走。但刚出万庄，她又看见了那条黄色的窄布条。她伸手捞起那窄布条。

罗圈腿男人也发现了老猴精，他搞不懂这个老女人凭什么老和他过不去。从山东到河南他一直就是这样如入无人之境地测绘，从未遇到如此盘问的。

老猴精：你得给我去镇子里见镇长，青龙镇不许你这样量来量去。

罗圈腿男人很有气力，他一把推倒了老猴精。

旷野里人很少。

老猴精爬起来，趔趄着朝他跟前走。

罗圈腿从背架的下方掏出一个黑色的东西，他朝着老猴精腿上扣动机关。

大雷子炮仗的响声划过耳膜，老猴精感到她的整个左腿断下来，她捂着痛处摔倒在地上。

罗圈腿说了一串恶狠狠的话，老猴精一句都没有听懂。

此时老猴精想谁会给码头上穆老大捎句话呢。

养蜂人

麦收前李贯河北岸的洋槐花大面积地开了。

河面上荡漾着沁人的清香。

一天清晨，有人不知是用骡车或是独轮车运来的箱子摆在盛开着槐花的河湾里。

也是这一天的早晨，老猴精颜婆子和镇子上痞子毛球同时来到这一片箱子旁。

颜婆子是去李贯河北岸的赵村说媒。

毛球则是饥肠辘辘地顺河觅吃食的。

老猴精：哎呦，这么多箱子，这么多马蜂，你们这是弄啥哩？

箱子旁站着一男一女两人，他们的个子比较矮。

男人：这不是马蜂，这是蜜蜂，它们采槐花和油菜花儿。

老猴精：知道了，蜂蜜我吃过，只是没见过。

毛球：在这儿放蜂，蜇了人咋弄，你们给镇上人说了吗？

男人：蜜蜂采蜜授粉，庄稼增产，这是天下人都知道的道理，你是不是没种过庄稼？

毛球：说这话欠揍，看我不……

毛球的话说一半，因为那个穿着异特的小女人从腰里摸出一对环刀。

毛家是镇子上的破落户，坑蒙拐骗，还欺软怕硬，一般人都不屑于搭理他们。有人说是毛家的祖坟出岔子。

毛球不甘心地走了。

老猴精：我家老头子在河南岸的码头上问着事哩，手下有几十号人，有需要帮衬的你吭声。

养蜂人：谢谢老人家，我姓颜，是四川的。

老猴精：这么巧，我也姓颜，越说越亲了。我得提醒你一句，刚刚

走掉的那小子不是啥好鸟。

养蜂人：我们走南闯北的，见的人多了，没事。

老猴精：有事别忘了找我。

四川人小颜开初跟着师傅学养蜂，学了两年和师傅的女儿有了情愫，师傅的女儿性情刚烈，身有家传武功，一般人都不敢靠近，小颜近水楼台先得月，赢得了姑娘的芳心，跟爹要了几十群蜂就一路向北走来，甭讲挣多少钱，实有历练自己的成分。

镇子上闲人多，听说河北岸来了养蜂的，纷纷过来看稀奇。

养蜂人头上戴个蒙了纱的尖草帽子，从蜂箱里抽一个圆桶里旋转，很快就有黏稠的蜂蜜了。

青龙镇的日杂铺里卖的有蜂蜜，但不是养蜂人从横板里打出来的样子。

于是有人问价。

养蜂人说了，价格很公道。

就陆陆续续的有人买。

人多货少。

一些人抱憾而去。

养蜂人：明天下午还有。

但是晚上却有了情况，先是过来一只狗，在蜂箱旁横穿，黑暗中可能是狗挨了蜇，嚎了一声跑了。

再一会儿跑过来一头小猪娃，猪姓的尾巴上绑着一团油捻子，油捻子着了火，窜过蜂场时撞翻了两个箱子。

小颜的妻子掂着一对弯刀朝小猪娃来的方向跑去，周围黑漆漆的哪有人的影子。

又过了一会儿，一阵烟雾移来。

蜜蜂这东西很娇贵，惊不得，吓不得，烟熏不得。但是这一晚该经历的都经历了。

第二天，蜂儿不欢了，蜂场角边死了一片蜂。

老猴精送来半袋米，一块牛肉。

小颜：谢谢姑娘了。

老猴精：论辈分该叫我姑奶奶。

小颜：那就谢谢姑奶奶了。

老猴精：我猜那个挨千刀的不会消停，回头我找人收拾他。

小颜：我跑大半个中国，没见过这么坏的人。

老猴精：他家老坟出叉把子，一门子出几个人渣。

天刚傍晚，两口子在蜂场胡乱吃几口饭。

小个子女人带了她的弯刀往蜂场西边的麦地里走去。

她在厚厚的麦垄间伏下身子。

天上的星斗密起来。

一阵轻微的脚步声和猪哼声。

女人抬起头，她看见毛球又开始往小猪的尾巴上绑油捻子。她快速起身，两个背栽，脚尖捣着毛球的大脊穴。

一股刺疼从脊椎猛地窜遍全身，毛球不由得闷哼一声，怀里的猪娃应声而落。

两股冰凉的风掠过耳畔，黏稠的热流顺耳流下。

毛球吓得连滚带爬地跑了。

当布谷鸟叫时，农人已准备开镰割麦。

小颜夫妇给老猴精送去一罐蜂蜜。

小女人：姑奶奶，俺们养蜂人有养蜂人的规矩，收蜂不结束，不往外送蜂蜜。你对俺们的情俺记着哩，这世若是有缘，不定在哪儿就遇见了。

老猴精：那是那是，毛球那货没了耳朵，再也不敢猖狂了。

小女人：出门人省事避无事，他欺人太甚了。

老猴精：那是，那是。

黄先生

从青龙镇设邮所黄先生就来了。

黄先生是个刻章的，一张破柳木桌子被他垒在邮政所前面的过道里。

邮政所三间房子，一间营业两间食住。

黄先生占据了过道里头的一个角。

青龙镇有头脸的人都在省城或康城刻有私章，来黄先生这儿刻章的都是镇子上的新贵。

黄先生话不多，冬是长棉袍，夏是粗布单衫，清瘦的身板清瘦的脸，整日地坐在那儿熬着日月。

腊月二十的时候，年节临近，他在摊子前苦守一天，晚上坐康城来的马拉邮车回康城，然后过了正月十六，他又准时出现在印章摊前。

黄先生的字像他的人，清秀俊美，窦员外那天转到他的印章摊，看到他的小楷很是喜欢，说再刻一枚。黄先生抬头看一眼，问了窦员外的全名，说明天来取。窦员外说，反正我闲着也没事，站这儿看一会儿。

黄先生的刀子用得轻盈，有一下没一下的，好不容易刻好了再精修，然后再在一块细布上磨面，待章面磨好了，再按印泥盖在白纸上看效果，连摁三枚，逐一比较。

照常人的思维，一个衣着光鲜的人站在那儿等刻章，应该先给他刻，可黄先生不闻不问，埋头作业。

窦员外再看一个，夕阳就下来了，他折身去了得闲茶社。

窦员外在茶行吃了几样果点，出来时天已黑了。

第二天，窦员外用了早点就过去，黄先生却把印章刻好了。

三个章样出来，确实比他在开封刻的好。

窦员外：你就用这一个字体刻吗？

黄先生：宋体、柳体、欧体、颜体、大篆、小篆都会一点。

窦员外：那就一种字体刻一枚。

黄先生：这你得等八天。

窦员外：一气呵成多好。

黄先生：有的是十里八里外赶来的，得先紧他们，你的章是闲章，我抽空每天刻一枚。

窦员外不再说啥，又扭身去了茶社。

这天窦员外在印章摊前遇到了穆老大。

窦员外知道穆老大不识字就很好奇，就问他。

穆老大：你们识字，俺们不识字。俺没事了把自己的名字摁几个，红红的瞅着心里舒服。

窦员外：怪不得，你刻几个？

穆老大：我让他仿照你的印章样子刻了六个。

窦十三

窦十三不应该是一个女孩的名字。

但窦员外就是给她起了窦十三的名字。

那几天青龙镇下连阴雨，天放晴第一天满路的泥泞，第二天刚有路眼，窦员外就去了李贯河大堤。

码头上有人装船也有人卸货。

黛色的黎明已把东方浸染。

住在码头的老猴精看见窦员外就一路小颠地跑过去。

老猴精：窦员外，上游漂来个人，是个妇女，尸体都发了。

窦员外：找人捞出来，埋河坡上不就行了？

老猴精：跟尸体来个十二三的小女孩，哭着嚷着要给她娘整口薄棺。

窦员外：过去看看。

那姑娘极有眼力见，她看到一身绸衣的窦员外，知道遇上救星了，扑通跪在地上，磕头不止。

女尸已被老猴精找来的破布蒙上。

窦员外打手势，让老猴精搀起少女。

窦员外：棺木也不要太薄了，有你具体经办，回头把费用报给账房。

窦员外安排完就让应把子赶着骡车去了开封，没进开封前他们拐了一趟陈留，那里有窦家一片果园，由他们原先一个旧户领着几个人在打理。

说来这片果园像捡的一样，果园是一位住在东马道街的冷员外置买的，从栽上果树，冰雹、大风、虫害没断过，每年往上赔。这一年住在开封的窦员外在茶馆偶遇冷员外，闲聊起此事，窦员外想给在开封为官的儿子留条后路，便偷偷地置了下来，接手后全部换了人。

老佃户说，果园这两年产量翻番，红利大增，在这儿干活的小应功不可没。

窦员外看了那后生一眼。

大把子老应笑得没了眼睛。

窦员外：这孩子从小看着就顺眼。

小应：谢老员外夸奖，我还准备在周围租些地，把果园扩大，对果树管理 我已摸索得差不多了。

窦员外：老应，孩子这么争气，你想不高兴都不行。

小应：老员外救了俺们，从记事俺爹就让我报答窦家。

窦员外：难得你这份孝心，我也记下了，好好干，爷爷会给你一份惊喜。

窦员外在开封住半个月，想回青龙镇时，儿子的大学同学在汉口提了职，正巧到开封公干。

儿子大学同学说，伯伯还没坐过火车吧？

让老人家到汉口住一段。

此时的汉口，工业非常发达，他儿子的同学派了一名属下，专门陪着窦员外看稀奇。

这天，在汉口木器厂，窦员外还看见了仇掌柜，董事长备下豪华宴席，来总厂进料的仇掌柜沾了窦员外的光，赴了一次高档宴。也是凭了这层关系，他又给自己争取了百分之三的利润点。

直到三个月后，儿子才到汉口接他。

窦员外建议坐船。

儿子因公务在身，耽搁不得。只得又坐车返回开封。

到开封后儿子怕他累着了，想让再歇几天，但第二天窦员外就回了青龙镇。

到家里却没见到太太，佣人说太太去走亲戚，等两天才回。

这时一个高高挑挑的姑娘端菜侍候。

姑娘似曾相识。

佣人：这是窦玲。

窦员外：窦玲，咱家啥时多一个亲戚？

窦玲放了托盘，跪在地上。

窦玲：员外出钱葬了我母，玲儿做佣相报。

窦员外：想起来了，你不能叫窦玲，你叫窦十三。

窦玲：我生是员外家的人，死是员外家的鬼。

佣人：东家，这妮子打进咱家起像风似的长，几个月发成大姑娘了。

窦员外：十三，你实际年龄多大？

窦十三：当时给你说十三，实际我十五了。

窦员外：怪不得，十五是个大姑娘了，想留在窦家吗？

窦十三：我铁定留在窦家，侍候老爷一辈子。

窦员外：那好，前天我还查黄历，十天后给你办喜事。

佣人：员外，这么大的事得给奶奶商量一下办吧？

窦员外：我是一家之主，就这么定了。

窦十三眼角含着笑，她步履轻盈。

佣人脚步匆匆，她是奶奶的人，现在她突然替奶奶焦急起来。

二天后，奶奶回府，听了佣人的话，回房就躺下了。

窦员外过去耳语一阵，奶奶又高兴了，风一样地张罗起来。

窦员外的为人在青龙镇，在康城像是一面旗帜。以他的家财纳三房五房都不为过，况且窦十三是他发银资助，收了房也毫不为过。

庆贺是免不了的。

九天头上，窦府张灯结彩。

晚上，小应和陈留果园的佣户都回来了。

窦员外陪着太太，召见了车把式老应父子。

小应跪在地上谢恩。

天明，鞭炮齐鸣。

吉时三刻，新郎新娘拜天地。

但人们看见窦员外衣着簇新陪着太太坐在主位席。

新郎年轻小伙大家却陌生？

直到应把子上台受新人大礼，众人才知道。应把子的儿子长那么大了，窦员外原来在给应把子的儿子办喜事。

人们虚惊了一场。

也暗自庆幸他们的旗帜没有被玷污。

白老耕

　　白老耕的祖籍是山西洪洞老槐树下。祖上先去的信阳州，信阳也不是现在的鱼米之乡。一群房无一间、地无一垄的逃荒人想在一个生地方扎住根很难。

　　白老耕兄弟三个，他最小。却最有眼力见，学得一身逮鱼的好本事，无奈灾荒之年人多鱼少。但旧时水旺，沟沟河河都是水，有水就有鱼。

　　白老耕撑着一叶扁舟自南向北一路而来。

　　这日白老耕来到青龙镇，一个古朴的镇子灰蒙蒙的，大街分南北东西，因为倚着李贯河，东西街长，南北却短。门面林立。人却朴实，问题是他在这里找到了鱼窝。

　　当时李贯河还没有通航，打鱼人也多，但白老耕不扎堆，他一个人清静惯了，守在河北岸一个河弯处。

　　白老耕逮鱼不用网，他下棱子，天落黑下水里，五更天起来收，然后将逮着的鱼放进小舟前细网袋子里，袋子始终在水里，甚时用鱼，鱼都是鲜活鲜活的。

　　逮得多了，他去镇子上的鱼行一趟，找个经纪，经纪给他推荐了老赵。老赵欺生给白老耕的价低，就那白老耕也咬牙认了。

　　但老天爷不亏老实人。

　　这日午后，白老耕系了小舟，躺在岸边树荫下歇息。

　　窦员外走了过来。

　　那时的窦员外还很年轻。

　　窦员外：先生刚来的吗？

　　白老耕：待些日子了。

　　窦员外：先生尊姓大名。

　　白老耕：我不识几个字，称不上先生，您高抬了，在下姓白名晓耕。

窦员外：名字不错，打的鱼呢？

白老耕两步近岸，一跃上船，顺手掂起他的渔袋，水波里那泛着青色的大鲤鱼着实喜人。

也真该成生意，那天本该来带鱼的老赵家里有事，没来。

窦员外：真好，逮几条大的我带走。

白老耕从舟子头上抽出一条细绳，系了鱼的腮，掂出来四条系了。

窦员外：干脆，你背上袋子去我家，我全要了。

于是白老耕和窦员外攀上了关系。

再后来，白老耕给窦员外在花园里砌个鱼池，而后两天送一次，后厨想吃随时逮，吃剩下的观赏。

鱼钱也存在窦府。

这样一晃过了三年。

秋天时，上游发了水，李贯河满河满岸。

窦员外让人喊白老耕回府上歇几天，待水下去了再逮。

白老耕却回绝了，说过大水才会有大鱼，他结了几年的头号棱子还没有用过。

话不落空。

白老耕的棱子刚下去，浮子就沉了。河里水大浪急，凭的是逮鱼人的真本事。

白老耕在水里被甩了两个跟头愣是没有抱住鱼。

好在这次的棱子就系在岸边的老杨树上了。

进了棱子的鱼左右翻腾。

折腾一个时辰，鱼没劲了。

白老耕连着整个棱子往上拽，终于看清了那条鱼。

鱼是青鱼，有一扁担长。

白老耕打鱼十几年，头次见到这么大号的鱼。

大鱼又开始挣扎，尾巴绞起一人高的水浪。

白老耕看它还有劲，就在岸边抽出铜烟锅抽烟。

大鱼真的顺服了，被棱子卡住，伏在岸边。

大鱼太大了，像只牛犊子，两眼水汪汪的，令白老耕突然起了怜悯之心，他想起孤零零的自己，心头一酸。

他跳进水里，为大鱼解了棱。

大鱼似乎对他很不舍，一动不动地伏在岸边。

白老耕：鱼啊，你走吧，长这么大的，几十年不容易，你走吧。下游水小了，你还隐到下层去。

又一个浪头过来，大鱼走了。

白老耕知道像这样的大鱼若不是洪水，它是不会浮到上层的。

白老耕又纠结了一阵子，吸了两袋烟。这才下棱子。

棱子刚下好，鱼儿就撞网了，白老耕随着棱子的力量被甩到岸边。

又一个洪峰冲来，白老耕看到撞中棱子的不是鱼，而是一根圆木。

上游发水，房倒屋塌，梁檩木头顺水而下的情况多的是，但木头顺中流水走的情况不多。

白老耕抱起木头走上岸。

圆木黑黝黝，是根老料油松，还散着香味。

天已接近傍晚，白老耕扛起那根圆木，他用双手卡着正要放到肩头时，看到圆木蹦的缝隙中一块块黄色的东西。

怪不得走在水的中流，它里面有东西，坠着哩。

白老耕大踏步地扛着木头往窦员外家走。

谜底在晚饭后解开。

白老耕在吃饭时，窦员外给他解决一个大事，说在他家教书的私塾先生孟先生因老母亲病重要回山东曲阜，想把女儿留下，窦员外说，留我这儿不如给她说个上好人家，打鱼的白晓耕，人本分靠得住，三年的鱼钱都在府上存着哩，那是现在的聘礼，结了婚，再把白坡洼的地租给他。

白老耕就在窦员外的指引下懵懵懂懂地给孟先生行了翁婿大礼。

白老耕说，还有一件大喜事等着哩。

他当着众人的面劈开了从河里捞出来的老木料，得到四块金砖。

一群人都愣了。

窦员外：晓耕啊，我原打算把白坡洼的地租给你，现在不用租了，

这块金砖拿两块就能买一百亩地，白坡洼收成不好，二百亩算一百亩，全部卖给你了。

白老耕：窦员外是晓耕的恩人，一百亩就一百亩。

窦员外：听我的甭争了，孟姑娘的嫁妆也由窦府置办。

白老耕带着他新婚的妻子和雇佣的两个伙计住进白坡洼，他根据地形在白坡洼洼底挖了个大塘，塘里种藕养鱼。浅坡挖了两个浅塘，栽了木栅栏养鹅养鸭。平坦处才栽果树，种庄稼。

短短五年间，白老耕有了四个儿子。

孩子的外公给他们举荐了曲阜很有名望的私塾先生。

数年后，白家在白坡洼建起自己的大宅子。在征得窦员外的同意下，启了露水集，方圆七八里的农户可以在早晨的集市上贸易。

白老耕的儿子两个在汉口有了公干，两个在家种田。并在集上建了门面房。

白晓耕年纪大了，成了白老耕。

但从白老耕搬进白坡洼之后，就再也没吃过鱼。

白坡洼也改名为今天的白庄村了。

大把头

时光穿越。灾年。

你走在荒凉的原野，拐过一个坟岗，你看到一个人饿死在路边，你也一天没吃东西，身体疲惫，但你愣是用手挖，把那个饿死的人埋葬了。

今世，你有了你的爱人，她疼你爱你，愿为你付出一切，其实她就是上一世你掩埋的那个人，这一世她是来给你报恩的，这话不是我说的，是佛经上说的。

世事之多有容乃大，世事之杂，以死为大。

因此没有比死人更大的事了。

青龙镇是古镇，有老规矩，谁家死人了，全镇人过去帮忙，有钱出钱，有力出力。

老总管是苏老三，有他安排谁迎宾，谁外柜，谁转盅，谁挑水。

写执事单和牌位的自然是孔秀才，因为私塾里有念书的孩子，他的任务是写了就走，中午吃饭时苏老三会让帮忙的给他端去一盆菜。

白事额外需要七盆菜。

四个打墓的，他们坐不上席，因为大家吃饭时，他们正在墓地打墓坑。

写执事的孔秀才，这里面含有对知识分子的一份尊重，喊架的马大嗓子，十六人抬棺材架，没有人喊令不行。

背棺材头的大把头老孟，棺材一头大，一头小，屋小门窄，把棺材从屋里背到外面架上，到墓地再从架上背到墓坑。棺材里有死人，一不能歪，二不能掉，小心翼翼，这就显出大把头的本领了。

青龙镇的大把头是老孟。

老孟的个头有一米八几，肩膀宽，腰也宽，这就透着一股虎势劲。

老孟吃得多，别人吃饭用碗，他吃饭用瓦罐，因为吃得多，他娘没少拉饥荒。十几岁个子早早地就长成了，家里穷又吃得多，不憨不傻媒

都不好成，后来有个安徽补锅的看老孟实诚，就把他的女儿留这儿做了童养媳。

因此，老孟比他媳妇大十岁。

老孟当把头时才十七。

那次是富裕钱庄的侯老板死了娘，侯爷先前在外地学艺，后来才回乡创业，算是青龙镇的新秀，侯爷还是个孝子，就用湿槐木拉成四五六的独板做棺材。

看着漆得黑亮的棺材，高高耸立，老把头又来给总管苏老三告假，说昨晚吃坏了肚子拉稀，把不了头了。

这事老把头弄几回了，都是苏老三让户主包点钱单独回家请的。

这一次苏老三生气了。

苏老三是谁呀，人家大哥在京城当过官，大吴、小吴村中有数顷地。恼怒的苏老三就有了换大把头的念想。

偏巧，侯家门前两只新装的石狮子，苏老三看了小孟说，小孟，抱着这只石狮子跑一圈。

老孟架式都没扎，随手搬起，在门外走了一圈。

苏老三看了一眼喊架的马大嗓子，马大嗓子也点点头。

苏老三说，今后青龙镇背棺材的大把头就是你小孟了。

侯家的棺材虽沉，扛不住老孟有力气。

马大嗓子喊，起。

背着棺材头的老孟腰身一梗，棺头就起来了。

众人抬棺走到门外大街的十六抬木架上。

马大嗓子喊，落。

棺材轻轻地落在木架的横担上。

从起到放，老孟做得张弛有度。

从此，老孟背棺一直从小孟背到老孟。

现在老孟央求苏老三几次了，想让他的儿子接班，儿子已长成老孟当年的样子了。

苏老三不应答，说用你用顺手了，再干几年。

这一次，青龙镇出了件盗墓案。

盗墓案出在康城做大买卖的邢家，邢家姓孤，两三户人家，青龙镇街上有院子有门面房。但人家也是青龙镇的人。俗话说，落叶归根，邢老先生的三个儿子把他爹用柏木棺材运了回来。

苏老三的身体明显不如从前了，但他气喘吁吁的也把事管下来了。

但三天后，邢老先生的墓被人挖开了。

邢家去城里报了信，邢家报案，县里立马来人了。

案子当天破获了。

盗墓贼是青龙镇的混混儿王桧。

盗墓案发生那天，大把头老孟就去茶社包厢找苏老三了。

因此县里来破案的人被邢家先请到茶社喝茶时，案件就明朗了。

苏老三说，街上的混混儿王桧曾向大把头老孟打听，背棺时棺内的动静声大不大。

办案人在王桧家查获二十个银元宝、四个青花瓶和一堆玉器。

有人私下问大把头，为何要检举王桧？

大把头老孟说，再急也不能去想死人的东西，死为大呀！

小混混

一个乡下老太太来镇上卖鸡，一不小心被掂走一只，这个掂鸡的人是小偷。

同样是一个乡下的老太太来镇上卖鸡，一个人说我全要了，老太太说让鸡行的秤一下，看多少钱。这人说，让行里秤你还得掏佣钱，干脆说多少钱，我直接把钱给你。老太太说你给个价吧，看着给。这个人掂着那几只鸡，左看右看，说你养了一年不容易，总共给你一块大洋。老太太说，碰上好人，一块大洋确实多了。

话间，那个人掂着鸡走了。

老太太颠着小脚撵上，一把拽住鸡。说，大侄子，你还没给钱哩。

那个人说，你刚才还说碰上好人了，一块大洋多了，我给你了。你也装起来了，咋说没给钱呢？

老太太说，俺要收了你的钱全家死光，年纪轻轻的你不能做这坏了良心的事啊。

那个人说，在青龙镇打听打听，看咱啥时坏过良心？

老太太让卖鸡的人给她做证见，但没有一个人伸头。

掂鸡的那个人是流氓，混混，他就是坏了青龙镇一道街的王桧。

王桧兄弟四个，他排行最小，他爹去年在李贯河码头值夜喝多栽到河里淹死了。

有人说是王桧在街上做的坏良心事多了，把他爹给妨死了。

有人说，王桧就是他惯的，他死有余辜。

王桧生下来就漂亮，一岁多就会跑会说话，两个眼珠子轱辘轱辘乱转。

程家楼的铁嘴程老断，摸摸王桧的后脑勺，又捏捏他的骨头，对他爹说，这孩子来年能当道台，你晚年的荣华富贵就指望他了。

于是他爹说，那就单养他。

　　王桧的爹说到做到，王桧下面再没有弟弟和妹妹，王桧吃他娘的奶一直吃到上私塾，若不是同学嘲笑，他还不知道吃到啥时候呢。

　　上私塾得留作业，得掂毛笔写字帖。

　　读书他说脑壳子疼，握毛笔他手抖得抽筋。

　　想当道台不读书可不成，他爹把他往私塾孔先生那儿逼。

　　孔先生用戒尺把他的手打得像癫蛤蟆，他照样一个字记不住。

　　三年后孔先生干脆把这匹害群之马撵走了。

　　王桧他爹提着东西再来，孔先生直接把话堵死了。

　　王桧他爹想会不会是当武道台呢。

　　于是，他爹背着半袋子粮食去十八里外梁堤口让他拜八卦拳掌门梁八掌学武。

　　他爹前脚走，他后脚也跟着走。只是他爹回了青龙镇，他背半袋子粮食去康城了。

　　等王桧他爹半月后去给他送粮食，才听梁八掌说他儿去康城了。

　　好在他爹也背了半袋子粮食。

　　那时康城就有两家澡堂子了，大冬天的住澡堂子不冷。

　　王桧他爹跳进澡堂子时一团的烟雾，等雾散了，他爹看见王桧闭着眼睛躺在热水里像只幸福的鱼。

　　他爹一把拉着他的手说，给我回家，你倒真会找暖和地方。

　　王桧说，回家行，咱得先讲好。今后，你不能再管我，你管我，我还跑。我跑开封去，让你一辈子找不到我。

　　王桧他爹还真被吓着了，回去后就真的没再管过他。

　　没有人管的王桧像野草一样疯长。

　　不让他爹娘管他也中，但他惹事了，他爹娘得管。

　　事因一个妇女。

　　这天青龙镇来了一对卖祖传膏药的小夫妻，小伙子一般，妻子长得极有姿色。

　　王桧就在了意，他先是说膝盖疼，买了帖膏药，第二天早上，他在穆豆沫那儿用滚油把膝盖烧起一片燎泡，然后又用膏药盖上，再一瘸一

拐的上早市找那膏药夫妇。

王桧去得早，膏药摊上还没人。

王桧说，这膏药能要人命啊，我膝盖疼得一夜没睡。

膏药男说，你揭下来我看看。

王桧说，我害怕疼，你的膏药你得揭。

膏药男给他揭下膏药，霎时明白了，说白了，他的膏药就不治病，更不会起燎泡，这明显是碰上地方上的混混了。

膏药男说，兄台，你把膏药盖上吧，我的东西我知道，你开个价吧。

王桧说，多少钱都不要。

膏药男说，不要钱你要啥。

王桧说，我要她在客栈里陪我一天。

膏药女性子烈，王桧话音刚落，她熬了一锅冒着气泡的热膏药兜头浇了上去，把王桧烧得没有人腔，膏药女拉着男的箭一般跑了。

王桧被膏药烧瞎了一只眼，躺了二百多天，全凭他爹娘养着。

王桧再到街上，变本加厉。

连镇上的人都对他生出怨恨来。

跟着镇上发生一起盗墓案。

县里人当天就把案子破了。

他们给王桧戴着木枷，在埋赃的墙角地下挖出二十个银元宝、四个青花瓶和一堆玉器。

没有了王桧，青龙镇清静了很多。

黑老婆

黑老婆开初并没有名气。

虽说青龙镇通了航，镇上店面林立，但小镇古朴的传统仍在，殷实人家的女性大多不会在街上抛头露面。

贫寒人家就不一样了。

饥饿危及生命时，一切都显得苍弱。

黑老婆的丈夫是个酒鬼，烧酒坊的酒前站着喝酒不就菜的人一定是他，醉了也知道往家摸，进家床上一栽，不到第二天中午不醒。

孩子生仨，木楼台阶一样高低，全家五张嘴要吃要喝，就是个无底洞。

黑老婆钻窟窿打洞挣钱糊口。

黑老婆真正的好日子是她求过媒婆老猴精之后。

黑老婆实诚，央求老猴精给她儿子说媒，媒礼还先欠着。

老猴精看她可怜，也真帮她儿子说成了媒，过一年孙子都有了，黑老婆用手巾方子包着一沓纸票子来还先前许下的媒礼。

老猴精给她仨孩子说媒，媒礼没一个是应时给的。

媳妇娶进家，跑了一个儿，三个儿媳都娶进家，没一个孝顺的。她丈夫老酒鬼，一次栽倒床上再也没有起来。

老猴精就让黑老婆上了码头。

老猴精的丈夫是码头的工头，装卸队在她儿子的饭店吃饭。

现在黑老婆单独给装卸队做饭，自是节省装卸工不少时间。

老猴精说，该操的心你操了，该尽心的义务你尽了，余下的时间陪我享享清福吧。

可是黑老婆没有陪成老猴精，三年后她被日本人菩萨一样请进了北海道，干了一个加工厂，现在风靡世界的北海道纳豆就是黑老婆做黑糁的前期工艺。

　　黑老婆是个闲不住的人，做十几个人的饭对她来说是小菜一碟，洗了碗，盖了锅，她便在码头上转悠。

　　其实李贯河通航，商家看上的还是青龙镇周边的粮食，玉米、大豆、谷子、小麦等农副产品。

　　黑老婆是个饿怕的人，她惜粮如金，码头上洒落得最多的是豆子，黑老婆就挎个小篮捡豆子，日子挂不住长算，半个月黑老婆捡了半盆豆子，有人说让生豆芽，有人说换豆腐，黑老婆却说，我给你们做个好菜。

　　于是她先把豆子在水里泡两天，中间换一次清水，然后在锅里煮，先大火，再小火，再文火，一个时辰，把豆子熬得似面非面。

　　然后抱上棉东西把豆子捂起来，六七天光景，掀开棉东西，熟豆表面长了一层绒绒白毛，这边大茴、八角、十香、肉桂等，八大味放锅里熬，熬了水再放盐冷凉，凉的调料掺进去，继续绞，绞成稀泥状，拍成豆饼子，在阳光下晒一天，收回后揉碎掺辣椒、香油，团成豆糁团，再晒十天半个月，就馍就汤就能吃。

　　有时黑老婆炒了菜，装卸工也给黑老婆要豆糁蛋吃。

　　又一次县上的人到青龙镇检查联保事宜，在码头上见到了黑老婆晒着的豆糁蛋，就很惊诧。说我姥姥会做这，太好吃了，你这里做得多吗？

　　镇长和老猴精的丈夫都是精明人，就说是一个在码头上帮工的黑老婆做的，是她一年的菜肴，不过如果主任喜欢，您可以全部拿走，然后镇上再给她买豆子让她重做。

　　县上的人喜欢得合不拢嘴，午饭没吃，带着豆糁蛋回了康城。

　　几天后，康城的守军太郎也吃到了豆糁蛋，他对这种又臭又香的食品喜欢之极，让回国疗病的伤员给他的叔叔捎几个，他叔叔是日本食品供应商，立即让专家化验分析，结果令人惊诧。

　　加急电报拍给太郎时已是午夜，太郎叫来那个送豆糁蛋的人开了汽车，带了一百块大洋朝青龙镇码头走。

　　隆隆的汽车引擎声和雪亮的车灯打破了码头的宁静。

　　黑老婆颤抖着身子站在车灯前。

　　太郎不相信眼前这个又黑又瘦小的老婆的身份。

县里的人说那豆糁蛋可是你做的？

黑老婆说，豆糁蛋是事假不了。

于是太郎鞠了一躬，转身挥手让人递来一个软皮箱子，太郎亲自打开，递给黑老婆。

灯亮得刺眼，那排码得整齐的大洋反光得耀眼。

太郎说了一通日语。

县里的人说，这是五十块大洋的酬谢，太君想请你进城专门做豆糁蛋。

老猴精说，快去吧，你的好日子来了。

黑老婆说，俺儿子咋弄？

老猴精说，康城又不远，想回来让他们派汽车送你。

黑老婆说，你把大洋收了，回头给孩子们分了。

说是去康城，却再也没见到人，黑老婆的儿子去日本守备部要人，差点被日本狼狗撕吃了。

黑老婆的儿子就给老猴精要人。

老猴精说，大车灯雪亮，刺刀逼着，你就是在跟前能拦得住？

第二年的春天，黑老婆又让人捎回来五十块大洋，说人在日本北海道。

以后就没有黑老婆的消息了。

赶　脚

古人有许多智慧，今人无法破解，像周易、地动仪、流水木马，一个现象存在自有它存在的理由。

上世纪三十年代，青龙镇就有两男一女，三个神秘的人物，他们分别是赶脚何、咒语朱和桃花。

猛一听赶脚，你就会理解为赶牲口的脚夫。

但何赶脚是赶人的，并且还是赶死人的。

过去的人讲究落叶归根，魂回故里。

遇急病暴毙了或在外乘船溺水而亡了，路遇打劫的而不舍钱财被害了，家人总想第一时间把人运回来，埋进老坟茔。

青龙镇的何七是个贩驴的，他每年正月十六走，麦收前回，贩回来的驴不耽误收麦耙地种豆种玉米。有先给钱的，这样何七只给他的驴加个运费，有后给钱的，需要何七先垫本钱，这样价钱就要得贵。何七每年折腾，倒也赚些钱，后来竟然也在李贯河北岸的赵村置买了十亩河滩地。

何七有两个儿，都很孝顺，他们也想跟着他爹学贩驴。

何七高低不答应，两孩子就去求苏老三，苏老三把何七请到茶馆喝茶，何七就给苏老三讲贩驴路上的艰险。

苏老三就对那两孩说，你爹不让你们干他这一行，自有他不让干的道理，你们在家该干啥干啥吧。

说这话的第二年，何七就出事了。

何七出事前的几天，乌鸦总是大早起在何家院里那棵老椿树上叫。

几个送钱买驴的户主也挨个上门探问。

看看田野，麦稍早黄了，搁往年这时何七早回来罢了。

又一天早晨，一个结瘦的小老头说是桐丘的，姓吴。和何七是同

行，说是他们在张家口遇了劫匪，何七为了护驴被砍掉了脖子。

谁也想不到一向精明的何七会变成无头鬼。

两孩儿更是哭得没人腔。

地址告诉了，就在山坡的土地庙里。

天已开始热了，时间不等人，晚了尸体会变臭的。

这时，一向没大言语的何囤说话了，他说该搭灵棚搭灵棚，该合棺材合棺材，人我去弄。

何家门人也多，族长平时也没把何囤看在眼里。

现在见他挑头，有些不放心，说这死人的事开不得玩笑，张家口离咱这得上千里，骑快马你也赶得十天半月吧？

何囤没说话转身走了。

隔了一天，鸡叫时，何囤喊那俩孩子起床。

屋外天色正暗，院里一地的刨花子，做了一半的棺材扔在角落。

两孩子睡眼惺忪到院里。

他们看见何囤肩后背个布兜，身边架着一个无头的身子。

何囤：快接着，这是你爹。

两孩哭着扶着爹。

哭声把邻居惊醒了。

来人点亮了灯。

何囤搬来一张床放在对门，又揭掉了秸秆箔放在床上，然后放上一床被子，这才把何七弄到灵床上。

何七的小手指拐，熟人不看何七头也认识何七。

何囤这才解开肩后的布兜，何七的头真在那里了。

劫匪的刀应该很锋利，何七的脖子几乎是齐茬砍的，血已凝固，结了乌黑的痂块，现在把何七头和脖子接在一起根本看不出来。

何七的丧事很隆重。

但事后人闲下来就想起何囤了。

这么远的路他到底咋把人弄回来的，没有人知道，你也别问，问了他也不说。

后来有人出重金请他去荷泽赶尸，他仍是两天两夜赶回。

何囤有时走在街上，很多人回头看他。

何囤知道他们回头看他是啥意思。

朱咒语

朱咒语几岁的时候人们就看出他神神道道的。

他和同龄人玩不到一块。一次大家看到前塘里跳出水面一条鱼就纷纷下塘去捞。

他偏说没鱼。

塘水刚过脚脖,有鱼就能看见,况且大家明明看到了那条鱼。

于是都不信他的,争着往塘里跳。

朱咒语背靠着那株歪柳树,翘着二郎腿,一只脚还晃荡着,瞅着塘看笑话。

塘泥很深,小脚跳进去,拔出来就困难,一群人很快成了泥猴。

手扯手又跑了一遍,仍是没见一条鱼。

一个孩子说,都怪朱咒语把鱼儿说跑了,打他。

朱咒语哗地站起来,说谁出来我推谁。

朱咒语脚下踩的硬地,对方脚下是稀泥,他推谁谁就得倒泥里。

他才朝塘边的另一株老柳树走去,柳树的根突出地面顺塘边扎到了塘里,树根与塘边的接壤处有个洞,朱咒语伸手入洞,拽着那条鱼拽了出来。

朱咒语,我说塘里没鱼,你们不信,它出来露个脸就钻进树洞里去了。

孩子们只能眼巴巴地看着他把鱼掂回家。

朱咒语十五岁时,青龙镇来了一个马戏团,他雷打不动地在布棚里看两天,后来马戏团走了,朱咒语也在青龙镇上消失了。

有人说朱咒语拜变戏法的师傅为师,跟着马戏团走了,也有人说朱咒语看上马戏团那个双腿转大缸的小美妞了。

后一种说法有些牵强,十五岁的人会得那些东西?

朱咒语兄弟多，他爹娘也不管他。

十多年后青龙镇通航了，宅子紧张起来，以前镇子边的废坑塘都成宝贝了。

朱咒语的哥想把他爹娘留给他的宅子卖了，他娘给他哥闹一场，宅子才算留下来。

这天中午朱家跑来一群孩子说，你家来人了，你家来人了。

朱咒语的娘出来看，见是朱咒语，搂着就是一痛哭，哭了又问这是谁呀。

朱咒语说，她是你儿媳妇。

朱咒语的娘就笑，又说，俺媳妇长得咋恁出眼哩。

朱咒语说，不好咱不要她。

朱咒语的爹数落他娘，你一个死老婆，拦着门不让人进屋咋的？

朱咒语这才带着媳妇回了老屋。

青龙镇人真正知道朱咒语的厉害是他的房子盖好后。盖好房子，天气就热了，朱咒语请工匠们吃个饭，门板在当门一放，几盘荤素菜摆上来，用的是烧酒坊的散酒。

酒喝中间，人们看到一件稀罕事，只见成群的苍蝇在门外飞，有的苍蝇想往屋里飞，扎到门口又被顶了回，好像门口有一张无形的网。

工匠头说，咒语，这咋回事？

朱咒语说，我下了防蚊蝇咒，苍蝇、蚊子都飞不进屋。

工匠头说，它们会听你的？

朱咒语说，不信可以试，我这咒语只管一个夏天，明年还得念。

工匠头说，请你去念一下就行了呗，夏天我就怕蚊子。

朱咒语说，我可收钱呐。

工匠头说，我的工钱在你这儿哩，随便扣。

朱咒语饭后真的去了工匠头家布咒语。

防蚊蝇的咒真的厉害，工匠头从此不再受蚊蝇之苦了。

那个夏天朱咒语布防蚊蝇咒挣足了钱，别说一所房子，两所房子的

钱都够了。

就有人说，一个小鸡两只爪，谁也不知道谁会吃啥？

朱咒语说，这才是个皮毛。魂魄丢了，吓着了，找我，不分黑天雨天，没有日头照叫。

朱咒语说，我还有防腐咒，三伏天老了人，我的防腐咒一念，七八天不允许有异味的。

人们说，朱咒语的咒就是厉害。

哑巴铁

青龙镇有两个能按月收到钱的人。

一个教私塾的孔秀才，一个是抚养两孩子拾柴卖的邢嫂。

邢嫂是固始人，丈夫是个放小鸭的，就是每年春天带着小鸭苗来青龙镇赊给养鸭户，秋天鸭子下蛋了再来收账的小贩子。

这年春天是她丈夫来放的账，秋天邢嫂带着个孩子却来收账了，收账得有账本吧，问题是邢嫂的丈夫得病暴死，她找不到账了，只知道鸭放在青龙镇了。

邢嫂来了，抱着个孩子感觉无从下手，加上又累又饿，便坐在哑巴铁的铁匠铺前哭。

哑巴铁看见了，停下手里的活，给她端碗热茶。

但哑巴无法和她沟通，另有几个人围上来问因由。

邢嫂说了。

几个人就在街上传话。

传话是青龙镇独有的风俗，谁家有事就在街上传话，人见人都传，消息一天都传出去了。

寡妇邢嫂来替亡夫收鸭账的消息传话后，赊鸭户很快知道了。傍晚时就有人陆续送钱。晚上，哑巴铁带着徒弟找地方睡去了，把房子让给了邢嫂。

第二天，邢嫂继续坐哑巴铁门口收账。

哑巴铁带着徒弟扑通扑通干活。

歇息时哑巴又给邢嫂端水，邢嫂就给他个笑容。

哑巴的脸也羞得通明。

哑巴铁虽说人哑，心不笨，他的铁器铺不打抓钩、菜刀、门贯钉这一类的大路货。他摸索着打一些新颖省力的农具。像一个人拉的耕锄，

两个人就能操作的播种机，两人犁。反正他门口就有一片鲜土，他经常把琢磨出来的东西在鲜土上试，看着效果不错，便随意拽住街上一个人，一演示一比画，那人就知道哑巴铁又有新家伙出炉了，需他在街上传话。于是他就传话，话传到就有效果了，便有络绎不绝的人往哑巴铁那儿跑。哑巴铁便又演示，便有人掏钱。

总之，哑巴铁靠创新将铁器铺经营得有声有色。

两天后邢嫂的账收完了，却没有走的意思，人家拖儿带口，不走也不能硬撵，哑巴铁又带着徒弟外出，邢嫂拉住了哑巴。哑巴支走了徒弟，他和邢嫂娘儿俩住了一起。

邢嫂是被青龙镇欠账户的厚道感动了，当然更主要的是哑巴的厚道。

以前哑巴没媳妇，就住在铁器铺，现在平添了两口人，他们就得有个窝，于是哑巴带妻儿买了四色果礼去求窦员外。

窦员外就带着苏老三给哑巴在李贯河的堤边指片地皮。

哑巴谢过了，就找来工匠，四天时间，两间小屋，一个小院就温暖地站立了。

哑巴铁真出名是李贯河通航后，用铁器炉打航锚。

舵是船的向，锚是船的根。

船停首先得抛锚，待锚手往外拽绳时，绳是空的他们也不知铁锚甚时在水里弄丢了。船长很着急，也不敢走，就打听当地的铁匠，码头上的人就给他推荐了哑巴铁。

初见哑巴，船长有些失望，等他连说带比画讲完，哑巴点点头，让他在那儿等。

船长就接过小徒弟的茶看着他们整。

铁锚是汉口船厂下属的一个铸造厂直接用模铸造的。

哑巴铁一个简陋的炉子怎样整出这个大物件，这在船长心里是个谜。

哑巴铁先用薄铁板做成锚尖，再用铁板裹成桶子。

然后将铺子里成堆的铁渣子装进桶子里，然后热合封口。

待自然冷却后，船长掂了掂确实比原锚重，而锚比铸铁的还尖，还

吃深。

船长问价钱，哑巴打手势让他随便给。

船长掏了一块大洋。

如果船长去汉口锚厂去买得三块大洋，而一块大洋是哑巴两个多月的收入。

这样的结果皆大欢喜。

有船家该接新船了，在青龙镇停一停，捎走个哑巴铁的锚。

某天夜里，哑巴铁在他的河堤小院被几个带枪的人弄走了，走时，他们告诉邢嫂，对哑巴的事不要声张，他们不会害他，并且每月会给她送一块大洋过来。

这时哑巴也早已有了自己的孩子，邢嫂带两个孩子平日里靠捡柴补贴家用。

以后每月一两块大洋从没有少过，但邢嫂再也没有见过哑巴。

解放后部队来人给邢嫂送来了烈士证。

原来哑巴铁被八路军太行山军械研究所请走了，他首先研制的重力簧发射石头炮，受到八路军总部的表彰。

哑巴是在一次试验新式火炮时因炸膛而牺牲的。

当然这是后来邢嫂听部队上的人说的……

酒　仙

能喝酒是相对而言的，都是娘亲生的身子，同样的五脏六腑，再能喝能喝到哪儿去呢？

杜康当不了皇帝，就日日忧愁，后来机缘巧合，他发明了酒。

从此这种"忘忧水""解愁散"便在天下流行。

上至朝廷官宦，下至黎民百姓，几乎都用酒。

酒很辣，人们想喝又不愿喝，又想让对方多喝，这就又发明了一些规则，敲杠子、老虎、划拳、猜酒宝。

最有意思的当属划拳。

喝酒双方各伸五个指头，可定数或只叫一、四、七，再或二、五、八。又或者什么规矩都不定，只以手指头对上数为准。

那一年苏老三的新粮行开业，从青龙镇北边的清集镇来个划拳高手，来遍满屋无敌手，虽说胜了，酒也喝高了，话语间便有了挑衅的语气。

清集高手：青龙镇千年古镇贸易码头南通汉口，北达开封，镇子上高手如林，竟没有能胜过我这小赖枚吗？

划拳也叫猜枚，要的是综合技能。

苏老三本是东道主，但他热茶喜禅，心境高远，自没有把清集高手的醉话当真。但桌上的几个人却在了意了，无奈技不如人，自是心中恨的咬牙。

在此之际，一个细嫩的声音传来，谁说没有人胜过你的枚？青龙镇八大酒仙都被请去陪客了，就留下我这端盘子的伙计来侍候你。

跟着，眼前一亮，刚才还端着托盘上菜的小伙计一身光鲜的站在那儿。

小伙计瘦小，而他的一身绸衣却胖大无比，大家看得出这是他临时换上他东家的一身行头。

衣着虽嫌滑稽，但小伙计一脸正气。

清集高手：你这么小个人，十个数认全不？

小伙计：手指头算数。

清集高手：怎么个斗法？酒我已喝差不多了，不如咱一枚一个大洋。

小伙计：屋里暗看不清，咱不如抬出两张方桌，咱们都站桌子上，大家也可以做个见证。

自有好事者向外抬桌子。

苏老三从衣兜里摸出来五个大洋递给小伙计。

小伙计：四块做本就够了，余下赢的大洋替他算酒钱。

桌子摆好。

各自上去。

小伙计把四块大洋放在脚边的桌上。

清集高手掏出八块大洋。

小伙计：你这八块输了咋办？

清集高手：凭我的面子借二十块大洋应该没问题。

小伙计：那你先借吧。

清集高手：小孩子说话信口雌黄，你得用手指头赢吧。

小伙计跟了高手几枚，高手叫九，他叫七，指头数是九。

小伙计移过去一块大洋。

转眼间，小伙计连输三块。

清集高手的嘴角露出蔑视的笑。

但这时小伙计的手速加快，他喊的九，高手喊七，数成的九。

高手开始向外移大洋。

跟着连输十一块。

他先掏出八块，加上先赢的三块。

高手已无大洋可输。

高手向同行求救，那人真的放上五块。

但是五块大洋也输掉了。

此时高手额头冒汗，手指也有些僵硬了。

小伙计的手指伸得很板正，他总是先与高手之前伸指喊数。

高手再向另一同行求救，那人目光躲避了。

高手一抱拳说，服了。下桌子转身走人。

小伙计收拾了两桌上十七块大洋，沉甸甸的递给苏老三。

苏老三开怀大笑，说都给你了，在镇上开个小酒馆足矣。

小伙计愣那儿了，对他来说这是飞来的横财。

苏老三小声说，你能告诉我怎样练就的这一套本领吗？

小伙计说，走吧，其实看着也简单，我只是练了两个热天。

老东家、苏老三跟着小伙计来到院子角小伙计的房间，房间很小，窗户却很大，窗前有一根细棍。

小伙计：我陪练的东西就在那细棍上拴着呢？

苏老三：棍上哪有啥东西啊。

小伙计伸手一摆，只见几只苍蝇各自带着一根细线在飞。

窦员外首先看出了玄机，赞许着点头。

小伙计：开始的三枚我是试试他的深浅，你想想。我让苍蝇陪我练眼，苍蝇一飞我能看出它的左右翅膀，何况清集高手那粗如胡萝卜的手指呢⋯⋯

石磨匠

女娲和盘古本是兄妹。

盘古开天分阴阳

女娲抟土造人，世间繁荣。

后天塌泄洪，泽国汪洋，人迹灭绝。

天神托梦让女娲和盘古兄妹成婚。

女娲害羞，提出滚石成婚。

就是从山顶找两块能够拼合的石头从山上滚下，到山底时若能拼合在一起便成婚配。

轰轰声响之后，两块石头真的在山底拼合在了一起。

受先祖的启示，石磨便应运而生。

石磨并不是家家都有，有石磨的人家首先得有一头拉磨的驴，得有一间磨房，还得有箩面的家什。

用牲口拉的费用高，用人推的费用低。

磨粮食的人家或多或少得给磨主些东西。

磨主也有一项费用，隔个一年半载的得清斜地张的磨盘匠张老恨来家用锥子煅磨槽。

磨分阴阳两扇，一上一下，磨内有阴阳，一凸一凹。

粮食从磨眼进入后涌过磨齿的摩擦粉碎。

青龙镇有七盘磨。

窦员外、苏老三、钱掌柜，这都是富裕人家的自备磨不对外。

木器厂仉掌柜单独开的有个对外的磨房。

磨豆腐的秦天有一大一小两盘磨。

石磨全靠齿，磨齿尖出面就快，磨齿钝，磨盘光响不出面。

张老恨住在青龙镇六里远的斜地张，他家住的地斜，张老恨的眼也斜，但这不妨碍他煅磨，他跟别的师傅不一样，人家是竖齿剔，他是斜

砧子切。磨煅好，他会问磨面量，而后就能算出下次煅磨的日子。但是有一样，张老恨煅过的磨就不能找别的磨匠了。

也有不信邪的，找别的磨匠来煅，人家掀开磨盘一看，说这是张老恨煅的磨，只有找他来煅，我们整不了。

刨根问底磨匠说，他留的磨口跟传统的不一样，照老法煅，这口磨就废了。

张老恨的绝招使盘踞在青龙镇周边纹丝不动。

这天张老恨去给豆腐匠秦天煅磨，先煅大磨，也是天热，张老恨甩了上衣，他的古铜色肌肤有一种男性的雄壮。

秦天的老婆先是站在一旁看，看着看着竟拿一条汗巾给他擦脊背上的汗，擦也就擦了，那女人竟在擦汗的同时，用小拇指挠张老恨的后背。

张老恨看她一眼。

那夫人正脉脉含情地看着他。

张老恨没有女人，但他懂得女人的眼神。

张老恨的脊背上哗地惊出一行冷汗。

张老恨拍了拍自己的头说，看我这记性，想着你的磨是豆腐磨，咋能不拿小砧子呢。

夫人：没拿不正好吗，跟我去屋里喝点茶，歇歇。

张老恨：一天是一天的事，我这就回去拿。

张老恨一走竟没了影。

再来时已是下午晌了，秦天卖豆腐已经回来了。

张老恨就再也无话，干到傍晚，他又让秦天备了灯，继续煅。

叮当叮当。

清晰而有节奏的敲打声一直响了一宿。

两个磨煅好，秦天给张老恨封礼。

张老恨拒绝了。

张老恨：老秦，磨豆腐得用细齿，我又把凸槽改过来了，以后你家这盘磨任何一个磨匠都能煅。我这一改槽短了磨的寿命，我不收你的礼了，算是一个补偿吧。

以后的数年间，张老恨再没去给秦天的豆腐房煅过磨。

张响器

响器是豫东的土话，其实就是唢呐。

青龙镇开初有三家响器，大家各接各的活，各吹各的曲。

张响器是祖传。

他爹老张响器年纪大了，气量不够了，便退休在家，收拾收拾脚箱，擦擦笙管啥的。

张响器当了班主，一班人叫他班主，外人叫他张响器，长辈叫他张肚。

张班主接班的第一件事就是给班里人统一了服装。

服装是月白色的，长衫、长袖、盘扣、偏叉，穿出私塾先生的范儿了。

然后在焚香立誓，规矩做人，专心学艺，济贫扬善，热爱家庭。

张肚：男怕正，人正直了鬼神都怕，谁说吹响器就下九流了，自嫌卑微，别人自是瞧你不起，你正直了不去做那下九流的事，到哪里都能让别人高看一眼。

张班主说这话时，祖哭匠也在一旁，虽然他不是张班主的人，却也不折不扣地执行了。

偏巧斜地张的石磨匠张老恨死了，石磨匠的砧子有名望，经他盘过的磨，到下半年再盘时还下籽利，出面快。该盘的第二天，石磨光转不出面，卸开磨口石齿如初，这时石匠磨就来了，翻转了磨盘，掂着砧子重新过一遍，石磨就恢复如初。

就是这么个透灵人，一辈子愣是没结婚，临老了在河堤上拾了个傻儿。现在他死了，哪有钱请响器？但他的傻儿却找到张班主，跪在那儿直劲地哭。

张班主全班人马，外加哭匠老祖，把个石磨匠的葬礼办得轰轰烈烈。

事毕，礼没收，饭没吃，拾掇家伙走人。

张班主这一场事博来青龙镇老少爷们的赞佩。

李家班的头把唢呐，那个脸色白净长相俊美，吹奏时摇头晃身的"苗子羊"因为受不住诱惑，和丈夫在外当兵的"香三里"菊子私奔而走。

宋家班的梆子手因为在衣襟下偷藏主家的猪肉方子而被总管搧了耳光，致使整个宋家班名声扫地。

于是，张肚的响器班成了青龙镇的独一份。

两班散了的响器班里的人也有来投奔张响器的，张响器也不拒绝，但得焚香立誓，照张家的规矩来。

半年后，这个技法精湛、艺德高尚，统一着装的响器班就红遍了康城县西四十里周边。

但康城响器坐头一把交倚的还数倪大红的倪家班。

倪家班人整壮，专人专工具，外加有两个从天津卫请来的洋号手。

县长的爹过生日，邀的倪家班，你说你倪大红带着你的锣鼓家伙去不就是了吗？但他让县长出帖子也邀了康城东的康家班。康城西响器张。

响器张不慌不忙，带了老班六人，穿了制服，雇辆骡车进城了。

县长住的是老县衙，很好找。

响器张赶到时，倪家班和康家班都已摆好了阵势。

响器张就把桌子摆在门口右侧背处，墙里长了一棵大银杏树，枝干像只大伞一样撑在那儿。

响器张像一朵乡下的小花开在银杏树下。

十二声铁炮连响之后，日本守军头目，小桥太郎挎着弯刀来了，他也是参加寿宴的。

唢呐声。

倪家班一个年轻小伙，站在八仙桌上举喇叭高奏。

康家班班主康老庄的宝贝女儿穿一身戏服，也站在八仙桌上甩水袖，抛媚眼。

响哭张的一班人却中规中矩，但所奏曲子旋律优美，音质醇和。

惨案就发生在那天午后，饮醉酒的小桥太郎单独出来，径直走到倪家班前时，小伙子正夸张地摇晃着身子，唢呐吹的声撕心裂肺。

小桥毫无征兆地伸出弯刀砍下了青年的右腿，然后才砍下脑袋，血

溅了一地。

围观者嗷的一声散去。

小桥又走向康家班。康家班的人呆若木鸡。

小桥这次没有挥刀砍，他喝酒喝得如兔子般猩红的眼睛，盯着康班主的女儿笑笑，然后拽起她的水袖朝前面的大众旅馆拽，女儿求救的目光盯着康班主，康班主却动都不敢动。

倪家班唢呐手的脖子还往外喷着血。

空气里充满血腥……

解放后搞民调，有人讲起了那件惨案，当时给日本人当伙夫的鸿宾楼二厨师讲。

原来日本人小桥太郎也会吹唢呐，他是日本的唢呐世家，因为他看不惯倪家班、康家班的作派，他认为艺人得有自己的尊严。

经历了那次惨案后的响器张，到去世都没再出青龙镇一步。

他说青龙镇是他的根……

哭　匠

哭丧是一个古老的行业。

旧时大户人家亲人去世，为了烘托氛围，同时也是用悲声唤起埋葬在心底的哀痛，他们平日里吃香喝辣，衣食无忧。哀痛就像旱地里的豆子常年干瘪，哭丧者吟长的哭声，就像一场透雨，把他们心里干瘪的豆子浸透，豆子的青苗也就出来了，哭得也就更悲痛了。

青龙镇也有个专业哭丧的，姓祖。有家有口，有妻有子，平日里跟张家响器班搭班子。班主会问丧家，可要哭丧的？一般的人家碍于班主的面子会说，听您的。封钱时，响器是响器，哭丧是哭丧，但老祖领到钱的晚上会到班主那里去，或一瓶酒或两盘糕点。班主推辞，说你嗓子都嚎哑了，不容易，咱自己就甭客气了。老祖笑笑，放下东西就走。

青龙镇的响器班有三家。

张肚的响器班是祖传，规矩严，加上张班主人豁达，几年后留下张家一班响器。

有一年开春，天气大旱，到收麦没落一滴雨，地里旱得下火。

灾年民受苦，赁了地主土地的农夫急得心焦。

又一日，班主接了蓝子程的丧活，主家点名要老祖来。张班主让小徒弟去叫，老祖却没有来，问其原因。竟是老祖自己备了香火刀头跪在李贯河边哭龙王。

先是老祖哭，后是农户哭。

再后来河堤上跪了黑压压的一群人。

哭声透过云霄，云就起了变化。

太阳消失，乌云翻滚，跟着雨滴如竹筒倒豆子般向下倾泄。

大雨浇湿了老祖的衣服，也浇开了他心中的花朵。

老祖没有地，老祖有菩萨一般的心肠，老祖哭河是为了青龙镇一帮穷人呐。

大家明白了这一点，就对老祖多出一份尊重来。

后来老祖的儿子娶了乡下赵村赵老厥的女儿，赵老厥给女儿陪嫁三十亩河滩地。他儿子种西瓜，种红薯，种胡萝卜，种啥成啥，连年丰收。

老祖的女儿嫁给河坡村一个小地主的儿子，日子也过得殷实富足。

照说老祖不去哭丧也饿不着了，但老祖还去。用老祖的话说，人家央求到了，哭几嗓子也算给故人送个行吧。

这一年又旱了，老祖再次跪在李贯河求雨，求了一天还真求来了雨。

说话间老祖已经八十三岁了。

鬓毛斑白的老祖再去哭丧已经不合适了，再说他的孙子也在康城读中学了。

但天气又和老祖作起梗来，地里旱得着火。

老祖搭眼望望日头，一个人蹒跚着去街上肉铺割了条子肉，又在馍店买了白蒸馍。在家里整了整，就掂着去了李贯河。

码头上很繁忙，南来北往的货船。

老祖撇开码头，摆上供品，跪在河边扯嗓子哭起来。

天气大旱，人们自然想雨，想雨就又想起了哭丧能哭来大雨的老祖。

老祖满头白发跪在水边正哭呢。后来的农人都自觉跪在了后面哭。

老祖连哭三天，太阳依旧高挂。

一些人失去耐心走了。

老祖仍旧去哭。

供品发臭了。他又采购了新的供品继续跪。

骄阳下一个苍老的身影如同一座塑雕。

女儿回来劝他了，说要陪着他跪，他赶跑了女儿。

孙子回来了，他把孙子瞪走了。

老祖已经没有声音了，连日的干渴使他的身体更加消弱。

窦员外领着苏老三几个名人过来劝他。

他执拗地摇摇手。

第十天头上，老祖走了，他死在求雨的李贯河边。

殡他的那一天，小镇上塞满了人，大家自发地来给他送行。

老祖的棺材刚进地，埋好。只听天上一声响雷，雨，倾盆而下。

青龙镇的人都知道这是老祖用生命为他们求来雨呀……

打哩戏

打哩戏是青龙镇的土话，意思是说笑话，开玩笑。

但当时青龙镇确实有个姓打的人，本名叫打礼希，据镇史记载。打哩戏，本名打礼希，广西柳州壮族人，本是架鱼鹰捕鱼的渔夫，因天生爱热闹改行入户打烧水用的劈柴为生。

去年去青龙镇采访，见到几本用小楷记录的青龙镇镇史，看到打礼希，用百度搜索广西少数民族姓氏里确实有打、滚、遛等姓。

没有人知道打礼希是怎样从遥远的广西流落到青龙镇的，他来时李贯河还没有通航，宁静的河面上，他撑着用八只牛尿泡托起的小板帆，带着四只鱼鹰在李贯河上捕鱼，捕的先够自己一天吃的，然后才松开鱼鹰的脖子让鱼鹰吃。有时遇到连阴雨，打哩戏只得借着吃。

照理说，整个河面就只一架鱼鹰板，打哩戏精心打理，会有很好的生计，但他天生就是一个好热闹的人，河面上只有四只鱼鹰，他没法和它们打哩戏，就早早地收场了事。

又碰上了连阴天，磨豆腐的秦天来河堤上的窝棚里喊他，问他劈柴的活他干不干。

原来乡下的劈柴人何老店因路湿泥滑来不了，而豆腐房熬浆没柴不行，碰巧何老店的劈柴家什都在那扔着呢。

打哩戏好像天生就是打劈柴的料，一截木头他看了纹路，三个铁锲子插下去，木头裂开了，再顺纹路劈，寥寥数斧，一堆干柴规规矩矩地放在那儿了。

这期间秦天的老婆端个豆腐盆出来倒水，大奶子，大屁股，晃得打哩戏眼晕。

打哩戏：嫂嫂这身肉像豆腐一样软。

豆腐婆：搂着比豆腐滑溜。

打哩戏：没试过咋知道？

豆腐婆：等你哥出去卖豆腐了，你来尝尝哎。

打哩戏：我可真来呀。

豆腐婆：随便来还会怕你呀。

这都是哩戏话，人累极了，过过嘴瘾，真去干实事，谁也没这个胆。

但打哩戏喜欢这营生，就这样哩戏了两天，打哩戏给他秦天劈的柴摞成了一堵墙。

卤肉店里伙计来找何劈柴，见换成了打哩戏，也没迟疑，领着就去店里。

店里的女老板也是会说笑的主儿，打哩戏在那儿干了两天，混得熟的就像一家人。

天晴，何老店来劈柴，家什早被打哩戏掂到膏药谢家去了，赶到膏药谢家，何老店看见打哩戏劈得正兴头。

何老店：打哩戏，你太不会享福了，驾个鱼鹰多得，干这个笨活？

打哩戏：我把那一套家什给你，你把这一套家什给我，咱俩换换咋样？

何老店：你得教我咋弄鱼鹰。

打哩戏：包教包会。

何老店真的去驾鹰打渔了，但何老店是个理事的人，他抽空从家里运来柴草，挨着打哩戏的窝棚又建了一个，毕竟有的人家不方便留宿，打哩戏一个人住哪去？

何老店接过来打哩戏的鱼鹰，鱼鹰就受苦了。

他上午不让鱼鹰吃，逮的鱼全卖掉，下午再逮一阵才松绳，青龙镇人吃鱼的多，以前打哩戏都送给鱼行，换了何老店他自己在河边卖，几天下来盘算一下，竟比使力劈柴收入高得多。

打哩戏打鱼时够吃算事，现在接了劈斧人就闲不住了，活催着他去干，他嘴上过着哩戏瘾，心里很愉悦，收入明显比打鱼挣得多了。

本来打哩戏想把打劈柴这营生干到老的，但他有次打哩戏哩戏错人了，把人家来走亲戚的娘家侄女跟姑夫当老少夫妻哩戏开了，姑娘家脸皮薄，闹得要死要活。

最后找来苏老三说和，打哩戏赔了一笔钱了事。

打哩戏心里有疙瘩了。

人一有心事，脑筋就该叉神了，他在院里劈柴时人家媳妇还故意咳嗽一声才去的厕房，但不知道打哩戏是咋想的，接着跟过去，那媳妇扯嗓子一喊，打哩戏猛然醒悟，但已经晚了，他的脸被那媳妇挠得像蜘蛛网。

两场事经下来，打哩戏的名声倒了。

加上小木匠仉掌柜的木器厂上来了，他的铁家伙吃木头就像刀子割豆腐一样，光木器厂的下角料就够镇上的生意用了，谁还用打哩戏呢？

打哩戏再回到窝棚时，何老店挨着他建的窝棚已换成瓦房，开上鱼餐馆了，紧挨着的是媒婆老猴精儿子开的客店。

河道里船来船往。

何老店念旧，说他已有六挂鱼鹰船了，让他给一挂，让打哩戏打了鱼直接卖给餐馆，但打鱼的地方已挪到上游五里远的浅湾了。

打哩戏在他的窝棚里坐了半夜。

后来人们也没有见过打哩戏，倒是何老店偶尔给他修葺一下窝棚，想着他啥时回来女子有个藏头的地方。

苏老大

苏老大从京城回来了。

在青龙镇苏家算一份，兄弟七个，只知道老大在京城做事。

几十年前，青龙镇还很破败。

苏老大大把的银票寄回来变成了苏氏兄弟的地产。

苏老三大量置地就是那时候。

偶尔康城的名流也坐着骡车来拜会苏家，或是谁家的官司诉讼走不动了，需要去京城疏通，钱给了苏老二，苏老二便进京，过个月儿四十的，文书就到了。

具体苏老大当多大的官没人知道，在京城置有几处宅子有几房姨太太，更没人知道。

苏老大就是个传说。

几十年过去了，苏老大孤身一人回到青龙镇。

看气势，大高个。

看穿着，一身绸衣，透着皇宫官员的盛气。

可为什么就没有带家眷呢？

开初苏老大说先在兄弟家轮流吃，每家十天还新鲜。

苏老二的女人不行，以前老二帮人代理官司，钱没少收，老大带回的银票说多少就多少。现在老大在他家没吃够十天，老二的老婆就阴了脸子。老大就去找老三说项。老三便说，轮啥轮，一个爹娘的兄弟，吃住都在我这儿。

于是苏老三先是乘船带他去汉口玩了半个月。

再去省城开封十来天。

又在康城住了五六天。

家是根，叶终究要归根的。

这样游逛了一阵子，他们还是回到了青龙镇。

苏老三陪老大去街上的得闲茶社喝茶，去了几次老大又厌了，嚷着老三陪他看片地方，他要再盖一处宅子。

苏家的地产街上，街南、街北都有。

但苏老大却相中了隔河的风岭岗。

风岭岗在李贯河对岸，看着隔条河，但因为没有桥，走陆地需要转到临乡的老木桥，一来一回一上午的工夫没了。

因风岭岗地势高，上不去水加上土质又硬，十多亩的岗子就废弃了，一片荒芜。

因为苏老大心意已决，苏老三就雇人用十天时间把岗子整平了。

图纸是老大亲自画的。

工匠是康城一流的。

两大截院子。

临河一座小院，青砖灰瓦。

有运动场、有育婴室、有玩具屋。

钱是老大的，老三帮着摆布。

半年后，房子峻工，牌子也挂出来了——青龙镇天佑育婴堂。

原来苏老大是回乡办社会公益。

育婴堂聘有专职人员，收养孤残儿。

两片宅子用去几亩地，得花很多大洋，再加上以后孩子及员工的费用，苏老大这一步迈得有点大了。

老二的女人又埋怨了，说花那么多钱建个赔钱的院子，你老大脑子是进水了，没爹没娘的孩子跟他啥干连，会叫他叫爹？

老二的眼瞪得像牛蛋，伸掌想去扇她的脸。

老二的女人怯了，转身走了。

黎明，苏老三的女人被苏老三的叹息惊醒了。

女人：他爹，有啥烦心事了？

苏老三：老大的事做得不错，就怕孩子越收越多，后续的花费是个事。

女人：那他图个啥，在京城守着老婆孩子多好。

　　苏老三：他是小时净身进的宫，后来当宫里专职的刽子手，上哪娶亲？哪有孩子啊。

　　女人：你是说老大回来赎罪来了？

　　苏老三叹息了一声。

刀 头

青龙镇最大的中药铺是同德堂，同德堂的刀头姓余。

你别小看这刀头，铺子里除了掌柜就数他了。中药铺刀头刀功的好坏，决定这个中药铺里的声誉和名望的好坏。

中药铺的刀头有脾气，你想啊，中药铺卖的是中药，中药煎、炒、晾、切全仗他一人，特别需要炒的药，炒老炒嫩都能改药性。抓药者把成药拿回去交给开方先生，先生搭把一抓，药品的优劣就出来了。

于是，开中药铺首先得有好刀头。

余刀头的爹开初是想把余刀头直接往二掌柜的角色上培养的。

余刀头的爹也是亳州城有名的刀头。亳州是华佗的故乡，华佗是汉代名医，他能给丞相曹操开脑袋。因此亳州城的位置一般的地方取代不了。药都的药行多，余刀头的爹跟对了人，加上人聪明，年纪轻轻的就在当地站住了脚。但人聪明过度了也不好，有财大气粗的一头扎进药都，要开新药行，药行得找头把刀，就花高价挖余刀头的爹老余。

老余经不住诱惑去了，但一年半载过去，因为新老板不懂行，客户少，最后撑不住了，三分不值二分地又盘给老余原来当刀头的铺子老板了。

老板收药不收人，这是规矩。

于是刀头老余又重新回到小药行当刀头，其身份和收入自然没有大药行收入高。

一年半载的又有生坯子入行，刀头老余又被高薪聘走。

最长的一次是三年，老余给家里翻拆了新房，又在外面养了个小。

老余本来就有三孩儿，小婆又生一个，就是小余。

这时老板又转了铺子，老余重又回了小铺，成了低薪阶层，小婆也跑了，把小余扔给老余。老余抱着小余跪在大婆跟前哭一天，大婆收留了小余。

这时老余的鬓角白了，心也落地了，依托小铺，专业培养儿子。

毕竟门里出身，得真传，老余大婆生的三儿子手扯手出师，自己找了铺子做刀头。临死老余说了一句贴心话，别认为自己会几刀就老想着跳槽，做人品德最重要。

因了这句话，三儿子都成了刀头界的人物。

小余是小婆生的老生儿，老余有私心，除把刀头必须具备的功夫教会后，他又直接把小余推荐给大掌柜学管店，记账。

看老余这样干，有人不乐意，谁呀？当然是二掌柜，二掌柜不愿意看见自己身边养一只小虎并一天天长大。

大掌柜和二掌柜就有意难为小余。

小余嘴里不说，心里明镜一样。

于是后来小余只在刀头上下功夫。

三年过去，小余的刀头炉火纯青。

偏巧，开封有中药铺聘刀头，小余应聘而来。

小余在当地忌讳自己的身份，本想着投明主，在开封奔个名头，不承想却来到青龙镇的一个分号中药铺。

青龙镇很古老，人质朴，街景繁华，因为通航，偶尔竟能见到一两个下船遛弯闲逛的外国人。

小余是应聘之前结的婚，家眷也是亳州一位刀头的女儿，家眷长相一般靠上，人贤惠，低声细语，笑脸常挂。

亳州的刀头遍布天下，做刀头的家眷，男人在当地药行还好说一点，如果去外地，那这个家眷每年得熬十一个月的活寡。

药铺的老板给刀头一个月假，让刀头回家传宗接代生儿子。

也许有人会问，刀头的收入高，不能接家眷去自己就任的药铺同住吗？无非是自己花钱掏房租而已。

其实刀头出师的那一天，师父会给你说刀头的规矩，某种药有灵性，切时需忌房半月，某种药切时需忌房一月，几扒几除，刀头一年没有几天可以过夫妻生活的时间。

再一个是刀头加工药时就一个人，如果有了私宅，身上裹走点什么，二掌柜也不好意思搜身，年底一盘账数量对不住，刀头解释不清。因此，很多药铺的刀头都是外地人。

刀头呢，一般没有要紧的事不出门，出门也带店员，说是找个伴陪着，实际上是避嫌。

问题是这次遇到的二掌柜老谭是个知性子的人。

老谭也有一个月的假期，他可以甩手不管事，清闲一个月，但他把家眷带过来陪他一个月，而后让家眷回家。

刀头的切刀经常磨，炒药的劈柴也自己选，炒时的火候更是由刀头把握。

刀头切药时先选，大片放一块，中片放一块，小片放一块，大片定小刀，小片定大刀，这样药片出来大小一致。切剩的边角废料过秤入袋，以备药行送药时调换。

青龙镇同德堂的药一半卖给了康城的大户人家。

有人说，大掌柜开初没有定在康城开店是有讲究的，他就想以自己店的名气影响到三十里外的康城。他把握患者的心理，凡是太容易得到的药好病慢，再一个是同德堂的药，丁是丁，片是片，熬出的药汤汁正。

这功劳得归小余。中间自然有人来挖刀头小余跳槽。

托人找到老谭，老谭征求小余的意见，小余推辞了。

趁小余在镇子上办事，支走陪同店员而后单独给小余塞钱票的小余也推辞了。

小余不想学他爹，空有一手好刀头，挣不回来银子。

又一次小余上街，又有人绊住陪同的店员，把数额更大的一张钱票递给小余。

小余看见两次塞给他钱票的都是同一个人。

小余：先生，求您别再踢我的饭碗了，实话给你讲，你即便是给我一座金山，我也不跳槽，我认准这个东家了。

三年后，开封来辆骡车拉走刀头余，同德堂总店的刀头退休了，东家调青龙镇分店的刀头余到总店去。

刀头余在开封大掌柜的府上先见到的是府里的大管家，这个管家他认识，他就是连着两年在青龙镇单独给他塞钱要挖他跳槽的那个人。

可能你想破脑袋也想不出来。

老 谭

　　青龙镇有很多门市。

　　这次所讲的二掌柜姓谭，在镇子中心大街有三间门脸，一个后院的同德堂药铺。

　　这同德堂很个性，镇子上的人从没有见过大掌柜，店里从刀头，到店员再到伙计，清一色的安徽亳州人。

　　店员一年一个月假期，让你回家享人生之欢。

　　二掌柜老谭也有一个月假，但这个假期他不走，而是让家眷来，租房在青龙镇住一个月，假期结束，立马走人。

　　二掌柜可能也想走，但他觉得自己责任大，不放心，干脆自己垫房租钱，让家眷来住。

　　其实各行各业都有自己的规矩，规矩破了，这个店铺可能就在这个行业有了诟语。

　　同德堂当初来青龙镇开店，窦员外的儿子还在开封读书，是儿子的教师找到他，他又给父亲写信，开封来人选址高价购房后店面装修，运来家具就开张了。

　　同德堂从开张到现在一直都是这一班人，只是学徒的伙计三年换一次。

　　但凡中药铺都有镇铺之宝，像鹿茸、藏红花、飞龙胆等名贵药材，这些都锁了双层箱，外层箱就直接垒墙里了，外层箱里面再放一个箱，而箱子的钥匙都由二掌柜贴身保管。

　　还有外放账，药铺原则上不赊账，但真碰上揭不开锅又急需吃药续命的，只要找到保人，再有二掌柜签单，就能在同德堂掂药走人。

　　年底，二掌柜掂着铺子全年的收支明细账去开封大掌柜那儿住几天，一是汇报一年的工作，二是汇报第二年的工作思路及人员安排。

　　结束，二掌柜会领到工钱之外的股份钱，这份钱比工钱高，但二掌

柜不领，只是完善一下手续，继续放大掌柜那儿。

二掌柜回来会让伙夫做一丰盛的菜肴，一般是大掌柜的位置空着，二掌柜坐第二位，刀头做第三位。

刀头是一个中药铺的灵魂，中药加工的炒、煎、晾、切全凭这一个人，刀头决定这个药铺一半的兴衰。照规矩多年后，二掌柜退休，大掌柜会提拔刀头做二掌柜。

其次才是店员，学徒的伙计坐最末。

一旦二掌柜提出让某个店员坐刀头的位置，那就预示这个店员不合格，要被二掌柜辞，酒宴结束，你就卷铺盖走人。

同德堂这一帮人，谁最苦？数学徒的伙计，每天天一亮，他得先起床，把院子里的地扫了，把洗脸水、毛巾摆好，这才进屋倒老师的夜壶，那时的夜壶是陶制的，一头带把，一头是嘴，各人的都有记号，倒了夜壶还得冲一遍，嘴朝下放墙边淋净里面的水。然后从里面去抽门店的门板，左一、左二、左三，右一、右二、右三。开了门再扫地擦柜台，等老师们吃完饭到了铺面，小伙计才去吃饭。吃了饭找刀头领活，把该晾晒的药片蹬着梯子送到后院房檐前的平台上，该晒的药放空地上，该晾的药放晾棚下。忙完了再去熬膏药，摊膏药。这中间还得抽空给老师们晒棉被，收棉被，好容易熬到晚上八九点，给老师们打好洗脚水，放好夜壶，这才从后门进店翻出内柜角的被子放到柜台上睡觉。有主见的伙计这时不睡觉，端着罩灯挨着药抽屉看着药牌认药，一遍药认下来，再去看当天抓出去的方剂，背药方。

二掌柜老谭平时话少，是个规矩人，心肠也好，同德堂三年出师一个伙计，伙计出师就会搂着老谭哭一通。

老谭拍拍小伙计的后背，小伙计止住哭。

这时老谭会拿出他事先写好的推荐书，小伙计凭着二掌柜的推荐书随便就能在某个外地中药铺里当店员，开始给家里挣钱。

老谭随身装了一个记事本。年底，他翻出记事本，把某件某件事情说得清清楚楚。

老谭虽话少，但心细，特别是刀头有什么情绪变化，他立即私下找

他沟通。

二掌柜单独住库房，刀头和店员住一起，只不过刀头的床在上首。

傍晚，二掌柜首先安排做饭的老年说晚上少做两个人的饭，镇上的窦员外或者苏员外约他和刀头过去吃个饭，商量个小事。

其实，二掌柜约刀头去了酒楼的包厢，点了几个大菜，再碰几杯酒，而后再与刀头闲聊。

刀头说，其实没啥，就是想家了。

二掌柜哀叹一声说，我也十多年没着家了，咱的情况你知道，大掌柜是甩手掌柜，人家越信任，咱越得谨小慎微不是，做人不易，做个男人更不易。说着就端起酒杯。最后他搀着刀头，醉醺醺地回去。

年底，二掌柜公布账，刀头愣是没有找到他们那次在酒楼消费的名细。于是，刀头突然明白，二掌柜看他心烦陪他喝酒，用的是自己的钱，于是刀头再也不敢烦了。

于是刀头放假回乡的一个月里夸奖得最多的是二掌柜。临回，刀头会带着家眷买些礼物到二掌柜家看望一下，二掌柜的家眷他见过，刀头赞扬的话如春风般掠过二掌柜的家眷耳畔。

从同德堂出师的伙计当了店员，夸奖的也是二掌柜。于是青龙镇同德堂二掌柜老谭成了中药铺行业里的典范人物。

神　鞭

旧时没有马车。

有马车也是木质的，由一头快牲口拉着。那时官道也坑坑洼洼的，坐车上让人颠得不行。

清末李鸿章提倡打开国门开洋务，英国人在山东青岛和武汉汉口办了两个胶轮车厂，马车才逐渐推广开。

但也并不是所有的地主都有马车。

大部分地主是四头牛拉的太平车。

青龙镇只三挂马车。

窦员外，说是马车，他家套出来的全是枣红色的骡子。

白庄白老耕家有一挂。

余下的就是贾寨的贾员外了。

贾员外人呢心底不错，就是说话直，爱显摆，给青龙镇的窦员外有点偏亲戚。

马车分大挂和小挂。

大挂四匹马或者骡子，驾辕子一匹，前面三匹跑稍子。

车轮子是磨盘大的胶轮子，牛皮绳拴着一个连杆刹车。

车子是木质的敞厢，两边两节站厢，厢下包着轮胎。

贾员外打马车时让朱木匠给他干了三个月。

开初马车只是派头，也帮家里干活，伏麦天拉个麦秸，秋天拉玉米杆。

猛然间兴起马车接新娘子，贾员外才来了兴趣。

为了壮门面，贾员外还把马车到康城漆了一遍朱红漆，并在车辕上写下青龙镇贾寨贾员外的黄字。

贾员外的马车用的清一色驴骡。

骡子也分驴骡和马骡，驴骡皮实，耐力强。

但就这样一副风光的马车却突然间趴窝了。

贾员外没办法，来求窦员外帮忙。

窦府的大把子姓应，河北沧州人。

应把子：贾员外，你辞退大把子是不是先告诉他了。

贾员外：他偷着往外卖马料被我逮住了，说要辞退他。

应把子：干吗不立即辞呢？

贾员外：一时找不到合适的，后来那大把子主动来给我辞的。

应把子：接下来呢？

贾员外：再没有大把子能赶这挂车，不是赶不走，就是走了也是中间惊。打了两趟婚差，翻了两趟。

应把子：你犯了忌，把子给牲口改号了。

贾员外：还有这等事？

应把子：我去试试就知道了。

贾员外：今天就去吧，这让人太没面子了。

应把子到贾府并没有立即去试马车。

他说得先喂两天牲口。于是应把子第一步问了哪只骡子跑前稍，哪只驾辕。

贾员外一一告之。

应把子就开始拣谷草，只拣茸和的，再用铡刀细细地铡，再丢些炒熟的黄豆料。

接着应把子就坐在牲口槽前吸烟，一袋接着一袋。

第二天仍是如此。

傍晚时，应把子往牲口棚前的空地上撒了几把豆料。

一群麻雀应声而至。

应把子抽出长鞭啪啪三响，三只麻雀吱都没吱一声，全栽在了地上。

第三天早饭后，应把子套上马车。

他邀请贾员外坐车上。

贾员外有些犹豫。

应把子：马上就试套了，咱得说实话，眼下这挂牲口是不是非得喊

娘它们才肯停车。

贾员外点点头。

应把子：好嘞，知道了，你上车吧。

马车初时还走地很稳。

三二里过去，先是跑前中稍的骡子耸起了耳朵，后腿一梗向前蹿去。

其它几匹像是得到了某种暗示，车子飞跑起来。

贾员外：老应，刹车，快刹车。

应把子：一刹车就翻，你坐好就是了。

马车继续前行。

一个急转弯就在前面。

应把子一鞭甩出去，马车立马停了。

再看跑前中稍的骡子双耳的耳尖已经从中间炸开，鲜红的血滴在地上。

应把子再招呼一声，骡子应声调头朝贾寨村而来。

应把子再喊"吁"，马车应声而停。

应把子喊"也"，马车启动，喊"驾"骡子又跑。

但这种跑是有节奏地跑。

贾员外：老应，我得请你喝酒。

应把子：酒就免了，我得赶紧回去，我知道你请喝酒，只是有几招不懂想知道谜底。

贾员外：对。

应把子：车把子水平的高低，取决于鞭技，艺高人才胆大，我来到这换了草料，并且一直在那儿吸烟，就是告诉这些骡子，你们的主人已经换了，我吸烟无非是让它们熟悉我的气味，鞭打麻雀是让它们看看我的鞭技。

贾员外：骡子会知道这些？

应把子：别小看牲口，牲口也通人性，听懂人话，不然它们就不识号了。一挂牲口，驾辕子的只是有力，真正的领军人物是前中稍。你辞退的那个把子，听说你不用他了，便恨在心里了，他就单独驯中稍，你不喂牲口不知道，他敢把中稍饿三天，再喊一声娘，再丢一把豆料，一声娘，一把豆料。这样二十天过去，这挂牲口就无人能驾驭了……

瓜匠（一）

西瓜喜河滩地，但不能重茬，重茬是种植属语，就是说同品种的作物连种两年得叫重茬。

李贯河北岸有窦员外几百亩地，挨河的南头清一色的泡沙地。沙地不产红薯，但种花生、西瓜、甜瓜都行，特别是种小葱，沙质地种的小葱极有味道。

窦员外的管家在沙质地中间通了一条东西方向的生产路，这样把瓜果种植区和大田地就区分开了，为了避免重茬，管家把那四十亩河滩地划成四块，一年只种十亩西瓜。这样窦府就能年年吃上自己地里种的西瓜了。

种瓜得请瓜匠，瓜匠还得外地人，本地人为避嫌，没人愿意做瓜匠。

瓜匠也算是手艺人，因为是一个人，主家在瓜地准备有柴、米、油、盐。饭吃好，活干好，一切都好。

今年给窦员外种瓜的是中牟县的老来，老来耍把式来到青龙镇，出了两个集也挣了几个钱，这时天下了雨，还是连阴天，老来却得了疟疾，身子冷得打拍子，病半个月，连吃带看病，花了青龙客栈一疙瘩钱。客栈老板老窦是窦员外的一个近门。老窦说来先生你是中牟人，会种瓜吧？

老来说，俺那儿就是西瓜之乡。

老窦说，老来，你欠的账有着落了。老窦说了，老来极是赞同，其实老来也漂累了，想凹一个地方歇歇脚。

于是今年窦员外的瓜匠变成了老来。

种瓜是个细活。

先是底肥，有的施骡马粪，有的施猪粪，有的施芝麻饼肥。

窦员外每年都施芝麻饼肥。

然后挑畦、平畦、育苗、松土，对花，打头、摘叉。

管家怕老来一个人忙不过来，就派一个小伙计。

毕竟是老瓜匠，瓜地里一切活老来安排得井井有条。

进入七月，瓜叶泛枯，地里先前埋在秧子里的西瓜，一个个绿生生地显露出来。

瓜是嘴里物件，免不了人来偷。

其实窦员外拿出十亩地种瓜，他能吃多少？一亩地都吃不完，无非是图个热闹，给镇上穷困的孩子多件吃食，因此就有一半吃一半玩的成份。

老来是瓜匠出身，他们那里对瓜极为敬畏，瓜不开圆不动，开园还得焚香祭拜。

这边瓜一泛甜，偷瓜者便来了。

老来对付偷瓜者有自己的一套办法。他是江湖耍把子出身，虽说落难了，重操旧业，但吃饭家物什还留了几个，像变戏法的蛇，他还用布兜子养了几条。

老来不睡瓜棚，他认为瓜棚是偷瓜者首防的目标。

老来在瓜地里挖几个地窖子，他躺在窖子里，因为在地下，偷瓜者一个轻微的响动都能尽收耳底。

老来不去惊动偷瓜者，他掏出自己布兜里的蛇，朝偷瓜者身上扔。

偷瓜者一门心思想抱俩瓜走，不在乎后背上有个东西，待那东西爬到脖颈时，才知是蛇，就惊叫一声，先是扔瓜，再是扔脖子里的蛇。

这样整了几晚，偷瓜者却没有了。

西瓜一天天熟了，黑皮锃亮地滚了一地。

老来让小伙计给窦员外捎话，让他来瓜园尝鲜。

说是尝瓜，这中间有表功的意思了。

下半晌的时候窦员外来了，他看到滚一地的西瓜。

说实话，窦员外的西瓜种了好多年，今年确实是他见到西瓜最多的一年。

窦员外吃了两瓤瓜，瓜沙糖，极甜，口感也好，毕竟是上芝麻饼长出来的。

窦员外赞了几句，临走让管家带上几个送到得闲茶庄。

苏老三那一帮小镇名流每天下午必在茶社包间里喝茶。

果不其然。

窦员外在包厢里见了苏老三。

苏老三吃着瓜，直伸大拇指。

苏老三吃两瓢让伙计送到了别的包厢。

大厅里的人也吃到了新瓜。

苏老三：窦员外，你是咱青龙镇的带头大哥，大家打心眼里尊敬你，你种的瓜也甜，但瓜匠不行。说实话，往年这个时候不等你送，茶友们在茶社就吃到新瓜了，但今年先去的几个人都吃了个哑巴亏。

窦员外：怎讲？

苏老三：你那个瓜匠老来太阴，他悄无声息地放蛇咬人。

窦员外：这个我还真不知道。

苏老三：今天你这是来找我，不找我我还准备去找你哩，外面市面上有骂声了，说你窦员外老了变脾气了，抠了。

窦员外：我明白了，谢谢老三，下面我知道咋着弄了。

三天后，老来去悦来客栈还账。

老来：窦老板，我遇着好人家了，明年瓜季我还来。

老窦：老来，你明年不能来了，来了你也干不上。

老来：咋？我种的瓜产量那么高，东家为啥不用我？

老窦：西瓜是嘴里物什，窦员外是脸朝外的人，他本不指望西瓜卖钱，就图个热闹，他故意让人偷瓜欠他人情，感他的恩。你倒好，放蛇吓偷瓜的，你给窦员外挣的不是热闹劲，是骂名。

老来：稀罕了，还有这样的人？

老窦：信不信由你，窦员外他就是这样的人。

瓜匠（二）

又到种西瓜的季节了。

青龙镇青龙客栈的掌柜老窦又颠颠地跑到窦府，今年他给窦员外推荐的是从山东一路逃荒来的小邢。

小邢话不多，人却能干。

他在青龙镇得闲茶庄门口等活，到那里喝茶的人都是请得起零工的主。

小邢早起不能走早，晚上不能回来晚，因为这就限制了小邢的上工率。

小邢初来时住的是干店，干店就是一张床板，被子是客人自己带的，小邢的床板不是自己躺，是让他的失明的母亲躺的，他自己就在母亲的床板前铺把谷杆枯倦一宵。

小邢看到母亲醒后，第一件事就是跪着给母亲请安，然后侍候母亲梳头、洗脸。再去买来吃食，或是在店里火上烩些吃食，并把中午的伙食弄好，一而再再而三地给小伙计安排，让他照顾母亲，晚饭继续侍候母亲吃，然后端出墙角的盆，倒上特意烧的热水，给母亲烫脚，母亲洗了脚，上床休息了，跪着请安，这才自己胡乱吃几口。

小邢的孝心先是感动了青龙客栈的掌柜老窦。

而后小邢的孝行又由小伙计传到镇上受到人们推崇。

也有不信的，他们出重金要让小邢加班，小邢断然拒绝，说挣再多的钱，也不能让娘挨饿。

不信传言的人也信了，就对窦掌柜说，住你那里的小邢是个真孝子啊。

既然感动了，就得为小邢做些啥。于是老窦又想到种西瓜的事。

小邢说，我小时候俺舅家种瓜，人手不够时我过去帮忙，要说精通说不上。

窦掌柜：李贯河北岸有十亩瓜地，锅碗瓢盆啥都有，管吃管住，也就是在那儿种一季西瓜。

小邢：谢谢窦掌柜，这样我能好好地侍候俺娘了。

窦掌柜：秋后西瓜罢园还有一份收入。

小邢：看能不能包产，东家要够他的数，余下的归我卖，这样我就不要他的工钱了。

窦掌柜：还真没这样干过，我去说说吧。

老窦来到窦员外家，窦员外被儿子接到开封过生日去了。

老窦就给管家说，管家是明事理的人，说这事老窦你当家，你说给多少就给多少。

老窦心里搁不住，跑到得闲茶社去找苏老三商量，苏老三一口就咬了牙印。

小邢母子住进李贯河北岸的瓜地。

这是一段对小邢来说最富足的时光，他们母子能够吃好喝好，兴致高时小邢还能在瓜园里给母亲哼一段乡间小调。

西瓜像吹了气地长，带着花纹的瓜皮泛着墨绿色的光芒。

邢母：甜滋滋的瓜味就像在鼻子跟前一样。

小邢：快了，这开园的第一瓢瓜得你老人家先尝。

邢母：儿呀，咱是外乡人，无依无靠，西瓜是嘴里物件，谁来就得让人家吃，人家来吃是看得起咱，让人家尝了瓜，给咱们传名，咱的瓜才好卖。

小邢：娘，儿听你的。

瓜秧泛黄的时候，一地的西瓜煞是喜人。

小邢扶着母亲，让母亲摸那泛着光的西瓜。

邢母喜上眉梢。

这时，青龙客栈的掌柜挎了个竹篮陪苏老三到瓜园。

苏老三：昨天夜里有个走亲戚的孩子不懂规矩，他来瓜园偷走了两瓜，户主让送来一篮子瓜钱。

小邢：三两个瓜，吃都吃了，啥事没有，更值不得你们两掌柜的又跑这么远。

邢母：儿子，去摘瓜，让恩人尝尝鲜。

苏老三：不用尝，泡沙地上芝麻饼的瓜保证香甜。小邢啥时开园让

窦掌柜言一声，除了窦员外的数，余下的大家给你包了。

窦掌柜拽住了去摘瓜的小邢，把那篮麦子倒在瓜棚边的盆里后他们走了。

西瓜开园的前一天，小邢真的去青龙客栈找了老窦，并说了请他帮忙的话。

窦掌柜一口答应。

第二天早晨，小邢给母亲换了一身干净的衣服。

窦掌柜找来帮忙收瓜的人也来了。

苏老三来时，顺便把镇子上粮庄的掌柜和账房也喊来了。

苏老三：用粮食换西瓜，粮食的斤数让粮庄的账房记上账，回头直接给你钱。

小邢：青龙镇人对俺一百层啊。

话间，小邢小心翼翼地杀开第一个瓜，他挑出中间两瓢跪着递给母亲，并看着母亲吃完，这才邀来一干人尝瓜。

瓜是真甜，但尝不是目的，弄走到家大口大口地吃才叫过瘾。

小邢陪着苏老三给东家留了六趟子瓜，余下的全卸了。

有人摘瓜，有人过秤。

小邢去做饭，跪着给母亲喂饭。

一干人都停下手中的活计，看着小邢。

两天后，西瓜罢园。

当小邢在粮庄领回瓜钱时，当即惊呆了。

傍晚，小邢陪着母亲到青龙客栈谢窦掌柜时，窦掌柜给他讲了去年要戏法的老来，讲了仁义乐善的窦员外，讲了苏老三用了青龙镇数年不用的传话要大家来小邢的瓜园买瓜的缘由。

小邢母子被小镇人的古朴善良感动着。

窦掌柜：谁也不用感谢，孝敬好你的母亲就是了，大家乐意帮你，是看重你的孝心，一个孝字感天下呀。

瓜匠（三）

桑先生给青龙客栈掌柜老窦说出自己的诉求时，老窦都愣了。

桑先生是文化人，说话温文尔雅，也没个大言语，带了一个书笼和一把箫，住了一间客栈的上房。

那是一个月圆十五之夜，洁光融融，客栈东南角的房顶平台上传来幽幽的箫声，轻柔、涓细，似香炉中飘来的袅袅婷婷的烟，箫声云卷云舒，又仿佛蕴含诉不完的衷肠。

老窦只是个开客栈的，他只是猜测着桑先生的身份却不能去打听，这是规矩，但老窦潜意识以为，桑先生一定是个有故事的人。

现在，桑先生突然开口说，他累了，想在镇子上呆个一年半载，老窦街面上熟，给他推荐个活计。

老窦：镇子上有私塾啊，再说眼下不年不节的也收不来学生。

老桑：考虑再粗一点的。

老窦：你容我想想，想想啊，你说你一个文化人，这背井离乡的，你会种瓜吗？

老桑：会呀，这倒真适合我。

老窦：我近门的窦员外，公子在省城当着官，家里挂着双千顷牌，他每年都有十亩地的瓜园，去年小邢带着他母亲来逃荒，包了窦员外的瓜园，镇上人感念他的孝心，睁着眼让他赚了一笔，可是小邢母亲没福份，春节头上死了，小邢雇了大车回乡了。

老桑：那就麻烦窦掌柜辛苦一趟通融一下。

老窦去窦府见管家。

窦员外依旧住在开封，老窦就跟管家商量。

管家就大面子朝外，说老窦你是东家的近门，东家种瓜就是给镇上人送福利，咋着弄你看着办。

老窦：你若这样说，我还真不好说，我干脆把他领来见见您吧。

老窦就又回去征求老桑的意见。

老桑说，我没什么挑拣的，给个住的地方给口饭吃就行了。

老窦：季节不等人，你先干着，反正瓜园有棚子，有柴米油盐，再说你一个人住河北也清静，等西瓜成熟让窦员外定夺。

老桑：还得麻烦你在镇上的酒楼后厨讨几个涮锅的把子。

老窦：几个？

老桑：五个、六个都行。

老窦：我后厨就有两个，全给你，你要那脏兮兮的东西干甚？

老桑：那是我种瓜的绝招，有了它秋后才亮眼。

天气炎热的时候，窦员外从省城回到青龙镇。

窦员外在家待了几天才想起西瓜园的事。

管家：今年的瓜匠还是客栈的老窦推荐的，是个雅人，谁也想不到他会来咱家种瓜，多少工钱都没说。

窦员外：老窦倒对瓜园的事挺上心的。

管家：他推荐的瓜匠都有故事，我听小伙计袍子说，瓜匠愣是留了半亩地种了一圈竹子。

窦员外：荒郊野岭的种片竹子甚用？

管家：他那样做自有他做的道理，我也没细问，你反正也没事，正好去转一圈。

窦员外到瓜园时，瓜匠老桑正弯腰给西瓜对花。

西瓜挂果也有讲究，一般瓜匠就在一株瓜藤上留两个瓜，虽说结的西瓜小，但数量多，也有只挂一个瓜的，这样瓜虽说稀少，但个头大。

窦员外看见老桑采的是一株一果，其余狂花全部摘掉了。

窦员外：桑先生，辛苦了。

老桑：先生客气，棚子下有凉茶，先慢慢品着，这会儿太阳正毒，我把手里的活先忙完再陪你。

小伙计袍子跑过来给窦员外打招呼。

老桑知道了窦员外的身份后，停下手里的活计想过来陪。

窦员外：先忙着。

老桑：那您就先歇息片刻，中午不走，我整四个菜，咱们小斟一杯。

窦员外稀罕，心想你就是一书生，做了瓜匠，还说要弄四个菜。你用甚整呢？

日已过午，窦员外歪在瓜棚下那把竹躺椅上已有了倦意。

野风吹着那片竹林哗哗作响。

窦员外被袍子叫醒时，棚子下的泥台上已摆好四个小菜和一壶酒。

窦员外用井凉水洗了把脸。

他打量着眼前的四个小菜，一盘焯西瓜头，一盘西瓜花，一盘马觅菜，一盘嫩灰灰菜。量不是很大但却精美。

老桑：酒是愁物，我从没一个人饮过，东家来了，今天就破个例。

窦员外吃了顿不同寻常的野餐。

瓜熟的季节，李贯河航运的船工偶尔在午夜能听到北岸瓜园里轻柔的箫声。

老桑让小袍子把窦员外请来了。

窦员外约了苏老三等一帮镇上的名流。

这该是窦员外西瓜园最亮眼的一年，绿的泛黑的西瓜滚了一地，煞是饱人眼福。

老桑却把一干人领进他的竹园。

竹子很单，稀稀疏疏，但竹园内有个瓜王，六七十斤的样子，半亩地的竹园蔓延着绿油油的瓜秧，与外面泛黄的瓜秧两种景象。

窦员外：桑先生，受累，你有何高超竟种出这么个瓜王？

老桑：也就是个尝试，没想到效果这么好。

苏老三围着那个瓜王啧啧称奇。

苏老三：桑先生，明年我也划出来几亩地，咱俩合伙种，这瓜种的。

老桑笑笑。

老桑：半亩地就长了一棵瓜，又用了青龙客栈窦掌柜找的六个炊把子，你种也能长这么大。

窦员外瓜地里长瓜王的消息不胫而走。四邻人如潮涌。

　　相邻镇的几个乡绅也都坐着马车来参观，在夸奖瓜王的同时也想知道种植的绝招。窦员外便让小袍子去请老桑，但种出了瓜王的老桑却走了。

　　对于老桑突然遁却，大家都百思不得其解。

老好（一）

青龙镇有个老规矩，正月十五玩挑杆。

一般人放烟花，开社火，舞龙灯，踩高跷，再想喜庆一点就是打铁花。瞅一片空地，支上冶炼炉，将刚出炉的红铁汁往远处打，打成火树银花，无比惊艳。

青龙镇不玩那个，他们玩挑杆。

挑杆，顾名思义得往上挑，其实这挑杆也很好做，找一根横担两个人抬着，再找一根棘刺木的长扁担，扁担头绑着一把太师椅，太师椅上坐着耿老七，那头压扁担的得是一壮汉，为图稳妥再坠上两块一尺二的老青砖，耿老七是青龙镇的老户，兄弟七个他最小，平日里就爱开玩笑。

这一天，耿老七坐在挑杆上从街东头骂到街西头，再从街南头骂到街北头。

骂也是有讲究的，文骂不武骂，文骂骂得雅。店面掌柜听耿老七骂几句，笑嘻嘻地给挎篮的丢几个铜板，压挑杆的忽闪忽闪地就把耿老七挑走了，门面大的门前摆了小长条桌，上面水果，糕点已经摆满，抬杆的，挎钱篮子还有后面执应事的，捧场的都可食用，直到掌柜的听到差不多了两手一揖，执事的把长条桌上一摞铜板丢进钱篮子里，他们就再往下一家走。但也有收不到钱的时候。

有的店掌柜在年前就约了应骂高手牛一鹤。

牛一鹤和耿老七同岁，都是五十三，只不过牛一鹤住在镇南八里远的牛滩。

牛一鹤兄弟们多，他娘去信阳要饭时把他给了一个大户人家，牛一鹤的成长经历无人知晓，四十岁头上他带着妻儿老小回牛滩认祖归宗时，他娘出去逃荒还没有音信。于是牛一鹤用自己的贴身盘缠买了地，建了房，也算是在牛滩扎了根。

　　这一年，正月十五元宵节牛一鹤来镇上看望他近门的一个叔。他叔叫了酒菜陪牛一鹤在店里喝酒，正喝着耿老七坐着挑杆子来了，他坐在用一根扁担挑着的太师椅上笑眯眯地骂。

　　牛一鹤：这人是弄甚哩？大过节的跑门口骂，想欺负人吗？

　　牛叔：这是镇上的老规矩，骂几句吉祥，临走还得送铜钱。

　　牛一鹤：就没人和他对骂？

　　牛叔：他骂得高，没人能对得上。

　　牛一鹤：如果对得上，再骂得他接不上来呢？

　　牛叔：这钱就归赢家，但是对骂要有技巧，爹、娘、爷、奶不能骂。

　　牛一鹤：也就是文骂，这个人叫啥？

　　牛叔：耿老七。

　　牛一鹤从店里出来，对着一班人揖了一个礼。

　　耿老七翻眼瞅瞅与他对阵的人模样。耿老七偶尔也遇到对手，像随闺女来镇子上养老的钱老品，这人中看不中用，架式扎得大，几个回合下来就遛号了。

　　牛一鹤：申金年金猴迎春，各位大吉大利，俗话说猴屁眼里失火了，两团火缀在猴子屁股上正常，咋着也不该缀在耳朵旁吧。

　　耿老七愣了愣。再瞅一眼牛一鹤，见那人一袭长袍，儒雅俊逸，首在气势上已胜他一筹。再说，申金猴年确实是，齐天大圣有老七的谐音，最重要的是耳边一把火的耿被他说成了猴屁眼。

　　这句话高就高在对方在他姓氏上下手，人总不能改姓吧。

　　耿老七闭上眼睛摇摇手，一干人拥着他走了。

　　正月十六，耿老七掂着礼物来拜访牛一鹤。

　　牛一鹤：咱上街。

　　两人去酒楼包厢里坐下来。

　　牛一鹤先给小二付了押金。

　　两人喝二斤酒。

　　耿老七：咱们再弄几句？给四只蹄的弄把谷杆。

　　牛一鹤：行啊，一斤热酒愣是堵不住你的嘴。

牛不是四只蹄吗？猴屁眼又变成了人嘴。

两个人你来我往地扯了一个时辰。

耿老七最后答不上了。

牛一鹤：青龙镇人古朴厚道，怎会兴这个规矩呢？

耿老七：一般的杂耍都腻歪了，也就是个逗着玩。你加盟着这一骂，大家挑着中间精彩段子得重复一年，因为咱没有恶意，谁都不会放在心上的。

牛一鹤：这么多年你就这样一路骂下去吗？

耿老七：你不是回来了吗？咱先讲好别把钱都赢走，你得输一半，故意输，这样咱就有喝酒的钱了。

牛一鹤：想一百想也想不出会弄出个这事。

耿老七：你牛一鹤眼下也是青龙镇的名人了，不信你立马在镇上走一圈，手里如果不方便给店面的掌柜赊个账，没人不给你面子。

牛一鹤：这是甚逻辑呀？

耿老七：你别不相信，今年腊月二十七得有很多商铺给你交订金，他们想让你把我骂走，以解数年被骂之怨。

牛一鹤：你不是说商家们不气吗？

耿老七：就是呀，逗乐呗。

接下来，牛一鹤二十天不来镇上，耿老七就给村里人捎信让他来。

来了就喝酒，喝了还不许牛一鹤付账。

镇子上哪天有了好里脊肉，耿老七就割一块让村里人捎给他。

说话间天冷了，在噼里啪啦的炮声中日子就到了腊月二十七。

牛一鹤这天准时到了他叔的店面。

午时的酒宴上，牛一鹤真的收到一半商户的定金。

过年初九开始下雪，一直下到正月十五元宵节。

这天的青龙镇人满为患，康城及桐丘县的富家套了骡车来镇子上看挑杆子。

说看挑杆子只是一方面，重头戏还是看耿老七和牛一鹤的对骂。

骂语里有恭维的，有夸张的，有隐喻的，也有粗俗明了的。

哄笑声一阵盖过一阵。

特别是牛一鹤偶尔抖个小包袱更令人笑出眼泪。

结果可想而知。

耿老七的收入少了，可气氛热起来。

傍晚，两人又坐进了酒楼的包厢，他们婉拒了一干粉丝，两个人只是饮酒，这次的酒账却是牛一鹤付，牛一鹤说了，如果这次再不让付，他将终生不来青龙镇。

耿老七拧不过牛一鹤，就让牛一鹤付了酒钱。

也正是这场酒，中间牛一鹤的一个小故事让耿老七记住了，当然这是后话。

两个人从包厢出来，天已经黑透了。

耿老七踏着积雪去送牛一鹤，两人进了牛一鹤的大门都摔倒了。

牛一鹤：耿老七，咱们是甚？

耿老七：老好，比好兄弟好朋友还好的老好。

老好（二）

  青龙镇挑杆子头耿老七和距镇子八里远牛滩村的牛一鹤是老好。

  他们虽是老好，但每年正月十五元宵节这天，两人又成了对头，耿老七坐在挑杆子头上的太师椅里，被挑杆手忽闪忽闪着就来了，在店铺前文骂，对骂手牛一鹤一袭棉袍坐在店门前的太师椅上儒雅地应骂。

  有时他们会根据商铺经营的品种讲段子，最后把全体观众圈进去。

  耿老七：几根葛条编得巧，七扭八扭像个瓢，不吃花来不吃草，你说农家谁不要。

  牛一鹤：要是要，得分人。

  耿老七：老少爷们要不要。

  观众起哄：要。

  牛一鹤：刘老栓是杂货铺，耿老七刚才说的是牛笼嘴，他想让大伙闭嘴。

  观众起哄：嘘。

  有时牛一鹤会败下阵来，耿老七坐在太师椅上夸张地给挎篮人打手势。挎篮人就用戏子的舞台动作去取店铺掌柜放在长条桌上的钱，后面的人也会在长条桌上抓一把糕点或干果。

  对骂的结果并不重要，重要的是过程。

  这时牛一鹤又走到年前腊月二十七约定的铺店，坐在太师椅里等耿老七。

  耿老七像老猴子，被人忽闪忽闪地戏弄着，但他坐在太师椅里却一脸正经，脸绷得像个审案的判官。

  耿老七对着牛一鹤打手型。

  牛一鹤朝身后街拐角房顶的白灰猫耳头指了指。

  耿老七气急败坏地打个手势走了。

　　一干人转头看房顶的猫儿头，再回想耿老七的手势，但他们实在解不透个中端倪。过一段自有人请耿老七，耿老七这才泄底，就又博得一帮人的惊奇喝彩。

　　元宵晚上，耿老七和牛一鹤会大醉一场，酒钱牛一鹤付，余下的一年喝多少次酒都是耿老七的。

　　两人喝得趔趄着往牛滩走。

　　耿老七会在牛滩住一晚上。

　　这一年的十六，牛一鹤起床，看见耿老七和一个后生跪在他屋前。

　　他紧走两步想搀起耿老七。

　　耿老七抽泣起来。

　　牛一鹤：老七，咱不是老好吗？你把我弄糊涂了。

　　耿老七：老鹤，我爹娘走得早，是大哥养的我，眼下大哥的儿子有难了，我不帮他谁帮他，可我想帮又没有本事，只好来求你了。

　　牛一鹤：先起来把事说了。

　　耿老七：我听你酒后给我讲过，也只有你能办到。

　　牛一鹤：到底甚事，先说吧。

　　耿老七：你不答应我们跪在这儿就不起了。

　　牛一鹤：好，我答应你。

　　耿老七站起来，拍了拍膝盖上的土，但他没让侄子耿葫芦起身，他拽着牛一鹤到偏房把事情说了。

　　牛一鹤听完叹了一口气。

　　耿老七：你刚刚已答应过了要帮的。

　　牛一鹤：我是发过毒誓戒掉的。

　　耿老七：年前的事先瞒了，开了春再不堵住窟窿小葫芦只有死路一条。

　　牛一鹤：粮行的钱动不得，再说那地方是他去的地方么？

　　耿老七：这是年前的事，他节后才对我说，我把多年攒的箱子底都清空了，给他准备点本，人也都约好了，今晚在康城汇恒酒楼会面。

　　牛一鹤：让我再想想。

　　耿老七哗叽一声又跪下了。

牛一鹤：那让孩子带我去吧，记住，只此一次。

牛一鹤第二天晚上回来时，耿老七不敢认。

牛一鹤一夜间白了半边头发。

耿老七给侄子使个眼色。

酒楼的小二端着食盒来了。

牛一鹤满脸的疲惫，只饮了半盅酒，就歪在酒桌旁。

耿老七：老鹤。

牛一鹤：老七，套车送我回家。

上车时耿老七给牛一鹤收拾了一小袋铜板。

牛一鹤伸手势很坚定地拒绝。

耿老七不再坚持，攙着牛一鹤上了马车。

晚上葫芦来见耿老七。

日上三竿的时候，牛家派人来报的丧。

耿老七：你说甚，我不信。

报丧人：牛先生后半夜吐小半盆鲜血，天明就走了。

耿老七揣上那袋铜钱就去了牛滩。

此时的牛一鹤脸色蜡黄，一脸恬淡地躺在那儿。耿老七虽说没去赌场，但他能想像到这场博弈。

半袋子钱赢回来那得多大的心力啊。

牛一鹤是为他这个老好生生累丢一条命。

事后，青龙镇上已很少见到耿老七。

耿老七一夜之间苍老了十岁。

这一年的春节有些冷，正月十四早晨飘了一场小雪。

耿老七穿了一身新衣服，说是出去转一圈，就再也没有回来。

天明就是元宵，看惯了挑杆的乡下人早早地涌到青龙镇，聚在同德堂中药铺门前。

死人是常有的事，牛一鹤先生驾鹤西去，但耿老七还在啊。

有人还是早早地绑好了挑杆放在同德堂门前。

但去请耿老七的人说，耿老七不见了，家人也在找。

  还是有个看热闹的人说，他来时见镇南槐树林子里飘个人，他吓得没敢吭就跑了，眼下人多了才敢说。

  一干人就随着他往镇南槐树林子里跑。

  冬天树都落叶，槐林子虽说树密，但走近了还是能看见，衣着楚新的耿老七吊死在了槐树林里。

  后来，正月十五元宵节的挑杆会再也没有了……

织布郎

织布郎姓苗，排行老三。

苗布郎开初不织布，他的娘带他弟兄三个来青龙镇时，窦员外给了他们三亩乱岗地。

他们娘四个在李贯河堤岸上砍些树枝，在地头上胡乱搭几间棚子，算是安顿下来了。

老大在镇子上泡了几天，听说开封招中央军能扛枪拿饷，就给老娘说一声，让镇上盖个印章去了。老二也想出息出息，给贩驴的老张去张家口学贩驴去了。

苗老三最小，收拾了乱岗地在家陪老娘。

旧时庄稼产量低，三亩地顾不了温饱。苗老三虽说个头小在码头上扛不动包，做些零活倒是灵巧。

噩耗是同一天到来的。

苗老大集训结束，第一战便中弹身亡，苗老二贩驴遇劫匪被砍了脑袋。苗老三的娘大哭一声背过了气。

苗老三再叫醒她，她就不停地哭，哭了三天，停住哭，身子却撞在水缸上，悲思切心，双目盲了。

这中间苗老三也试着干些活，但没有合适的，因为有他老娘绑着腿哪也去不了。

后来还是镇子上田大娘看他可怜，说你干脆学织布吧，不扎大本钱，还能照顾你娘。

一月入路两个月熟，三个月头上，苗老三就成了织布高手了。

苗老三的布瓷实，有人直接来他的织布棚交定金。

苗老三织了一年布，个子蹿成五尺多高，因为常年在棚子下织布，日晒不着，雨淋不到，倒养出一身好肤色。

有几个大娘捣鼓着让他织碎方格粗布当被单。

苗老三搭点夜，两天织出一匹碎方格布，但手工却是白布的两倍。

渐渐的织布郎苗老三的碎方格布成了青龙镇方圆十多里嫁闺女娶媳妇的必备品。

有时货源紧时就有讲究人家掂了糕点送到织布棚，一边陪着苗老娘说话，一边等着成品布下机。

又忙了大半年就到了春节。

织布郎：这一匹布谁都不给了，我让染房里浆浆洗洗给你老人家铺一床。

苗老娘：攒着钱都放在棚角地下的瓦罐里，回头咱盖两间青瓦散草的土屋，好给你娶媳妇。

织布郎：娘，娶不娶媳妇不在这一匹布。

腊月二十八，苗老娘铺上儿子织好浆干的被单布，那个熨帖劲，那个暖和劲，无以言表。

也就是这夜，织布郎做了一个梦，他梦见天上的仙女驾着祥云来接他到花山碧水的西天瑶池边，看仙女们织丝绸，仙女们的手法很轻柔，不像他把织布机扳得哐哐响。她们的丝细，是五彩的，织布郎能看清大致轮廓。

仙女们织布经线是五彩的，纬线也是五彩的，待成绸出来了，就是织布郎一眼看出轮廓的图案。

织布郎还看到附近的花鸟鱼虫，他用手勾勒着，他又饮了瑶池的甘露，吃了仙女们用托盘奉送的仙果，他感觉他的头脑像被晶莹的泉水冲透了一样，轻盈明澈，身体也透明了，还散发着浸入心肺的暗香。

织布郎感到一种从未有过的舒惬，他微微地闭上眼睛，躺在花间睡熟了。

这该是织布郎睡得最好的一夜，火红的日头透过棚子下高粱秆的缝隙照过来。

织布郎：娘，我给你做好午饭，到午时你再热一热，我到康城去一趟，一是置买点年货，二是到染料店里看看有甚新鲜货色，再给你买身

新棉衣。

苗老娘：没有亲戚，不置买年货，再说我这瞎老婆子又不见人，穿新衣服破费。

苗布郎对着娘笑笑。

康城东大街有三家染料店，织布郎去的最大的一家，在那里他见到了可以随时调色上色的颜料粉，他梦里的图案闪耀而出，问了价倒也不贵，他买了一些。

织布郎在刚开张的棉绒铺见到了大轱辘的洋线，那是汉口的大型抽纱机的产物，他买了六匹布的洋线。

织布郎给娘买件古铜色的带大襟棉袄。

织布郎又相中一对棉靴，想给老娘买时，兜却空了。

在稀稀疏疏的炮声中，日子已到了除夕。

苗老娘穿着她的新带大襟棉袄，揣着手像个孩子似笑得合不拢嘴。

织布郎苗老三正月初三就开工了，他用新型颜料染色，用纯洋线织布，成布上出现了他想象的颜色。

元宵节前，织布郎苗老三的几匹洋布展开搭在了棚户前，寒风里它像一团火吸引了青龙镇闲逛的行人。

正月十六上午，织布郎苗老三的门前人来人往。

大家被织布郎的新产品所吸引，这是介于绸罗帛缎之间的产品，而它的价格比粗棉布略高。

正月十六的下午，织布郎接到了二百匹彩花布的定金和订单，甚至有两个成手织布的愿意让苗老三把棚子加长，她们把织布机搬过来。

青龙镇乡下的殷实人家却以更高的价钱直接来拿成品，苗老三又支了两台织布机，用于生产预定产品。

四台织布机，除了涂颜料还得给老娘做饭，苗老三织的布反而少了。

这时苗老三的婚姻又被重提。

提媒的是码头上的老猴精。

织布郎：三间敞棚子，一台织布机子，咋娶媳妇？

老猴精：是人家托的媒，一个在这儿行船运的船老大家，人都偷看

过了，人家说就冲着你对你老娘的这份孝心和你的勤快劲，以后你们没有孬日子，聘礼一分不要，进门就随你住柴棚。

把个苗老娘喜欢的。

苗老娘：大妹子，你说人家都来俺这儿偷看了？

织布郎：娘，人家比你大，我叫大娘的。

苗老娘：眼瞎眼瞎，老姐姐你多担待。

老猴精：船老大走了，闺女留我这了，如果你不同意，后面排着长队哩。

织布郎：只要不嫌弃我穷，知道孝敬我老娘，我凭甚不同意。

老猴精：还不跟我一块去码头上领人？

织布郎：现在就去？

老猴精：我找人看了，今个儿就是黄道吉日，立马去。

织布郎：哪来的这好事唉……

裁 坊

　　青龙镇人称呼裁剪衣服的裁缝叫裁坊。

　　贺先生纠正过，但人家只管贺裁坊贺裁坊的叫，他也没心思纠正了。

　　贺裁坊裁衣服不量，客户往那一站，他的头一低，一双像死鱼眼一样混着的眼睛，透过老花镜眼框上方的空隙盯客户几眼，然后低头在纸上写着尺寸，再问了姓名，写上说下个集来拿衣裳，客户扔下布就走了。

　　贺裁坊不思进取，十几年就一个样式也不改样，因此讲究的人家都去康城的裁坊铺用洋机子做去了。

　　给贺裁坊做衣服的是他的女儿贺贺，贺贺都二十岁了，是大龄女，有人来提媒，他爹都给推了，说闺女养这么大，不给家里拉几年套会中？贺贺气得嘴噘着，可也没有办法。

　　贺裁坊用纯手工，他白天支摊裁剪，晚上帮女儿加工，活多时就得熬通宵。

　　有个南蛮子过来推销洋机子，拿着花花绿绿的彩图和一两件成品被老贺哄出去了，因为他看见那蛮子跟他谈着话，一直用余光眼瞟贺贺。

　　后来贺贺去康城见了那洋玩意，做衣服顶三四个人，针角也细，贺贺回来要撂挑子，裁坊就劝，看着怪好，坏了不就抓瞎了吗？

　　贺贺说，我问了，卖机器的厂家先教会，人家还会定期来维修。

　　老驾说，说得怪好，骗不住我，这些年咱没机器不也没把你饿着。

　　跟着几个集，贺裁坊在店铺里没有收到一件活。

　　老贺掂着竹尺子叹气。

　　贺贺拽掉袖头，跑出去了。

　　距苏老三绸缎庄隔一个门，新开张一个店铺，门前挂一对火红的大绣球。

　　贺贺走近才看见是一个裁坊铺。

　　贺贺迈一步进去，他先看见苏老三，又看见一个漂亮的小伙子掂着皮尺子正在给苏老三量尺寸。

　　贺贺：三叔。

　　苏老三：贺啊，不在店里跑出来干甚？

　　贺贺：看稀罕呗。

　　苏老三：回去给你爹说，别太保守了，新东西出来得接受。看人家小冯，年纪轻轻的量、裁、做一顶一的高手。

　　贺贺点点头。

　　小冯量好尺寸，微笑着看了贺贺一眼，低头把尺寸记好，

　　小冯：苏员外，缝纫机做得快，夜里我加个班，天明我给你送府上去。

　　苏老三：不急，反正我每天下午都去喝茶，做好了你给我送到得闲茶行就行了。

　　贺贺看着那台缝纫机。

　　小冯：德国的洋玩意，青岛办的有厂，他们办的有裁剪班。

　　小冯说着自己的脸先红了。

　　苏老三：小冯，你们算是同行，这是青龙镇贺裁坊的女儿叫贺贺。

　　小冯：失敬失敬，小冯初到贵地，还请姐姐帮衬照顾。

　　贺贺：我一个女孩家的，能帮你甚，我看这洋机器不赖，我得先给你学学咋用这洋玩意呢。

　　小冯：好学，只要姐姐愿学，一个上午包会。

　　贺贺：那得谢谢小冯了。

　　小冯：姐姐客气了。

　　苏老三：贺，你在这学学吧，别甚都听你爹的，学会了自己买一台，你爹不给钱，三叔借给你。

　　贺贺：谢谢三叔。

　　苏老三一走，小冯又脸红起来。

　　贺贺：小冯，今年多大？

　　小冯：十七。

　　贺贺：老家哪的？

　　小冯：江苏镇江。

　　贺贺：这么小就出来闯码头？

　　小冯：我们村有人在厂里当技术员的，就在村里推广，这几年村里人就靠这洋机器都赚了钱。

　　贺贺：你叫姐就对了，我今年二十了，我十三就学活了，顶针子都用坏几盒子，还是这洋机器好，教教看咋用的。

　　小冯坐在机器上，先看脚放的地方，再左手转轮，机器启动，小冯推着一件衣服的边角朝前走，然后剪掉线头，又翻过，一件衣服袖子就行了。

　　贺贺：这么快呀。

　　小冯站起来，让贺贺坐，给她放正脚，再拿出几块碎布，让她用左手转摆轮。

　　贺贺第一次接触洋玩意，心里怯，害怕弄坏了。

　　小冯：转一下就用脚蹬，别怕，弄坏了我会修。

　　小冯说着摁了一下贺贺的左手。

　　机器转动了，贺贺只顾脚下的踏板，针头边的布又不知道往前推了。

　　小冯又摁住贺贺的手往前推。

　　碎布上一条条的针角清晰可见。

　　小冯的手很温暖，也很柔软。他微微贴近贺贺的后背的身子有一股说不出来又沁人心扉的味道。

　　等小冯又去拿地上的碎布时，贺贺已能自己操作了。

　　小冯陆续递着碎布，贺贺笑着学。

　　突然，布上没有针角线了。

　　小冯：姐姐，你站一下，我把线换了。

　　小冯坐了贺贺的位置，他先卸掉缝纫机皮带，一把把机头翻过来。

　　小冯：姐姐，这里是换线的地方，本来下面有个孔，可以直接换。我这样就是让你看清线盒的位置。

　　小冯换好线，上好皮带，一伸手又把线盒从下面抽出来递给贺贺。

　　他蹲在地下，让贺贺看清那个换线孔，然后让贺贺亲自换线，

然后拿起一个刚裁好的袖子让贺贺缝。

踩踏板。

走线。

裁线。

翻筒。

一个袖管转眼做成。

贺贺长这么大从没体验过此刻的愉悦。

直到小冯定的饭送到，他们才知道已过午。

老贺要关铺时女儿才回来。

老贺：干甚了，愣出来转一天？

贺贺的脸浸着微红。

贺贺：南塘边的春桃要定嫁衣，让我去给她挑颜色。

老贺：春桃也要嫁了？

贺贺：你说呢。

老贺：回家，回家再说。

这天苏老三来到裁坊铺。

老贺：苏员外的衣服又都是在康城裁吗？

苏员外：怎么，不裁衣服就不许到店里来呀？

老贺：苏员外是富贵之人，你到谁那儿给谁添福。

苏老三：老贺，都街坊邻居，咱别说恭维的话，儿大女大都得成家，一天不成家，一天是你做老人的没尽到责任。

老贺：听话音，苏员外是给贺贺提媒来了。

苏老三：你说呢。

老贺：男孩是哪里的，你家亲戚吗？

苏老三：孩姓冯是江苏镇江的，才十七，跟我非亲非故，跟你是同行。

老贺：裁坊？

苏老三：不过人家用的是洋机器，量、裁、缝全活。

老贺：他全活了，我干甚，还洋机器。甚时搬来的，我咋不知道啊？

苏老三：你不知道的多了，利索话，中还是不中？

老贺：不得给贺贺商量商量么？

贺贺：不用商量，我同意。

老贺：同行是冤家，这媒犯忌呀，再说我还没看孩儿呢。

贺贺从里间的裁缝案旁走出来。

贺贺：孩儿我见了，万里挑一，我非他不嫁。

老贺：你们都商量好了，还给我说甚？

一袋烟

老孟一袋烟交个朋友，这朋友给老孟帮了个小忙，却成就了老孟的一番大事业。

老孟和青龙镇码头的穆老大偏着亲戚，穆老大的亲姑奶奶是老孟的二奶奶，因此算是老表。

老孟的家在板桥，距青龙镇十二里，听说穆老大在青龙镇弄得风声水起，就投奔而来。

穆老大接纳了，也就是在码头上当个搬运工。

工友们都是当地人，活散了就走，老孟吃住在码头，别人都走了，他就归拢一下工具，掂扫帚扫一下碎物，有时也和一帮小孩蹲码头边捡砖缝里掉的黄豆。

这天，行船的船老大老孔从青龙镇装大豆往汉口油脂厂运，货装完，几个人往船上盖棚布，老孔站在岸边看，也许是上来得急，忘了带烟袋，两手在身上摸了个遍。几个搬运工看见这动作立即散了，老孟却没走，掀衣襟掏出来烟袋锅递给他，又用火谜子给他点燃烟袋。

看是一个不起眼的动作，却感动了老孔。

老孔：几个抠家伙，吸袋烟能吸穷了？你不错，贵姓？

老孟：免贵姓孟。

老孔：爷们，天下孔孟是一家，我姓孔。

老孟：听老辈子这样说过。

老孔吧嗒一口烟聊一句，吧嗒一口烟聊一句。

即使是朋友了，是一家人了，烟是得管够的。

待穆老大打手势让老孔上船时，老孔给他揖了礼。

老孔：你的情况我知道了，三五天我又回来了，到时我给你捎个礼物。

老孟：自己人，用不着客气。

老孟说罢，当天晚上有人捎信说家里有事，便回老家了，是他近门一个婶子死了，他在家忙了几天，回到码头，穆老大把他领到一个小杂物跟前说，汉口的老孔给你捎个小猪娃和一袋子豆粕，他让你好好养。

老孟：这不是找麻烦啊，咋养？

穆老大：难得老孔的一片好心，我给他钱他也不要，今个儿歇晌我让大伙给你垒个猪圈。食堂里的泔水、北岸上的杂草、河里的浮萍都是它的吃食。

说也稀罕，从这儿开始，老孔的船经常来青龙镇，活少时他跟别人调换也到青龙镇来，来了就和老孟站在猪圈边吸旱烟。

事就是这样，你真歇着也没见歇在那儿，人家歇着，老孟就给他的公猪找食，有时他把码头上捡的豆子用铁马勺在火上炒了喂它。

半年后，码头上的人才看出来，汉口的老孔送给老孟的是一头种猪。

这头猪通体红毛，身体颈长健壮，特别是屁股上一双睾丸硕大无比。

青龙镇有两家养种猪，但都是本地货，个团体弱，下的猪仔也品相不好。

这时有养母猪的来问，甚时开跳？

说这话时，老孔和老孟正站在猪圈边吸烟。

老孔：再等等，最低也得十个月再让它跳猪。

那人说：那就再等两月，这家伙跳的猪，猪仔一定好卖。

老孔：算你有眼光，这是我在汉口种猪场掏高价挑的德国货，名字叫巴伐利亚。

那人说：厉害，厉害。

关于码头上德国种猪巴伐利亚的故事很快就被传成几个版本。

有的干脆就跑十几里来看稀罕，说，外国货就是不一样。那俩蛋比咱这儿的猪大一号子。

老孔问了当地两家的行情后，愣是以高出两倍的价格定价。

老孟：跳一个猪顶我半个月工钱？

老孔：小猪仔买时的价格不敢对你说，这个价是低的。

老孟就不再言语了。

两月后那个第一个来看猪的人真的牵着母猪来了。

老孟朝码头上一瞅，码头上空空如也，老孔还在汉口。

老孟磨磨蹭蹭打开猪圈门。

公猪小跑着朝母猪冲。

老孟：跳一次就那价，别嫌贵啊。

跳得贵，卖的猪仔也贵，钱都备好了。

巴伐利亚颀长的身子很矫健，抬起前蹄就上去了，码头上的工友们围着看稀罕。

巴伐利亚愉快地结束了首次交配，它似乎余犹未尽，哼哼着用嘴去拱母猪的肚子，似乎还想第二次。

老孟把它赶进圈里。

老孟用他的第一次收入在镇子上的烟叶铺给大伙买了5斤上好的烟丝。

穆老大：表弟用烟叶换的种猪，又用烟叶犒赏大家。

一伙人就笑。

再后来老孟就忙了，有时正在扛货时，赶着母猪的户主来了，老孟把猪圈的钥匙给他，让他自己开门。

待巴伐利亚完成任务，再赶回猪圈，户主来交钥匙时顺便把配种钱也顺带着给了。

夏天天热，老孟早早地给巴伐利亚挑一池水，然后让太阳晒，等天落黑时，水都晒到底了，这才让巴伐利亚出来打泥冲洗。

老孟又特别买了一袋黄豆，这样巴伐利亚每晚就能享受一碗炒黄豆。

一年头上，巴伐利亚的身子大了一号，打开猪圈门你看见一头种猪，再一晃眼分明是一座肉山。

巴伐利亚跳下的第一批猪仔也都是比本地猪仔高一倍的价格出售的，户主的收益最大，这样巴伐利亚的配种次数也相应增多。

老孟心疼他的种猪，规定一天只配五头猪。

来晚的母猪就得在镇子上住一晚。

巴伐利亚带给老孟的收入可想而知。

老孟一次专门邀了穆老大陪着老孔在码头上的酒楼摆了一大场。

老孟是打心眼里感谢的。

老孟席间给老孔一袋子钢洋。

老孔掂起袋子抖了抖，留了一半。

老孟：这样我心里才好受些，余下的钱我准备在家盖三间房。

三个人有一袋，没一袋地抽烟。

又一个船到日，老孔给老孟卸下两小猪仔。

老孔：这是上次留你钱，再养两头，它们和巴伐利亚一个种系。

老孟：这叫我咋着谢你哩？

老孔：谁让你给我吸你一袋烟呢。

丁　集

　　丁老景的村子叫后张庄，离青龙镇十二里，在镇子的西南方向，西南方地势洼，冬天还好，雨水旺的夏季，齐腰深的水封路，说凹在家里十天半月出不了门也不在话下。

　　丁老景自从接受窦员外的邀请在青龙镇得闲茶社喝了一次功夫茶后，再也拦不住他来镇子上喝茶的迫切。

　　开初是在窦员外的包厢里喝，又在苏老三的包厢里喝，开粮行的桂金珠桂掌柜也邀请了一次后，他立即安排人趁天晴路干，用太平车往桂掌柜的粮行运了一车绿豆和一车芝麻，然后用这些钱在茶社里买了半柜子茶饼，又匀出个包厢出来，丁老景跟这些人不一样，他们喝了下午茶各自回家，丁老景喝了茶得披星戴月往家赶。于是，丁老景就在相邻的青龙客栈找个上房。

　　丁老景实在，手里也厚实，偶尔下午茶结束便邀窦员外几个到馆子里坐坐，饮酒也不强迫，高兴饮一杯，就饮一杯，不想饮就吃菜闲聊。

　　钱贵仁是钱庄的老板，照理说柜上有大掌柜打理，但他经常守在柜上，偶尔抽空跑一趟得闲茶社。

　　这天他去时，丁老景正在他的包厢里讲笑话，苏老三、桂掌柜都在丁老景的包厢。

　　俗话说，人偎人，鸟偎林，听着包厢里谈笑风生，钱掌柜一掀门帘进来了。

　　几个人给他点头打招呼。

　　丁老景正讲到紧要处，没有答理钱贵仁，再说丁老景确实不认识钱贵仁。

　　茶博士叩了叩门框，然后把钱贵仁的专用功夫茶杯送过来，老钱也没客气，端起丁老景的茶涮了一下杯子，又倒上一壶。这时丁老景的笑

话包袱抖开，一圈人笑得前合后仰。

也怪钱贵仁鲁莽，盯了一眼丁老景说，这谁呀，几天没来咋有生面孔哎。

丁老景心里本来就不硬气，他是租着客栈来喝茶的，不显眼小半年一直在茶社喝茶，突然来个人，大刺刺地进到他的包厢，喝着他的茶，说几天没来，遇了生面孔，好像他比窦员外还像个人物，丁老景心里不舒服。

丁老景：面孔生么？你说对了，乡下人，轻易不来一回青龙镇。

钱贵仁：确实生，没见过。

丁老景：西南十二里后张庄的。

钱贵仁：去过那个村，清一色姓张。

丁老景：后张家挨边丁集的。

钱贵仁：庄后面是个半截子河，一马平川庄稼地，哪有庄还丁集呢？

丁老景：那就是丁集，你不知道并不代表没有。

丁老景盯着苏老三看。

苏老三的洋狗也盯着苏老三。

苏老三：钱掌柜，这是丁员外，后张庄的没错。

跟着茶博士掀开布帘，端着面点进来了。

茶博士：丁员外，这是你的茶点。

钱贵仁这时才明白过来。说，看走眼了，你是真姓丁啊。

茶庄的规矩，谁的包厢茶点记谁的账，但茶博士会给包厢的主人打声招呼，以示尊贵。

丁老景：在下丁老景应该亲自姓丁吧？

钱贵仁：失敬，失敬。

钱贵仁双手一揖，端着自己的专用功夫杯掀帘子走了。

丁老景心里这个气呀。

苏老三：丁员外，别往心里去啊，别说是他，我没认识你之前也认为后张庄都清一色地姓张。

丁老景无语，连喝三杯茶，撂下一包厢人走了。

丁老景气鼓鼓地从茶社出来去找窦员外。

丁老景见着窦员外时，老窦正坐在客房里吸云烟。

窦员外给丁老景装一袋云南小烟叶。

窦员外留丁老景在府上吃的晚饭。

丁老景说了自己心里的气，最后给窦员外讨主意。

窦员外笑着给他安排了一二。

接下来得闲茶社再也见不着丁老景了。

先是有人议论，后张庄后面的半截子河要挖通了，谁去挖河，干一天领个竹筹，竹筹上有暗记，凭竹筹能领上一斗小麦。

冬天人闲，去的人多。

半截子河很快挖通，河底的土堆成一道平整的河堤。

河堤上起了会，请了开封的豫剧红脸王唱三天大戏。

三天戏，三天会，各地商贩云集。

从挖河到请戏全是丁老景一个人出费用。

窦员外接到邀请后，私下里募集了一些钱，偷偷给了丁老景。

戏散人走，露水集却兴开了。

人心都是肉长的，因为一直都是丁老景出钱，露水集就叫丁集。方圆七八里再买东卖西都去河堤的露水集。老甲问老乙，弄啥去？老乙用手一指，说去丁集买捆大葱去，命穷，就爱吃葱。

第二年雨水大，因为丁老景把半截河打通了，去往青龙镇的路再也不存水了。

而后张庄就真的变成丁集了。

因为没有水患，丁集方圆十里的庄稼连年丰收。

老天更眷顾丁老景，他大片的田地产量大增。

丁老景每年都请戏，他邀窦员外一干人来听戏喝酒。

丁老景在河堤上建了房，有了固定的门店和商户。

得闲茶社在丁集办了分社，丁老景给老板免了房租。

丁老景望着一长溜的包厢，特意安排人写上钱贵仁的名字。

第三年唱大戏，钱贵仁随着窦员外来了。在丁老景特意留给他的包

厢里，钱贵仁给丁老景道歉。

丁老景哈哈一笑，说我就是后张庄的。

钱贵仁说，谦虚啥哩，丁集就是丁集，只怪我当初眼拙，不知道丁员外的道行而已……

一句顶一万句

陈大仓弟兄俩。

哥叫陈大粮，弟叫陈大仓。

陈大粮有把力气，在青龙镇一家大烟馆护场子，说是护场子，也就是吓唬吓唬想吸烟膏却又不愿掏钱的大烟鬼。

后来陈大粮染上烟瘾，瘦得皮包骨头。陈大仓去找了几回，接到家里他还往外跑，说是家也牵强，门都被老大卖吃了，终于在一个风雪交加之夜，陈大粮冻死在李贯河上游的河湾里。

如果说陈大粮性格阳刚，那么陈大仓则性柔绵长。

受了哥的影响，二十大几了还是孑然一身。

陈大仓像一株小草，悄悄生长在青龙镇。

日子就这样，你每天往外花钱和每天往家里挣钱会呈现两种效果。

陈大仓在李贯河北岸的河滩地上也租三亩地给别人学着种小葱，忙时去菜园，闲时在街上打零工。东家给多给少，从不计较，也没有什么脾气，不吸烟，不喝酒，不赌博，更不吃肉。

陈大仓从记事起就不吃肉，看见肉也不是反胃，反正是不想吃。

短短几年间陈大仓攒了一罐子钱。

他重新给家里换了门，垒了围墙，新按了头门，又给正房换了一茬新麦草。

一天早上陈大仓踩着露水到十字街等活，却看见一群人围着一个头插干草的女孩，听议论是落荒之人，自卖自身。

陈大仓心里一酸，拔掉草棍说，走吧，跟着我回家拿钱。

女孩到家就去了厨房，她做了一锅高粱面锅饼，做了一碗辣椒酱。

陈大仓蘸着辣椒酱吃了两个高粱面锅饼，女孩子吃仨锅饼。

饭毕，陈大仓抱着他攒钱的罐子说：你捡吧，看够不够？

女孩瞪了他一眼，钱先该着，高粱面锅饼我还没吃够哩。

是年女孩小香十四，陈大仓二十四。

屋里有了女人，景致立马就不一样了。

小香让陈大仓借邻居一根绳，掏了锅灶里的草木灰，淋了一盆水，把屋里该洗的该浆的都收拾出来。

隔天，小香去木匠铺买了两个箱子，以前扔在一垛的被子，衣服各自有了归宿。

草木灰水洗出来的衣服有股暗香味，这味道很温暖，也很令人心动，是陈大仓隐约记忆里的味道，也好像一直隐藏在他的心灵底处。

陈大仓终于忍耐不住，他羞涩地做了回男人。

青龙镇的十字大街上，没有人留意陈大仓等活的身影。

其实陈大仓这三天根本就没有出门。

小香的家乡遭了大水，小香其实是有手艺在身的。

三天后，小香陪着陈大仓去了一趟康城，她用陈大仓本该给她的钱买了制香的工具和部分香料，又去城隍庙前的香烛摊谈了供货的价格及付款的方式。

接下来陈大仓便跟着小香学制香。

小香的工艺是南方的工艺，香的做工很精制，香味也清新。

第一次结账时小香跟着去了。

看着一小袋子钱，陈大仓想给小香买烧饼夹牛肉吃。

小香说，忘跟你说了，我吃素。

陈大仓说，甚？你也吃素？

小香点点头。

陈大仓买了两块锅盔，两人站着啃，填饱了肚子。

小香又让花钱请了一尊观世音菩萨。

佛行的老板说，菩萨已请人开过光了。

他们对着观世音菩萨拜了三拜请回家了。

好东西藏不住。

陈大仓的精制香先是往康城卖，渐渐地青龙镇的人也来买。

买着买着桐丘、康城的大户亲自来青龙镇定货。

于是陈大仓的院子里，头门外的街边都搭上了竹晾子，一排排制好的香放在晾子上，静谧而温暖。

小香的身子笨了，但她没有停住手里的活。

直到腊月二十九，陈大仓封了香，扫完院子，却听到屋子里有婴儿的哭声。

陈大仓慌忙去找剪子，说要剪脐带。

小香抱着孩子说，都弄好了，你把火生上，再给观世音菩萨磕个头，颂句南无阿弥陀佛就行。

陈大仓初次当爹，慌忙得像个孩子，先是劈柴拿得大了，又回头拿上小的，生了火，再给菩萨烧香时，手却分不开香了，干脆整把地焚上，磕着头颂了句南无阿弥陀佛。

小香给他们的长子起名为端正。

第二年，他们的次子出生，起名为致远。

以后他们的生活很平静。

小香把家操持得井井有条。

他们相敬如宾，从来没有红过脸。

他们也一直吃素。

陈大仓倒是养成了习惯，他每晚忙结束时都到菩萨那里焚根香，颂声南无阿弥陀佛。

二十年后，他们依旧生活平静。

只是长子端正在康城典当商行先是伙计，后是外柜，最后入赘继承了家业，又生了一儿一女。

次子读了书，留在汉口印染厂做技术员，第二年娶了外国洋股东的女儿，也做了副厂长。

再一年春节，老大端正、老二致远各自带了家眷回青龙镇过节过成了镇子上的一景。

特别是老二的洋娃娃妞，黄发碧眼甚是好看。

镇子的邻居来给陈大仓夫妇拜年的一拨接一拨，他们带着羡慕的光芒，说着祝福的话语。

小香散光了儿子从汉口带回的洋糖。

因为条件有限，两家人住进了客栈的上房。

夜里陈大仓被自己笑醒了。

小香：他爹，梦见啥了？

陈大仓：梦见咱孙子结婚让咱们上台拾头，你从兜里掏拜礼，掏个是花，掏个是花。

小香：你这脑子还真扯得匀。

陈大仓：香啊，你说咱这是哪来的福呢？

小香：观世音菩萨给的。

陈大仓：我也没给菩萨做啥呀。就每天颂一句佛号。

小香：你这一句顶一万句。

老憨筋

苏歪子是外号，本名叫苏钱柜。他爹的本意是想让他很有钱，但苏钱柜小时看人结婚拜天地冲了邪，嘴就突然歪了，就给自己挣个外号。

苏歪子在青龙镇苏家门人单势孤，苏歪子人憨，憨到甚程度？见人从没话，谁家有红白喜事，他也偨，也帮忙，但是没话，总管派了活，执事单出来不用看，苏歪子就是见缸倒。见缸倒是最差的活，就是给伙房里的水缸里挑水，没名没份。苏歪子却不嫌弃，极敬业，水缸下去半截他就添满，再后来总管拟的执事单上，苏歪子是雷打不动的见缸倒。

青龙镇还有一个不爱说话的陈大仓，但是人家老婆厉害，会制香，几乎不出门，闷着头在家忙活，但日子过得殷实。

苏歪子就不行了，他老婆子个子小，迷瞪，待在家甚都不会弄，里里外外全靠苏歪子一个人。

好在苏歪子有自己的一套生存法则，不求大富，只顾温饱，认准自己的理，不说话沉默着抗争。

李贯河北他也租的有地，也种小葱，但贩子给他价钱低，他烦了，后来价钱上去了，他也不卖，一大块的葱愣在凹地里了，好在老天爷不亏瞎眼雀，春暖花开小葱子长大开花，麦熟前他收获了小葱种，种子卖了折合的钱比卖小葱还强，可是春节前的钱能济点事啊。

这件事过去，苏歪子又给自己挣了个外号"老憨筋"。

想想也是，一把年纪了再苏歪子苏歪子地叫就不合适了，现在及时来的外号老少皆宜。

后生：老憨筋叔，俺爹说他去密县推石头，见人家那儿盖房不留门也不留窗。

老憨筋：那这房暖和。

后生想了想又说，俺爹说有一年他跟俺爷去南乡推大米，路上独轮车铁轴断了，俺爷伸手在边上的胡萝卜地薅个萝卜填进去愣倒把车子推

回来了。

老憋筋：那这个胡萝卜结实。

后生想想没词了，说，你个老憋筋叔真憋。

这还是好的，有时别人说甚老憋筋都不接茬。

这天苏老三看他走街上过，便邀他到得闲茶庄包厢里喝茶，苏老三让烟他不吸，他确实不吸烟，你搁有的人，接了洋烟出去让人总也落个人情吧，他就这样，不吸就不接。苏老三亲自给他沏了三种茶，他煞有介事地喝，喝了半晌，对着苏老三笑笑扭脸走了。

茶社里品茶的一帮人就说，老憋筋不止憋，言语也贵，你们听见他说话了吗？

又有人说，谁能让老憋筋笑脸相迎地说问候话，那才叫高人。

说者无意，听者有心。

突然有人对老憋筋动心了，这个人是也在得闲喝茶的万老雕。

万老雕住镇子东南七里路的万庄，地也没多少，就是爱显摆，家里养两只雕，留着冬天逮野兔吃。

万老雕听说刚开张的得闲茶行有品味，就一头扎进来，学着别人的样子，买了够坐包厢的茶，而后挨着包厢闲喷。但大家嫌他没品味，面子上应付实际上却融不进这个圈。

这天万老雕来个大早，茶社十点才开门，他来得早是想见老憋筋。老憋筋此时正在家里用瓦片打磨锄。

万老雕：我想让你在茶社门口大声给我说句问候的话。

老憋筋：你一个玩老雕的，我凭甚给你说问候话？

万老雕：我不让你白说，我给钱呐。

老憋筋：给钱也不说。

万老雕伸出两个手指头。

老憋筋看看没出声。

万老雕伸出三个手指头。

老憋筋依旧看着没出声。

万老雕伸出一把手说：我给你五块钢洋要句问候话没有吗？

老憋筋：钢洋甚时给？

万老雕没说话，从兜里掏五个钢洋递给老憋筋。

老憋筋接过来说，你等着吧。

万老雕：你知道咋说吧？

老憋筋：不就是一句话吗？

一身绸衣的苏老三轻松地走到得闲茶社门口，他看见万老雕从对面走过来。他以为万老雕会先给他打声招呼。但一个声音却从身后响起。

万爷万员外，你好啊？

苏老三扭头一看，表情错愕。

万老雕：老憋筋，你不是一向不问候人的吗？

老憋筋：万员外值得我问候，我高兴。

老憋筋说这话时，茶社里的人都听见了。

万老雕迎着别人惊愕，走进自己的包厢，他大声招呼一声茶博士。

进屋的苏老三朝着万老雕的包厢瞅一眼，低声说，稀罕。

虽说声音低，万老雕还是听到了，他要是就是这个效果。

转眼一个月过去。

这天，苏老三又在门口看见万老雕，他下意识朝身后瞅一眼，就真的看见老憋筋木着脸走过来，但是这次他却没有向万老雕打问候。苏老三疑惑地瞄了万老雕一眼。

万老雕的嘴唇动了动，想说又不想说。

老憋筋与他身子一错就走远了。

苏老三笑着进屋了。

晚上。

万老雕：你今天是哪一出？

老憋筋：甚哪一出？你让说问候话，我不是早就说过了吗？

万老雕：就那一次呀？

老憋筋：你讲多少次了吗？是你说给你说句问候话五个钢洋。

万老雕：最起码得管一年吧？

老憋筋：一年不可能，你若不认咱就去茶社让大家评评理。

万老雕恨得牙齿痒，一跺脚说：老憋筋，你是真憋。

闵 嫂

闵嫂像一团蒲公英，悄无声息地落在青龙镇。

这天，老猴精到李贯河北岸赵村去说媒，看见破落户吴大仓的高粱地里有人除草，说是庄稼地，草比高粱稞子高。

老猴精看见锄地的是个精精瘦瘦的年轻妇女，她想趁凉快赶快去把事说了，便没去理会那个女人。

老猴精去了就被主家留下了，杀鸡，又下的凉面条，主家又在村里借了半碗老酒。

老猴精酒饱饭足顶着骄阳回来了，她又看见那妇女仍在锄地，锄过的高粱稞无精打采。

老猴精：小大姐，半坡地没个人烟，你也不怕鬼捂子呀。

女人扭头朝老猴精笑笑，并且手拢了拢被汗水黏在脸颊上的头发。

老猴精：过来，歇一会。

女人走到地头，那儿放着一个盛水的瓦罐。

女人轻轻地抿几口水。

老猴精：我姓颜，住河南岸的码头上，你才来的吗？我看着眼生。

女人：我姓闵，领孩子逃荒刚到咱这儿，看这儿消停，就找几亩种种。

老猴精：你投的主家不好，吴大仓不是个正经人。

女人：找邻居签了文书画了押，我们五五分成。

老猴精：价格倒也公道，闵嫂啊，女人家家的不容易，有了难处了码头上找我。

闵嫂：谢谢颜婶。

老猴精：天热，别中了暑。

闵嫂：上半晌锄完，下半晌想去地里拾些柴禾。

老猴精点点头走了。

一个十一二岁的男孩掂着一个瓦罐，迎着老猴精走过来。

男孩：娘，我给你熬的糊糊。

闵嫂：放那儿吧，冷冷。

男孩将两个瓦罐放在一起，他弯腰拾母亲锄掉的草。

闵嫂又锄了一阵，到地头端起瓦罐将高粱糊糊一气喝完。

闵嫂在下半晌时真的锄完了地，她掂了瓦罐带了锄，又一人抱了一捆青草，朝河的下游走去。

路边露出一块空地，空地上的青草已被孩子割掉。

孩子继续蹲在路边割草。

闵嫂在那块空地上，用手摁进些红豆角种子。

闵嫂留下来就是看到李贯河边大量闲置的河坡。

日落西山时，闵嫂背了一大捆晒了半干的草，孩子背一把拾的碎柴。

第二天是闵嫂带着孩子割了一整天的草。

中午仍是回家熬的红高粱糊糊，但今天没有昨天的稠，这是母亲特意安排宝儿的，母亲说，干重活时糊糊稠一点，轻活时糊糊得稀点，母亲还说，到十五了要把这半个月割的草全部卖了，然后给宝儿买好吃的。

青龙镇有柴草行，闵嫂给经纪说一声，就有喂大牲口的来把干草买走了。

闵嫂带着宝儿买了一个烧饼夹牛肉。

烧饼的香味很诱人，牛肉是老范家的五香牛肉。

宝儿馋得口水都出来了，但宝儿还把烧饼先递给母亲。

闵嫂：不知道娘吃素呀，吃吧，正长个呢。

然后，他们又在鱼市买了一条母鱼，母鱼的价钱够买十个烧饼。

宝儿：娘，咱们还去放生吗？

娘儿俩来到河边的一个僻静处。

闵嫂双手合十，站在那儿默念着什么。

宝儿把那条母鱼放进水里。

鱼儿往前游了一下，又转过身朝他们母子看。

闵嫂：去吧，走吧，走吧。

鱼儿转身游向李贯河深处。

宝儿：娘，鱼儿舍不得走。

闵嫂：它怀了一肚子的仔。

闵嫂往的是吴大仓的大车屋，屋内空空的，大车早已没了踪影。他们母子各居一个屋角。

宝儿是用树棍搭的一个床，闵嫂就在地上铺一屋麦秸。

闵嫂把麦秸扒出一片空地，然后让宝儿挖一个坑，又放一个小瓦罐，将掉卜的柴草钱藏在罐内，又用麦草铺好。

闵嫂住进车屋的第一件事就是去街上买一把锋利的剪刀和半袋高粱面及简易的炊具。

是夜，他们母子都听到拔门闩的声音。

闵嫂悄悄起身，掂起放在枕边的剪刀。她顺着门缝猛捅一剪刀，只听一个男人闷哼一声，走了。

母子连续几天没见到吴大仓，他们仍旧沿着李贯河的水草一路向前。

闵嫂租破落户吴大仓的地只能算是母子俩在青龙镇落脚的由头，有个遮避风雨的角落。两个月后母子俩淌着露水收获河边的豆角时，更是满腹的喜悦。

闵嫂给老猴精送去一捇带着露水的红豆角。

老猴精给她回赠小半袋黄豆。

老猴精听说吴大仓伤了手，也听说娘俩割草种红豆角，也知道了她放生的事。

老猴精说：我给穆老大说了，正给你瞅地方，瞅着了就先搭个棚子挪出来，或者干脆认你做干闺女，青龙镇饿不死人。

闵嫂：没事，颜婶，我们一切都好，不需老人家操心。

老乐爷

老乐爷姓景，是青龙镇的独一户。

窦家、苏家和穆家是青龙镇的老户，后来因为种种境遇，他们都发成大家了。

他们说老乐爷家也是老户，但老乐爷家没发，老乐爷爱给小孩糖，成家晚，后来两儿子一个支锅，一个烧盆。

老乐爷的太爷是山东来卖盆的，他看中青龙镇李贯河的河堤土，试着整个小窑，结果烧出来的盆比他山东老家的都好。

不曾想，这一烧传承下来了，景家人老几辈在青龙镇落户生根。

开初青龙镇地阔人稀，坑塘河坡都是官地，老景家贴着河坡挖土也没人管。又因旧时水大，不定哪一年大水过后，取土挖的坑又被河泥淤平了。

老乐爷十八岁，他爹给他商定一门亲，是镇南刘魁村刘茂领的女儿。

刘茂领是个经纪，冬天赶会来得早，爱到老乐爷他爹的窑里烤锅饼，老乐爷的爹让他吃点菜，再喝几盅酒，一来二去两人成了朋友，成了朋友还想长期做朋友，就联姻成亲家。

但老乐爷却没结成婚，这年秋天发大水，窑没烧好就停了，老乐爷就躺在窑场看窑，这时过来一支部队见人就抓，躺在窑边的老乐爷未能幸免，被一绳绑走了。

三年头上，老乐爷的爹陪刘茂领喝酒，结不成亲还是朋友，但酒喝得很沉闷，也容易喝多。结果有次喝多栽到河边自己挖的沟里淹死了。

又三年，老乐爷回来了，一身的脏衣，拄着拐杖，空着一条腿。

没有人知道他当兵后的状况，但因为丢了一条腿，反而保住了一条命。

他爹淹死了，他娘跟着一个星秤的走了，但他的草屋还在。

毕竟是一个镇上的街坊，大家给他兑些东西，维持着能做个熟饭。

　　老乐爷的特长被发现，得益于三蛋的挨打。

　　老乐爷拄着拐杖晃着身子回来时，邻居三蛋正站在门口哭，老乐爷问他咋了。三蛋说，烧不成锅娘打了。

　　老乐爷说，那是灶不好，走咱去看看。

　　还真是灶不好，就地垒的锅灶没有腿，不通风，当然不好烧。

　　老乐爷：别打三蛋了，我这就给你家支个锅，不用人烧，添了柴自己着。

　　三蛋娘：这锅灶成天难为我，你真弄好了，我给你一斗红高粱。

　　一天后，新灶真的支好。

　　添水，点柴，火头很旺，自己着，真的不用管。

　　三蛋娘不仅给老乐爷一斗高粱，还给他传名。

　　老乐爷支的锅灶是屋外带烟囱的高脚灶，这是他在外地当兵跟当地人学的。

　　于是老乐爷就成了专业支锅匠。

　　先是镇上的，跟着挨边村庄的。

　　也有泥瓦匠羡慕，偷着自己在家改，虽说形状像，但效果不好。

　　这时有管事的说了，老乐是残疾人，咱就给人家留个饭碗吧。

　　老乐喜欢孩子，到谁家去干活，只要看见孩子，总会从兜里掏出一块他自制的老黑糖块。

　　看着孩子笑眯眯地用舌头舔着糖，他就问，甜不？孩子说，甜，他就说，甜就行，跑一边玩去吧。

　　老乐爷的锅灶受到妇女们的一致赞成。

　　也有好操心的，给老乐爷提个带孩子的寡妇。

　　老乐爷笑着摇头，说，我一个缺腿的人，连自己都养活不了，哪有心思成家。

　　这天，老乐爷在李贯河北岸的赵村支锅，他支锅一支就是一个村的锅灶，干谁家的活谁管吃管住，活齐给工钱，没钱给粮食。

　　这天下半晌，户主的一个孩儿出了状况，不睁眼一会儿一蹬腿，妇女哭着喊。从老乐爷来这家，他就没见着男户主，又不好打听，这时听

到哭声，也不顾得忌讳了，拄着拐杖就进了屋，搭手一摸，额头烧得烫手。

老乐爷：这是发烧烧得，得打紧去瞧，找董仙。

董仙在董庄，离赵村九里路，走小路四里路，不过得过两条河。

老乐爷：走小道，我陪着。

河水很深，妇女退缩了。

老乐爷扔了拐杖，一只手举着孩子，呼呼啦啦地过去了，把孩子放在岸上，他又折过来拉妇女，妇女手里拉着他的拐杖。

赶到时董仙穿戴整齐，正受大户人家邀请想往轿子上坐。

有他们心急火燎地来了，董仙就不走了。

董仙掏出银针先把孩子扎得哭出声，这才翻眼睛，看舌苔，回屋拿了九包药，说，多亏赶得及时。

回到家，妇女给老乐爷找套衣服穿。

老乐爷说，这不是干了吗？

锅灶支好的晚上，妇女给他做了两个菜，又灌了一壶酒。

酒很温暖，温暖的还有女人的身子。

妇女钻进老乐爷被窝时，老乐爷吓得身子蜷缩一团。

妇女说：我来找你不是因为你救了孩子要感谢你，其实没有救孩子这件事，大家也都看好咱俩，俺的男人不在了，俺又带着个孩子，俺得有个男人撑家，大家都猜不透你为甚不成家。

老乐爷：我怕拖累人。

妇女：你拖累人了吗？我看你比健全人的身体都棒。

老乐爷不吭声，身子慢慢伸展。

妇女：这孩子操大了，你教给他支锅，我再给你生一个，长大了你教给他烧盆。居家过日子谁家不烧锅，谁家不用盆呢？

半碗汤

贾老三是贾千楼的。

贾千楼距青龙镇十二里路。

贾老三的姑奶是穆老大的奶。

贾老三小时候跟他奶一块来青龙镇走亲戚，他的姑爷把他领到十字大街，先吃煎包、喝胡辣汤，最后又烧饼加牛肉。那趟亲戚走得值，半月后贾老三打个饱嗝嘴里还有胡辣汤味哩。

于是，青龙镇成了贾老三的天堂。

贾老三披着满天星星，挎个竹篮子，大步流星朝青龙镇赶，赶到时胡辣汤刚出锅，上面漂着一团团羊膘子和一段段葱白子，他急不可耐地盛半碗，要半份水煎包子，再大剌剌地坐那儿吃，吃完了再盛半碗。掌勺的仁慈，只装着不知道，贾老三的两个半碗合起来就成了一碗半。吃了饭，打着香嗝，贾老三才开始赶集。南边到北边，东边到西边，走到头了买两萝卜走人。

贾老三心里呼呼清，他一来一回二十四里，就是馋着小时候那盘水煎包和一碗胡辣汤。

贾老三也有烦心事，他没儿就三闺女，后来费九牛二虎之力想生儿，无奈屋里的却再也没了动静。

贾老三的大女儿十六岁出嫁，婆家是青龙镇的何家。

二女儿仍是十六岁出门，嫁的是青龙镇的苏家。

贾老三个子低，翻鼻孔，是个倒喝水鼻，三个闺女前两个跟贾老三一个模子刻出来似的，长得寒碜，若不是表嫂老猴精保媒，男方不会认。你贾老三想把闺女往镇上嫁，四邻庄子想往镇子上嫁闺女的多了。老猴精跑细了腿，操碎了心，赖好把他闺女嫁到了镇上，但家境都不好。但只要能住镇子上，贾老三咬咬也就认了。

虽说两闺女都在镇上了，可是她们的日子过得饥荒。

贾老三虽说住乡下，可他有地，庄稼一卖就是钱。

镇子上没地，天明两眼一睁就得钻窟窿打洞挣钱。

贾老三仍赶集，披星戴月往青龙镇赶，喝两半碗胡辣汤，吃半盘水煎包就回贾千楼。

贾老三不想给俩闺女添麻烦。

贾老三的三闺女长得好，白白净净瓜子脸，瘦高个，平日里也没个大言语，但茶饭好，又做得一手好针线。

知根知底的殷实人家托着人来说媒。

贾老三心里却有九九。

仲秋节前贾老三逮两只鸡，带一捆自家种的青菜，领着三闺女就到码头上来了。

老猴精上去拉住三闺女的手。

三闺女叫老猴精一声表大娘。

老猴精拽着三闺女的手不丢。

老猴精：看快不快，转眼都成大姑娘了，表大娘这次得下点大功夫了。

这时，一群装卸工走上岸。

穆老大：表弟，先洗洗脸，今个儿汉口新来三条船，老板出钱请的胡辣汤和水煎包。

贾老三笑着应承。

穆老大：你先垫垫肚子，等我把事安置好了，咱去老大的饭店炒几个菜，好好地喝一壶。

说话间，三个人走上码头。

一个端一托盘水煎包，一个挑两桶胡辣汤。

一个拿了醋和勺子等零碎东西。

盛汤的是个年轻人，高挑个儿，瘦瘦的，白白净净的脸。

贾老三只顾打量这个年轻人，连老猴精递给他碗都忘了接。

老猴精：老大，你去盛汤，我把这孩子叫一边问个事。穆老大接了勺子，年轻人一脸懵懂地跟着走。

这时贾老三的三闺女正巧从屋里出来，两人走个对脸。老猴精看见年轻人的脸红一下。

三闺女一看表大娘领着一个年轻人，脸也红了，她一扭身进屋再也不出来了。

老猴精：超啊，有十八没？

超：十七整。

老猴精：订婚没？

超：说家不少，没订。

老猴精：是人家不好嗳，还是咱眼界高嗳。

超：我也说不上来，不急反正我的年纪还小。

老猴精：瘦子，早些结婚，早些有人疼，刚刚回屋的那闺女看见没？我的表侄女，长相个头你都见了，要喜欢，你奶就替你跑一趟。

超：奶，你辛苦，只要人家乐意，我没意见。

老猴精：要的就你这句话。

贾老三喝三碗汤，当他抹着嘴走到门口时，表嫂老猴精告诉了这一喜讯。老猴精阅人无数，知道贾老三的心事，觉得他应该心满意足，但贾老三的脸上却现了尴尬。

老猴精：咋了？

贾老三：见了亲家会难为情，我经常半碗半碗地盛汤。

老猴精：我以为咋着了哩！这有啥，谁教咱穷哩，我刚来青龙镇时，也半碗半碗地盛过。

薛二娘

　　但凡青龙镇嫁女来围观者就多，不是说青龙镇的女子比别家闺女长得出色，其中有很多是冲着新娘子带的剪纸去的。说起剪纸，就不得不说薛二娘。

　　以前青龙镇方圆嫁女没有陪带剪纸之说，火红的剪纸，透着刀功，烘托一种浓烈的喜庆，一两个人夸，三四个人夸，最后大家都夸，这就成了必不可少的陪嫁品了。

　　人长得好坏无所谓，嫁妆多少无所谓，只要有薛二娘的剪纸，起码说明女方是个讲究人，会办事。

　　当剪纸成为一种时尚时，也有人模仿，但刀痕生硬，人物僵呆，看不出薛二娘作品里的灵动和喜庆。

　　这样就显出薛二娘的重要性了。

　　叫薛二娘，其实人很年轻，说话温温柔柔的，肤色洁白如雪。

　　二娘初来青龙镇是一家四口，丈夫薛先生瘦瘦弱弱，气度儒雅，在镇上摆个摊，帮人起痦子、瘊子，外带看相、看风水。两男孩，一大一小，似了母亲，直如画中人物。也可能是看青龙镇人厚道，便在镇子边上搭个窝棚，留下不走了。

　　但人算赶不上天算，一场伤寒病，夺走了薛先生的命。

　　这时二娘的两孩儿都进孔先生的私塾读书了。

　　薛先生的营生不是赚钱的买卖，加上购地建窝棚，外带看病吃药，薛先生没有给二娘留下多少东西。

　　先是吉祥粮行的老掌柜，羡慕二娘姿色，说三口人照单全收，做他的三房。

　　薛二娘掂起剪子站起来，把说媒人吓跑了，她以为二娘要行凶，于是添枝加叶地把话学给了老掌柜。

其实，说媒人不知道，她去时，二娘正在剪纸。

青龙镇每逢三、六、九有集，方圆数十里的人都往镇子上赶。

薛二娘收拾得干干净净，在丝绸庄门口旁的过廊里支起一块板，卖她的剪纸。

有操心的老爷们，反正剪纸很便宜，给自家该出门嫁人的闺女捎几刀，图个吉庆。

剪纸是一张整纸裁的，正反两面，顺边一揭开，画面就出来了，一个小胖孩怀里抱着一条肥鱼，周围是盛开的红莲。

有张醉仙图，光人物就十几个，说的是西天王母娘娘的瑶池会。

谁不想自家闺女到婆家日子过得幸福、吉祥、自在？

薛二娘愣是用一把剪刀给自己剪出一条生活的小径。

当时的丝绸庄是开封的分号，掌柜的姓宋，据说总店的人够得着大人物，生意做得硬气，他们前面也时常有生意人看好，但宋掌柜让学徒一一驱逐，而薛二娘是个例外，他不止让学徒送开水，偶尔还盛碗热汤。

但薛二娘有分寸，一概笑着拒绝。

这天也是逢集，薛二娘正给俩女孩剪纸，不知哪块云彩裹了雨，呼呼啦啦地浇下来。

宋掌柜连忙把她们邀到铺子里来。

宋掌柜看对着门外雨幕沉思的薛二娘，再看那两个待嫁的少女，从肤色到气质，她们哪里有二娘的那份韵味？

午夜，薛二娘的窗口轻轻敲响。

薛二娘没有吭声，她抓住同样惊醒的小儿子的手，她的大儿子去康城读书了。

窗外人见屋内没动静，咳嗽了一声。

宋掌柜：二娘，我是宋掌柜，我来得唐突，可是我管不住我自己，我的年薪养你娘仨绰绰有余，我是真心的。

薛二娘：宋掌柜，你走吧，只当甚都没发生过，你得珍惜你的好名声，我给你说实话。我一生只跨一步，心早已分给两孩儿了，老二悄悄站起来想去找刀，二娘用手按住他。

有这份尴尬，薛二娘的摊位就泡汤了。

也有有心事的待嫁女，她们一路问着来到薛二娘家，二娘就在家里给她们现场裁。

这样倒是方便了薛二娘。

渐渐地都知道了薛二娘的家，有时不逢集也有人来。

于是，薛二娘的生意做成全天候的了。

这天早起，薛二娘看见窗前的横木上搭了一块丝绸，她让正巧回家的大儿子送给宋掌柜，并让大儿子买一掬子二脚踢炮仗。

又一个午夜，二娘的窗前有了动静。

她先是用火谜子点燃一炷香，而后用香火点燃二脚踢的捻子。

炮声把窗外人惊着了，他脚步沉重地跑。

薛二娘的青春伴着她的剪纸悄然地流逝。

她的两个儿子相继学堂毕业，在汉口站住脚跟后，薛二娘这才悄悄地离开青龙镇。

找她裁剪花的闺女们一遍遍地问，这时镇上的人才知道，薛二娘一个寡妇愣是把俩孩子养成气候了。

薛二娘是随着儿子进城享福去了。